Frauen & Literatur

Isabel Acre scheint alles zu haben, was sich eine Frau wünschen kann: sie ist eine erfolgreiche Journalistin, führt mit Homer eine glückliche Ehe und liebt ihren Sohn Jason abgöttisch.
Doch Jason ist in Wahrheit das Ergebnis ihrer Affäre mit dem Senator Dandy, der jetzt für die Präsidentschaft der USA kandidiert.
Die Vergangenheit steht wieder auf...

Fay Weldon verbrachte ihre Kindheit in Neuseeland, kehrte nach Scheidung der Eltern mit ihrer Mutter nach London zurück, bekam ihr erstes Kind mit 20, verdiente ihren Lebensunterhalt als Werbetexterin und debütierte mit 30 als Schriftstellerin. In ihren Büchern thematisiert sie das Verhältnis zwischen den Geschlechtern. Sie ist auch eine erfolgreiche Fernsehautorin, von der in Deutschland 1975 »Abschiedsparty« und 1981 »Lebenslänglich für Christine« gesendet wurden. Fay Weldon lebt mit ihren Söhnen in London.

Von Fay Weldon sind bisher
als Knaur-Taschenbücher erschienen:

»Die Decke des Glücks« (Band 8002)
»Das Haus auf dem Lande« (Band 8013)

Deutsche Erstausgabe 1987

Titel der Originalausgabe »The President's Child«

Umschlaggestaltung Adolf Bachmann
Umschlagillustration Brigitte Schneider
Satz IBV Satz- und Datentechnik GmbH, Berlin
Druck und Bindung Clausen & Bosse, Leck
Printed in Germany 5 4 3 2 1
ISBN 3-426-08043-5

Fay Weldon:
Das Kind des Präsidenten

Roman

Aus dem Englischen von Antoinette Gittinger

Knaur

1

An den Sonntagnachmittagen, wenn die Welt eine Ruhepause einlegt und auf das nächste große Ereignis wartet, wenn die Straßen leer und unnatürlich ruhig sind und weiterhin die Last der Pflicht auf das Land drückt, besuchen mich die Bewohner der Wincaster-Straße. Sie kommen aus Gefälligkeit, da ich blind bin, und aus Freundlichkeit ihnen gegenüber verwebe ich in der Trostlosigkeit des Sonntagnachmittags Gegenwart und Vergangenheit und erzähle ihnen Geschichten.

Heute erzähle ich ihnen von Isabel, die sich verliebte und dadurch die ganze Welt auf den Kopf stellte, in ihren Lauf eingriff. Splitsch, splatsch. Hört, wie der Regen gegen die Fensterscheibe trommelt. An solch einem Tag und an solch einem Ort spürt man besonders intensiv, daß große Ereignisse nichts mit uns zu tun haben, daß wir abgeschnitten sind von den Quellen der Weltenergie, daß der Mensch und die Politik völlig getrennt voneinander sind und der Lebensstrom weit entfernt ist.

»Es ist nicht so«, sage ich ihnen. »Isabel wohnte nebenan. Am Ende des Gartens schlängelt sich der Fluß; ist tief, breit, trüb und heimtückisch, keineswegs ein sanft dahinfließender Strom. Um ein Haar wäre Isabel darin ertrunken.«

Splitsch, splatsch. Nachher sind wir immer schlauer als vorher. Sollte das nicht genügen, um ein Leben darauf aufzubauen? Natürlich stimmen die Frauen der Wincaster-Straße nicht zu. Der Erwerb von Wissen genügt ihnen eindeutig nicht. Sie wollen Glück, Liebe, Sex, gutes Essen, Geld, Gebrauchsgüter, Bewunderung, lachende Kinder, und der Himmel mag wissen, was sonst noch alles. Und doch leben sie in der Wirklichkeit und nicht in der Fantasiewelt.

Heute sind wir ausschließlich Frauen. Oliver, der Architekt von Nr. 13, konnte nicht kommen, auch nicht Ivor, der Alkoholiker von Nr. 17. Sie hatten häusliche Verpflichtungen. So besteht also unsere Runde aus der Urmutter Jennifer von Nr. 9, die mal wieder schwanger ist, und der sauertöpfischen Hilary in ihren praktischen Jeans und plumpen Stiefeln von Nr. 11; aus der hübschen klugen, kleinen Hope von Nr. 25, die aufgrund mangelnder sexueller Erregung, die sie nach Hilarys Worten wie eine Heroinsüchtige den Fix braucht, ganz nervös ist.

In der Wincaster-Straße gibt es nicht einmal Nummern. Die Abbruchkolonne machte sich über diese Straßenseite her, noch bevor der Denkmalschutz eingreifen – oder vielmehr sich den Planierraupen in den Weg stellen konnte. Bei feuchtem Wetter hinkt Hilary ein bißchen und reibt sich jetzt, da sie mir zuhört, ihr schmerzendes Knie.

»Stimmt das mit Isabel?« fragt Hilary. »Oder ist die Geschichte dein Fantasieprodukt?«

Hilary, Jennifer und Hope erwarten die genaue, begrenzte Wahrheit. Ich weiß, sie gleicht mehr einem Berg, der erklommen werden muß. Die Bergspitze durchdringt die Wolken, kann nur selten erblickt und konnte noch nie erreicht werden. Und was man darüber hinaus sieht, hängt davon ab, auf welcher Seite des Berges man steht und wie erschöpft man sich fühlt, nachdem man immerhin so weit gekommen ist. Es ist von Vorteil, nach oben zu blicken, sich nach oben zu quälen und manchmal freudig von einem unsicheren Felsen der Tatsachen und Gefühle zum nächsten zu springen.

»Das stimmt mehr oder weniger«, sage ich.

Isabel war meine Nachbarin. Sie wohnte direkt nebenan und erfüllte mein Leben mit Trubel und Geschäftigkeit. Nun ist das Haus leer, und Unkraut wuchert auf den Wegen, wo einst der kleine Jason, Isabels Sohn, spielte, quengelte und der Welt seinen eisernen Willen aufzwang.

Das Gartentor schwingt hin und her und quietscht. Irgendwelche Makler haben ein »Zu-verkaufen«-Schild vor das Haus gestellt. Es sieht aus wie ein feindlicher Baum, der unerwartet aus dem Boden geschossen ist.

Splitsch, splatsch. Der Fluß kommt näher, fließt draußen vor der Tür. Haltet die Sandsäcke bereit, für den Fall, daß das Wasser steigt. Hört! Es regnet noch stärker.

»Ich würde mich nicht wundern, wenn die Geschichte wahr wäre«, sagt Jennifer. »Isabel paßte nie so richtig in die Wincaster-Straße.«

»Sie war zu vollkommen«, sagte Hope, »wenn du das

meinst. Im Gegensatz zu uns hatte sie alles geschafft. Die perfekte partnerschaftliche Ehe. Das Echte, Neue, Gemeinsame.«

Auch wenn einige von uns denken, Hope habe alles geschafft: Sie ist unverheiratet, kommt für sich selbst auf, hat keine Kinder, ist noch keine dreißig, verliebt sich schnell, hüpft die Straßen entlang und verkündet: »Da Sex doch etwas so Herrliches ist, verstehe ich nicht, warum ihn nicht alle Menschen ununterbrochen praktizieren?«

Die Wincaster-Straße liegt in Camden, außerhalb von London. Es ist eine privilegierte Insel in einem unterprivilegierten Stadtmeer. Im Sommer ertönt aus den offenen Fenstern die Musik von Bach und Vivaldi, die über Rasen und Blumenbeete flutet und den schrillen Klang des Martinhorns und der Krankenwagensirenen übertönt. Doch im Winter sind die Fenster geschlossen, und die Alarmsignale von Polizeiwagen und Krankenwagen werden nicht durch liebliche Musik gedämpft.

Aus Staub und Trümmern wurde ein kleiner Gemeindegarten angelegt. Oliver, der Architekt, und Jennifer, die Gartenliebhaberin, waren die Initiatoren, und der Stadtrat von Camden wachte wie ein empfindlicher, steinerner Gott über die Ausführung.

Hier in der Wincaster-Straße sind wir keineswegs vollkommen. Wir sind nicht durch und durch rational, edel oder verzeihend. Wir haben unsere Ängste und Ärgernisse und unsere fixen Ideen, genauso wie die anderen auch. Doch wir sind freundlich zu unseren Kindern und zueinander. Der Kampf um ein besseres Ich ist eingeleitet, und mit dem besseren Ich kommt die bessere Welt. Ich glaube, wir sind gute Menschen.

Splitsch, splatsch. Macht euch nichts aus dem Regen. Die Bauern brauchen ihn. Betet darum, daß er nicht radioaktiv ist. Wir sind weniger das Salz der Erde – heutzutage ist Salz etwas Selbstverständliches –, eher ein Bündel Kräuter, das dem Mahl die Würze verleiht. Überwiegend sind wir Vermittler – wir lehren, arbeiten beim Fernsehen, Film oder im Verlag oder haben etwas mit dem Theater zu tun oder glauben, wir sollten es. Wir sind Sozialarbeiter, Diplomaten und Staatsbeamte. Wir streben nach der Wahrheit. Wir erklimmen den Berg eine Spur höher als die übrige Menschheit. Wir sind mutig, wenn wir es sein müssen. Wenn wir dazu gedrängt werden, stellen wir das öffentliche Wohl über das persönliche. Wir würden sogar für ein Prinzip sterben, sofern dies nicht den Kindern schadet.

Wir krochen auf diese Insel der Zivilisation, wurden von Fluten, die wir nie ganz erklären konnten, hierher gespült. Nun leben wir besser, als wir erwarten durften.

Überall auf der Welt leben Menschen wie wir – in Neu-Delhi, Sydney, Helsinki, Houston und allen großen Städten der Welt streben sie nach hohen Zielen. Überall in den Städten und Dörfern sind kleine Gruppen von uns – in Blandford, Dorset, Moose Jaw, Saskatchewan, Taschkent und Georgia. Unser guter Wille überwindet Sprachgrenzen und soziale Unterschiede; eine große Woge der Freundlichkeitskultur.

Wir lesen gegenseitig unsere Bücher, hören gegenseitig unsere Gedichte an. Sei es in Moskau, Auckland oder New York, in Oslo oder Manila, überall ist es das gleiche, sei es beim Sonntagmorgentreffen oder beim Aperitif vor dem Essen – die Kinder sind überall gleich ungezogen. Besorgt verfolgen die Eltern, wie die Kinder durchs Zimmer toben, fragen sich, was sie wohl falsch gemacht haben und warum die Kinder wohl eher die Unsicherheit als die Sicherheit der Eltern reflektieren. Selbstzweifel beherrschen uns genauso wie hohes Streben.

Bei jedem Treffen mit Kindern, das in der Wincaster-Straße stattfand, war Isabels Jason das lauteste, wildeste und ungezogenste Kind. Er war ein blonder, stämmiger Junge, mit festen, gut proportionierten Gliedern, einem klaren hellen Teint und weit auseinanderstehenden, unruhigen Augen. Eine Zeitlang benötigte er eine Brille, an der ein Glas dunkel getönt war, damit der Blick etwas ruhiger wurde. Als Baby hatte er viel geschrien und wenig geschlafen. Mit einem Jahr konnte er gehen und Dinge kaputt machen. Drei Monate später konnte er sprechen, das heißt, nein sagen. Mit zwei konnte er das Alphabet aufsagen, doch mit sechs weigerte er sich immer noch zu lesen. Er stieß ein tränenreiches Gebrüll aus, wenn ihm etwas verboten wurde, und gab ein penetrantes, selbstmitleidiges Gequengle von sich, wenn er sich langweilte oder nicht wohl fühlte. Er verlangte und bekam und wurde sehr geliebt.

Splitsch, splatsch. Manche Kinder sind schwieriger aufzuziehen als andere. Doch die Kinder, die am meisten Ärger machten, werden schließlich die hilfsbereitesten und gütigsten Erwachsenen. Das ist die Weisheit der Wincaster-Straße. Wenn einen niemand erzieht, tut man es schließlich selbst. Das sagte Kropotkin vor langer Zeit.

Isabel und Homer sagten es ihren Nachbarn und sagten es einander. Sie teilten die Bußen und Triumphe ihrer Überzeugung, wie sie ihr Leben, ihr Einkommen und ihre Hausarbeit miteinander teilten. Isabel und Homer waren Partner in einer »Neuen Ehe«, in der alles geteilt und diskutiert wurde. Die ganze Wincaster-Straße schaute auf Isabel und Homer, die uns zeigten, wie man leben sollte. Doch wir sorgten uns, weil sie sich nicht ganz heimisch zu fühlen schienen. Er kam aus Amerika und sie aus Queensland, Australien.

Splitsch, splatsch. Regen bedeutet für einen Blinden ein zusätzliches Hindernis. Mit dem Stock ertastet man die Bordkante, kann aber nicht die Tiefe der Pfütze ergründen. Wenn es regnet, bleibe ich zu Hause. Ich habe gute Freunde, einen besorgten Ehemann und eine von diesen vortrefflichen Maschinen, die das, was ich sage, für die Normalsichtigen in Maschinenschrift wiedergibt und für meinen Gebrauch in Blindenschrift. Dem Herrn sei Dank für den Fortschritt, den Siliciumchip und das Geld.

Der Regen prasselt stärker gegen die Fensterscheibe. Hilary dreht die Zentralheizung an. Es ist Hochsommer, aber trotzdem kalt. Ein Omen für das Kommende! Mann und Frau können doch beides sein, Freunde und Liebende? Eltern und Partner?

Homer und Isabel heirateten, weil Jason unterwegs

war. Das erzählte mir Isabel. Überhaupt erzählte sie mir viele persönliche Dinge. Sie war eine gute Freundin von mir. Als ich mein Augenlicht verlor, kümmerte sich Isabel um mich. Laurence, mein Mann, mußte oft weg. Er ist Reporter, füllt die Rückseiten der Zeitungen, und ist oft unterwegs. Isabel geleitete mich durch die neue, erschreckende Dunkelheit, bis ich mich daran gewöhnt hatte. Sie war eine gute Führerin. Damals wußte sie noch nicht, was Angst ist, doch später sollte sie es um so stärker erfahren. Sie konnte die Schrecken meiner neuen Umwelt nicht begreifen; ungefährliche Flächen ließ sie außer acht, warnte mich aber vor berührbaren Gegenständen – da ein Stuhl, dort eine Treppe, machte mich aufmerksam, wie ich mir, auch ohne zu sehen, helfen konnte. Sie sagte: »Du kannst wohl die Telefonrechnung nicht lesen, aber dich telefonisch erkundigen, wie hoch sie ist.« Isabel wußte aber nichts von den nicht berührbaren, erschreckenden und verwirrenden Dingen – den geräuschlosen Schreien, dem Weinen und Seufzen in meinem Kopf. Sie besaß eine gewisse Unnachgiebigkeit, die mir half; einen erstaunlich gesunden Menschenverstand. Sie schien sich innerlich dagegen aufzulehnen, zu akzeptieren, daß Blindwerden ein einschneidendes Ereignis ist. Sie war blind für meine Blindheit, konnte nur die praktische Seite daran begreifen.

Zuerst erschien auch meinem Mann das Nachlassen meiner Sehkraft als ein großes Unglück, so daß er vor lauter Tränen der Schuld, des Vorwurfs und des Mitleids kaum seinen eigenen Weg fand, geschweige denn mir helfen konnte, meinen zu finden. Isabel pflegte zu ihm zu sagen: »Laurence, um Himmels willen, geh wieder in deinen Pub zurück« – und er stolperte zurück, unrasiert und verdrießlich. Er überließ es Isabel, mir beizubringen, wie ich durch Berühren meine Haare kämmen mußte und meine Kleider durch Tasten erkennen konnte. Mir fehlte Laurences tröstende Gegenwart, auch wenn er lästig und rührselig war, auch wenn er sagte: »Es ist sinnlos, hoffnungslos. Es ist nicht der Anfang vom Ende, sondern das Ende selbst. Es wäre besser, wir würden aufgeben und zusammen sterben.«

Jetzt, da ich die Menschen nicht mehr sehen kann, erinnere ich mich an ihr Aussehen. Sie erscheinen auf dem blassen Laken meiner Erinnerung: schwarzkantige, abgezirkelte Gesichter, deutlich erkennbar. Laurence zeichnet sich schemenhaft im Türrahmen ab, wird vom Licht, das er verdeckt, angestrahlt. Er wirkt sinnlich, gedrungen und korpulent. Er starrt mir direkt ins Gesicht. Dann dreht er den Kopf, so daß das Licht sein Gesicht erhellt. Seine Augen sind groß und seine Wangen so zart wie die eines Mädchens.

Isabel liegt auf einer Steinplatte, die Hände gefaltet wie ein aus Stein gehauener Heiliger, der im Leben großen Ruhm errungen hatte und auch nach dem Tode unvergeßlich ist. Das Licht von Buntglasfenstern umschmeichelt ihr unregelmäßiges Profil und gleitet an ihrem langen Körper mit den einladenden Hüften hinunter. Nach Jasons Geburt hatte sie auffallend flache Brüste bekommen.

Dann nimmt sie Platz, wendet den Kopf und lächelt

mich an. Sie steht wieder auf, räkelt sich, selbstsicher und stolz auf ihren Körper, und schlendert sorglos davon, so daß sich die Vision vom in Stein gehauenen Heiligen und seiner Heiligkeit verflüchtigt. Nachdem sie gegangen ist, ist die Kirche kalt und leer, und ich bin wieder in der Dunkelheit.

Als Isabel neun war, versetzte ihr das Lieblingspferd ihrer Mutter einen Tritt in den Kiefer. Seither ist ihr Profil unregelmäßig.

»Reg dich nicht auf«, sagte ihre Mutter.

Doch der »fliegende Arzt« nahm die Sache ernst. Isabel und ihre Mutter lebten tief im australischen Hinterland und mußten sich mit ziemlich behelfsmäßiger ärztlicher Versorgung begnügen. Der Arzt flog zu ihnen, verdrahtete, vernähte und befestigte die Zähne, und alles wäre bestens gelaufen, wenn das Pferd sie nicht knapp eine Woche später erneut in den Kiefer getreten hätte. »Um Himmels willen«, rief ihre Mutter, »was hast du dem Pferd nur getan?«

Schwestern, hört! Baut eure Häuser stabil und sicher, liebt eure Kinder und sterbt für sie, wenn es sein muß, und versucht, eure Mütter zu lieben, die euch nicht geliebt haben.

»Ich hab' es gestreichelt«, sagte Isabel. »Genauso, wie du es mir beigebracht hast.« Doch ihre Mutter hörte nicht zu. Sie hing gerade am Telefon und gab eine Nachricht an den »fliegenden Arzt« durch.

»Charlie, es ist mein gutes Recht«, sagte sie.

Es war gerade Regenzeit. Der Hubschrauber, der den »fliegenden Arzt« zurückbringen sollte, machte eine Bruchlandung, und der Arzt wurde verletzt. Überall watete man durch gelben Schlamm. Wenn man in den Regen trat, tat einem der Kopf weh. Allmählich vergaß man die jüngsten Verletzungen an Isabels Kiefer. Als alles verheilt war, hatte sie ein auffallend vorspringendes Kinn und einen ziemlich flachen Mund. Ihre Zähne standen nach hinten und übereinander. Der Arzt verlor ein Auge und ein Bein. Isabel fühlte sich dafür verantwortlich. Aber nachdem sie alles überlebt hatte, fürchtete sie sich vor nichts mehr. Als sie jung war, verlieh ihr die Unvollkommenheit ihrer unteren Gesichtshälfte, verglichen mit der kühlen, anmutigen, großäugigen Vollkommenheit des übrigen Gesichts, einen eigenartigen Reiz, und als sie älter wurde, ließ dieser Kontrast sie intelligent erscheinen. Sie entfachte in den Herzen der jungen Hinterländler Liebe und Lust. Sie zogen in diesem überwiegend lieblosen Land in Gruppen durch die Wüste.

Splitsch, splatsch. Der Londoner Regen ist für jeden, außer für die Blinden, gesund und mild. Er schlägt auf harten Asphalt auf und fließt die Abflußrinnen hinunter. Hier erstickt die Welt nicht in gelbem Schlamm.

Als Isabel fünfzehn war, sagte ihre Mutter: »Das hier ist kein Leben für dich, ist nichts für jemanden wie dich. Du solltest weggehen.«

»Komm mit mir«, forderte Isabel sie auf, denn sie besaßen auf der Welt nur einander.

Isabels Mutter erwiderte: »Und die Pferde? Ich kann sie nicht im Stich lassen.«

Natürlich. Einen Augenblick lang hatte Isabel die Pferde vergessen. Es waren keine reinrassigen Pferde, eher zottelige, kränkliche Tiere, die von allen möglichen Ekzemen geplagt wurden. Ihre einzige Beschäftigung bestand darin, vorwurfsvoll auf der Weide zu stehen und den Rest von Isabels väterlichem Erbe in Form von Futtersäcken und Tierarztrechnungen zu verbrauchen. Im Sommer wirbelten sie den Staub auf, und im Winter wühlten sie im Schlamm.

Isabels Mutter liebte sie, und Isabel versuchte, sie ihrer Mutter zuliebe zu mögen, doch es gelang ihr nicht. Chatto, Windus, Heinmann, Warburg, Herbert und Jenkins (Secker starb an einem Schlangenbiß) – alle Zeugen der Erinnerung an die Vergangenheit von Isabels Mutter, die im kultivierten London aufgewachsen war und von Isabels Vater ins australische Hinterland entführt wurde. Er war ein australischer Farmer. Bald zog er in den Krieg, kehrte nie zurück. Er lebte lieber mit einer Malaiin in einer Grashütte als mit Isabel und ihrer Mutter, die an Ort und Stelle blieben und nach und nach Land verkauften, bis nichts mehr übrigblieb als das wurmstichige Holzhaus mit seinem wackeligen Balkon und den sechs Pferden auf der Koppel und den Schlangen, die im leicht brennbaren Gebüsch lauerten. Isabels Mutter verschmolz allmählich immer mehr mit der Landschaft.

Wohin hätte sie gehen, was hätte sie tun sollen? Sie war durch den Krieg, die Weltereignisse, ihr eigenes starrköpfiges Wesen und das Baby gebunden. Wenn es regnete, war es, als ob sie den Himmel angerufen hätte, sie zu rächen, und wenn sie dabei ertranken – gut, dann sollte es so sein! Splitsch, splatsch. »Was machst du, wenn ich weg bin?« fragte Isabel ihre Mutter. »Was ich immer getan habe«, erwiderte ihre Mutter. »Schau nach oben.«

Isabel überlegte, daß ihre Mutter vielleicht erlöst wäre, wenn sie wegginge, damit ihre Pflicht erfüllt hätte. Sie fühlte sich ihrer Mutter sehr verbunden, doch umgekehrt war es keineswegs so. Das Kind bedeutet für die Mutter ein zufälliges Ereignis; die Mutter ist für das Kind elementar. Diese schmerzliche Lektion muß das Kind schon früh lernen.

Seckers Körper wurde auf den Schindanger gebracht, doch seinen Kopf ließ Isabels Mutter ausstopfen und hängte ihn in der Diele auf. An dem Tag, als Isabel von zu Hause wegging, blickte das Pferd sie aus seinen Glasaugen an. Ihm hatte Isabel ihren schiefen Kiefer zu verdanken. Als Secker tot war, vergoß ihre Mutter bittere Tränen.

»Warum weinst du?« hatte Isabel sie damals gefragt, denn sie hatte ihre Mutter noch nie weinen sehen.

»Alles ist schiefgegangen«, sagte ihre Mutter. »Daran war der Krieg schuld. Und wie hätte ich danach zurückkehren sollen? Alle hätten gesagt: ›Ich habe es dir ja gleich gesagt.‹ Alle hatten mir abgeraten, deinen Vater zu heiraten, sagten, es würde schiefgehen.«

»Wer sind alle?«

»Alle sind alle«, erwiderte ihre Mutter sehr traurig.

Und wer waren nun wirklich diese »alle«? Harriets Familie und ihre Freunde waren in alle Winde verstreut. Das war die Folge des Krieges. Der Krieg packte die Familien am Genick, schüttelte sie, schleuderte sie in die Luft und kümmerte sich nicht darum, wohin sie fielen, wie es die Farmhunde mit den Ratten taten. Isabels Mutter hatte den Krieg nicht am eigenen Leib erlebt, denn er spielte sich auf weit entfernten

Kontinenten ab, tötete alles, was er berührte. Isabels Mutter saß da und starrte auf den gleichbleibend gelben Horizont, wo eine rote Sonne auf- und unterging und die Personen ihrer Vergangenheit in ihrer Erinnerung verblaßten. Würde jetzt noch jemand sagen: »Ich habe es dir ja gleich gesagt?« Natürlich nicht. Oder gab es noch jemanden, der es sagen würde?
Isabels Mutter kannte jetzt kaum noch jemanden. Da sie nie Briefe beantwortete, blieben sie allmählich aus.
Sie weinte jetzt über Secker, der das Gesicht ihrer Tochter ruiniert, aber ihren Charakter bewahrt hatte.
»Es ist ein Unglück, schön zu sein«, hatte Harriet einst zu Isabel gesagt. »Bist du schön, kommt irgendein Mann daher, heiratet dich und hindert dich daran, deinen Weg zu gehen.«
Die heiße Sonne und der harte Regen ließen Harriets Haut wie Leder erscheinen. Ihre Sturheit verzerrte ihren Mund, und ihr starrer Blick zum Horizont hatte ihre Augen gerötet.
Doch einst war sie eine Schönheit gewesen. Isabel fand sie noch immer schön. Und zweifellos hatte auch Isabels Vater sie schön gefunden.
Isabels Mutter wollte nicht über Isabels Vater reden. »Er machte, was er wollte«, war das einzige, was sie sagte, »wie es halt alle Männer tun.«
Isabel überlegte, daß er wohl ein starker Mann gewesen sein mußte, da er soviel Land allein bearbeitet und darüber geherrscht hatte. Er war wohl einer der natürlichen Herren dieses Landes: hochgewachsen, hager,

braungebrannt, wettergegerbt. Hunde, Pferde und einfache Männer hefteten sich an die Fersen solcher Herren. Sie waren derb und geistig beschränkt. Sahen sie eine Blume, zertraten sie sie mit dem Fuß und lachten. Sahen sie einen Hund, versetzten sie ihm einen Tritt. Die Hunde verhielten sich feindselig, schnappten zu.

Sie konnte sich ihre Mutter unmöglich mit einem solchen Typ von Mann vorstellen. Isabel war davon überzeugt, daß auch ihre Mutter ihre Wunschbilder hatte. Diese sah in dem gelben Staub einen Hauch der Unendlichkeit, oder in den rostigen Wolken, die über das flache Land dahinzogen. Diese Beobachtungen erhellten manchmal ihr Gesicht und ließen sie vor Freude seufzen.

»Was ist los?« fragte Isabel, das kleine Mädchen. »Siehst du dort etwas?«

»Mehr als ich in Worte kleiden kann«, erwiderte Isabels Mutter, wandte ihren Blick vom Horizont ab und kratzte eifrig an dünnbödigen Kochtöpfen herum, die angebrannt waren.

Isabel drehte ihrer Lieblingspuppe ein Bein ab, beschmierte es mit Hammelfett und gab es dem Hund zum Nagen.

Das hatte mir Isabel erzählt. Sie hatte es sonst niemandem gebeichtet, weder Homer, ihrem Mann, noch Jason, ihrem Sohn.

Ich bin blind, und man kann sicher sein, daß ich nicht verurteile. Splitsch, splatsch. Jennifer hat Tee gemacht. Hilary bietet mir Kekse an.

»Schokoladeplätzchen vor Mittag, Zitronenplätzchen danach«, erklärte sie mir.

Ich nehme das Neun-Uhr-Schokoladeplätzchen. Zitronenplätzchen bröckeln auf den Teppich, und obwohl man als Blinder durchaus einen Staubsauger bedienen kann, ist es kein sehr erfreulicher Vorgang. Sie hatte sie in der besten Absicht mitgebracht, auch wenn sie es hätte besser wissen müssen.

Seit zwei Jahren bin ich blind. Ich überquerte eine Straße, ohne nach links und nach rechts zu sehen. Ein Wagen erfaßte mich von hinten. Ich wurde auf die Kühlerhaube gehoben und dann auf den Gehsteig geschleudert, stieß mit dem Kopf auf die Bordkante und wurde an der Stelle des Rückenmarks getroffen, die für die Sehkraft entscheidend ist. Als Folge davon büßte ich meine Sehkraft ein. Chirurgen, Augenspezialisten und Psychiater kümmerten sich um mich und verpaßten mir Spritzen. Man operierte mich, und seither reagiert die linke Seite meiner rechten Hand unempfindlich auf heiß und kalt. Mein Schmerz, meine Angst und die Demütigung blieben. Gelegentlich bekomme ich von einem verärgerten Arzt zu hören: »Ich bin davon überzeugt, Sie könnten wieder sehen, wenn Sie nur wollten.«

Auch in der Blindheit gibt es Nuancen. Da ich in meiner mißlichen Lage leicht mysteriös wirke, fast eigensinnig, und meine Augen genauso aussehen wie die der Normalsichtigen, habe ich eine ziemlich hohe Stufe erreicht. Eine edle Art von Blindheit. Ob man blind geboren wurde oder durch eine Krankheit blind geworden ist, ist nicht so wichtig. So oder so ist die Blindheit erbärmlich, eine Strafe. Die Deutung, daß Gott uns bei unserer Geburt mit Blindheit schlägt,

weil wir es verdienen, ist bemerkenswert. Schließlich glauben Millionen Inder daran.
Nun ja, ein Unfall. Das kann jedem passieren. Unfälle sind dramatisch und aufregend; Kinder mögen sie; immerhin bedeutet ein Gipsverband eine Sensation. Ich rannte auf die Straße, weil ich mit meinem Mann Laurence Streit hatte. Ich sah den Wagen nicht, weil ich weinte oder weil ich vielleicht das Weinen unterdrücken wollte.
Hört, wie der Regen an das Fenster prasselt. Sommerregen. Jeder Tropfen ist eine verlorene menschliche Seele, die von Winden, die sie nicht erfassen kann, getrieben wird und die versucht, hier einzudringen, wo es sicher und warm ist, wo wir unsere Schwächen zusammentragen und das Beste daraus machen. Seid dankbar für das Fenster, das euch vor der Kraft solcher Brutalität und der Unzufriedenheit bewahrt. Schmückt es mit Vorhängen, putzt es an schönen Tagen, versucht, nicht zuviel zu sehen, doch genug, um überleben zu können. Bewahrt euren Seelenfrieden! Es bleibt nicht viel Zeit; alles endet mit dem Tod. Betrauert nicht zu sehr die Vergangenheit, oder ängstigt euch nicht zu sehr um die Zukunft, und verschwendet nicht zuviel Energie für die Wehwehchen der anderen, da sich die Gegenwart bereits wieder auflöst.
Ganz unmerklich brachten wir Isabel diese Dinge bei. Ganz allmählich enthüllte sie sich selbst und ihre Geschichte.
Splitsch, splatsch. Zieht die Vorhänge vor!

2

An Jasons sechstem Geburtstag wachte Isabel mit dem Gefühl auf, daß irgend etwas nicht stimmte. Ruckartig wurde sie ins Bewußtsein zurückgeholt. Einen Augenblick träumte sie noch vor sich hin, dann war sie aber plötzlich hellwach. Sie überlegte, vielleicht war ein Einbrecher im Zimmer, aber natürlich war das nicht der Fall. Wie üblich lag Homer neben ihr auf dem großen Messingbett. Er lag auf der Seite, entspannt und friedlich, legitim und treu ergeben, die zarte Haut seiner Lider bedeckte leicht seine vorstehenden Augen. Sein Gesicht hatte den verletzlichen, leicht rohen Ausdruck, den Gesichter haben, die tagsüber durch eine Brille geschützt und nachts völlig nackt sind.

Er schlief in aller Seelenruhe. Das tat er immer. Ein Mann mit einem reinen Gewissen, dachte Isabel. In der Tiefe seines Unbewußten tobten keine Stürme, gab es keine Heimlichkeiten – direkt unter der Oberfläche war alles ordentlich und sauber.

Er fürchtete sich vor nichts, da er nichts Unrechtes getan hatte. Da Homer ja tief schlief, was stimmte also nicht?

Irgend etwas. Jason? Nein. Wenn sie sich anstrengte, wie jetzt gerade, konnte sie in der Stille den gleichmäßigen Rhythmus seines Atems hören, was bedeutete, daß auch Jason schlief, im Zimmer über ihnen.

Nichts Ungewöhnliches passierte draußen in der Wincaster-Straße. Es war halb sieben; noch zu früh für den Milchmann, den Zeitungsjungen oder den Briefträger, diese täglichen morgendlichen Besucher, die wie die Sonne kommen, um jeden Haushalt daran zu erinnern, daß er nicht allein ist, sondern den anderen den Lebensunterhalt schuldet und bald aufstehen muß, um ihn zu verdienen. Nun, es bleibt noch genügend Zeit.

Die Angst, die Isabel geweckt hatte, verging keineswegs bei der Feststellung, daß kein Anlaß dazu bestand; im Gegenteil; sie verwandelte sich in eine dunkle Ahnung, daß etwas Schreckliches geschehen würde.

In bezug auf ihren Job? Doch was konnte da passieren? Sie hatte bisher vier Spätprogramme für die BBC präsentiert, die sich als Erfolg herausgestellt hatten. Nun hatte sie einen neuen Zweijahresvertrag in der Tasche. Ihr Job war vergleichsweise einfach. Natürlich erforderte es jeden Montagabend erneuten berufsmäßigen Einsatz ihres Selbst, jeden Montagabend die Preisgabe der Person vor Millionen von Zuschauern, doch am Dienstagnachmittag hatte sie das bereits wieder vergessen. Selbst wenn ihr Vertrag gekündigt und sie schmählich entlassen würde, würde sie das nicht als Unglück, sondern als praktisches Problem ansehen. Diese plötzlich aufkeimende Angst, die jetzt so übermächtig war, daß sie ihr den Atem nahm und die Brust einengte, hatte nichts mit solchen praktischen Dingen des Lebens zu tun.

Jasons Geburtstag? Nachmittags wollte er mit fünf Schulkameraden ins Kino gehen. Auch wenn dies kein Anlaß zur Freude war, so doch keineswegs Grund zur

Furcht. Homer wollte früher nach Hause kommen und sie ins Kino bringen, während sie zu Hause bleiben, den Kuchen mit Zuckerguß überziehen und Sandwiches in kleine Happen schneiden würde. Die Arbeitsteilung war fair und wurde wie üblich ohne Groll vollzogen.

»Ich werde den Film sehen und du nicht«, sagte Homer. »Allerdings ist es ein zweifelhaftes Vergnügen, sich mit fünf sechsjährigen Bengels Superman II anzusehen. Möchtest du nicht mit mir tauschen?«

»Nein«, erwiderte Isabel. »Im übrigen würdest du trotz Jasons Geburtstag Vollkorn-Sandwiches machen.«

»Jasons Verdauung fragt nicht nach seinem Geburtstag«, sagte Homer.

Es gab hier zweifellos nichts, das sie in ihrem spitzenbesetzten weißen Bett, in der Sicherheit der dunklen, grün tapezierten Wände, den vergoldeten Spiegeln an den Wänden, die nur das, was ihr vertraut und lieb war, reflektierten, in Alarm hätte versetzen müssen.

Isabel stieg aus dem Bett und ging hinauf in Jasons Zimmer. Einst schlief sie nackt, doch jetzt benutzte sie immer ein Nachthemd, wie es die Mütter aufgeweckter Kinder tun. Es diente ihr auch gleichzeitig als Morgenrock.

Jason lag auf dem Rücken, ließ die Arme über die Bettkante baumeln. Sein Gesicht war friedlich. Am Fußende des Bettes waren die Geschenke aufgestapelt, die sie und Homer am Abend vorher noch in Geschenkpapier gewickelt hatten.

Jasons amerikanische Großeltern hatten einen Cowboyanzug aus echtem Leder geschickt, mit versilberten Revolvergurten und Revolvern.

»Sollen wir sie ihm wirklich geben?« fragte Homer. »Die Revolver?«

»Es ist sein Geburtstag«, erwiderte Isabel. »Und die anderen machen es ja auch. Untersuchungen haben gezeigt, daß Kinder, die des fiktiven Ausdrucks der Gewalt mittels der Fantasie beraubt wurden, aggressiver reagierten als die anderen Kinder.«

»Wie passend«, bemerkte Homer. Doch die Pistolen waren sehr hübsch gemacht. Sie waren leicht und kunstvoll verziert. Jason würde sich darüber freuen, stolz darauf sein. Homer seufzte resigniert und tat sie zu den übrigen Geschenken.

Harriet hatte kein Geschenk aus Australien geschickt. Das tat sie nie.

»Ich glaube nicht, daß meine Mutter überhaupt eine Frau ist«, hatte Isabel am Abend zuvor zu Homer gesagt. »Heute auf jeden Fall nicht mehr. Früher einmal war sie eine, doch jetzt hat sie sich in den Stamm eines alten Gummibaums verwandelt, und der Sand hat sie begraben.«

Homer hatte Isabel geküßt, ihre Hand gehalten und kein Wort gesagt, denn da gab es nichts zu sagen.

Harriet! Natürlich, das war es. Etwas stimmte nicht. Isabel ging hinunter ins Wohnzimmer – die beiden Zimmer im Erdgeschoß gingen ineinander über –, wo die Jalousien noch heruntergelassen waren. Die beiden Gläser von gestern standen immer noch da, und drei halbgerauchte Zigaretten lagen im Aschenbecher. Sie waren der Beweis für Homers Versuche, das Rau-

chen durch Idiosynkrasie aufzugeben, das heißt, die teure Methode, von jeder Zigarette, die er anzündete, immer weniger zu rauchen. Sie wählte die Nummer in Australien. Sie konnte jetzt durchwählen, benötigte keine Vermittlung eines Telefonisten. Sie wählte zwölf Ziffern und würde gleich ihre Mutter hören und in ihre Vergangenheit zurückversetzt werden.
Das Telefon läutete und läutete, doch niemand nahm ab. Das Telefon stand auf dem Fensterbrett in der Diele, und wenn es läutete, wirbelten Staubkörner auf und vollführten einen Tanz des Erstaunens. Vielleicht liegt Mutter auf dem Küchenboden, überlegte sie, auf der anderen Seite des Fliegengitters und kann deshalb nicht abnehmen. Vielleicht ist sie tot, hat einen Schlaganfall oder eine Herzattacke erlitten, oder sie wurde vergewaltigt und beraubt, oder vielleicht hat sie endlich einen Freund und ist über Nacht bei ihm geblieben.
Eine Melodie kam ihr in den Sinn, die ein Volkssänger letzte Woche in der Show gesungen hatte:
Schlechte Kunde erreichte die Stadt,
Schlechte Kunde wird überbracht,
Man erzählt, mein Geliebter sei tot,
Man erzählt, er habe eine Frau genommen.
Oder vielleicht hebt sie gar nicht mehr ab. Es sind schon acht Jahre her, seit ich sie das letzte Mal gesehen habe. Sie ist endgültig wieder in sich selbst versunken, läßt mich ihr Leben für sie leben.
Das Läuten hörte auf. Ihre Mutter sagte hallo.
»Hallo, Mutter.«
»Ach du bist's, Isabel. Wie geht's dir, Kind?«

»Mir geht's gut.«
»Alles in Ordnung? Mann, Kind etc.?«
»Ja, alles okay.«
Schweigen. Dann:
»Es ist mitten in der Nacht. Ich war schon im Bett.«
»Tut mir leid, Mum. Ich wollte mich nur vergewissern, daß es dir gutgeht.«
»Warum nicht? Hier ändert sich nichts. Wie ist's bei dir?«
»Ich habe meine eigene Fernsehsendung. Einmal pro Woche. Es ist nur eine Unterhaltungssendung, aber immerhin ein Anfang.«
»Fein für dich, Kind. Hast du den Journalismus aufgegeben? Oder hat er dich aufgegeben?«
»Das kommt aufs gleiche raus.«
»Tatsächlich? Ich sehe nicht viel fern. Die Sendungen erscheinen mir alle ziemlich primitiv. Aber das ist ja auch in Australien, nicht wahr. Macht es dir Spaß?«
»Ja.«
»Das ist die Hauptsache. Und Homer macht es nichts aus?«
»Nein. Warum sollte es?«
»Du weißt ja, wie die Männer sind. Was dir gefällt, gefällt ihnen noch lange nicht. Hör zu, Kind, ich erzähle es dir ungern, doch eine verdammte Hornisse ist durch das Loch im Fliegengitter geschlüpft. Hier verrostet alles. Ich mußte ein neues kaufen.«
»Natürlich, Mutter. War es teuer?«
»Sehr.«
»Heute ist Jasons Geburtstag.«
»Jason? Oh, der Kleine. Er muß doch – wie alt sein?

Vier, fünf? Grüß ihn von mir. Als Omi bin ich nicht sehr brauchbar, aber zumindest gibt es mich.«

»Zumindest gibt es dich. Bye, Mum.«

»Warum nennst du mich nicht einfach Harriet? Bye, Liebes.«

Isabel kroch ins Bett zurück, hatte einen trockenen Mund und spürte den Geschmack von Staub und Asche. Alles war möglich, doch genauso war alles unmöglich. Sie konnte aus der Welt herauspressen, was sie wollte – Erfolg, Wohlstand und persönliches Wohlergehen – und es würde ihr nicht guttun. Immer würde irgendwo ihre Mutter im Hintergrund sein, wohl außer Reichweite, doch nicht ganz außer Sicht. Sie würde ihre Bemühungen beobachten und lächeln, in der Gewißheit, daß es besser wäre, wenn sie am alten festhielten, daß schließlich alle Güter sinnlos wären und alle Süßigkeiten geschmacklos. Es war besser, taub, lahm und blind zu sein, als diese Dinge zu früh zu erfahren.

Homer drehte sich im Bett zu ihr um. »Was ist los?«

»Ich weiß nicht.«

»Wieviel Uhr ist es?«

»Früh.«

»Wo warst du?«

»Ich hab' Mutter angerufen.«

»O Gott, wieso?«

»Heute ist Jasons Geburtstag.«

»Was sagte sie?«

»Nicht das, was ich mir wünschte.«

»Und das wäre?«

»Glückwünsche. Ich vermisse dich. Warum fliegst du nicht zu mir? Das, was deine Mutter zu dir sagt.«

Homer umschloß ihren Körper, wie er ihren Geist umschloß, um ihre Zweifel zu unterdrücken. Er bettete sie in seine dünnen, gut trainierten Arme. Jahrein, jahraus hielt er sein Idealgewicht. Je nach Bedarf erhöhte oder verminderte er seine Kalorienzufuhr. Während der Woche radelte er ins Büro und fuhr abends mit dem Rad wieder nach Hause. Zweimal in der Woche, dienstags und donnerstags, stand er früh auf und joggte durch den Regent's Park.

»Wenn ich könnte, würde ich ewig leben«, pflegte er zu sagen. »Da ich es nicht kann, möchte ich solange wie möglich leben.« Er ist ein glücklicher Mann, dachte Isabel, er muß es sein. Und sie fragte sich, wie es wohl wäre, einen solchen Lebenshunger zu haben. Wenn sie sich liebten, versuchte sie es von ihm zu erfahren, doch sein ausgeglichenes Wesen hinderte ihn daran, in irgendeiner Richtung Übermaß zu zeigen. Er behielt es für sich. Er liebte sie körperlich und rhythmisch und überließ es ihr, Höhepunkte zu schaffen, was sie auch machte. Sie fühlte sich von ihm nicht enttäuscht. Wäre jemand keck genug gewesen, sie nach Einzelheiten ihres Liebeslebens zu fragen, hätte sie wahrheitsgemäß geantwortet: »Nun, es ist sehr gut. Wir haben beide nicht das Verlangen, uns anderweitig umzusehen.«

Homers Körper war genauso gepflegt und ordentlich wie sein Geist. Er roch gut. Ihre Reaktion darauf war einfach und spontan. Sie vertraute ihm. Homer konzentrierte sich auf eine Sache. Sie mochte das. Wenn er mit ihr schlief, sammelte er seine ganze Energie und konzentrierte sich auf das Zusammenspiel der Körper, als ob das mindeste, was er für seine Partnerin tun könnte, darin bestünde, das ganze Gefühlsgewirr aus dem Spiel zu lassen, sich sauber, ganz, unermüdlich und einfach darzubieten. Die Bekundung von Gefühl und Zuneigung kamen davor und danach. Es lag in Isabels Wesen, alles gleichzeitig zu tun: die Gefühle des Tages in sich zu vergraben, auch wenn sie noch so unausgeformt, lästig und aufwühlend waren und nachts ihre Beine zu öffnen und sich mit Leib und Seele hinzugeben. Und da sie beides bot, nahm er beides gleichzeitig, Körper und Seele: doch er bot ihr eines nach dem anderen. Zuerst den Körper, fest und entschlossen – danach die Seele, den Zuckerguß auf dem Kuchen, etwas zu dünn, zu schlüpfrig und unsicher. »Isabel, war es gut?« Und sie würde ja, ja, antworten, natürlich. Dabei hatte sie sich noch nicht von der einen Nacht zur nächsten erholt, bis er es für nötig hielt, zu fragen. Was war, war.

Nie ließ er sich beim Orgasmus gehen, schrie nie laut heraus. Jedes Geräusch wurde unterdrückt, als ob immer Zuhörer oder Beobachter anwesend wären. »Pst, pst«, pflegte er zu sagen, wenn sie in einem fremden Bett waren und es knarrte. Sogar zu Hause ermahnte er sie, wenn sie sich vergaß, wenn etwas – vielleicht nur die angestauten Gefühle des Tages – heftigeren Protest, geräuschvollere Erleichterung erforderte. Und da es nicht die Gefühle waren, die Homer hervorgerufen hatte, hatte sie in diesem Augenblick kein Recht darauf und wurde rechtzeitig zum Schweigen gebracht.

Manchmal weinte sie nach der Liebe und wußte nicht, warum.

»Was ist los?« fragte er dann.
»Ich weiß nicht.«
»Hab' ich etwas falsch gemacht?« fragte er, unsicher geworden, und sie lachte, da er es so offensichtlich richtig gemacht hatte und ihr solche Befriedigung verschafft hatte.
»Natürlich machst du es richtig«, pflegte sie ihn dann zu beschwichtigen.
»Was ist es dann?«
Doch sie konnte es nicht sagen. Vielleicht weinte sie wegen der Leiden der Welt oder weil alles mit dem Tod endete oder weil sie sich nicht unbeschwert freuen konnte, da sie ja doch wußte, daß die Freude vorübergehen würde, oder vielleicht weinte sie deshalb, weil Homer nie weinte.
Heute zumindest fiel ihr die Antwort leicht.
»Ich weine, weil meine Mutter mir Kummer macht«, sagte sie. »Ich wünsche mir mehr Liebe von ihr.«
»Ich wünsche mir von meiner Mutter weniger Liebe«, sagte Homer. »Dann würde ich mich nicht so verantwortlich fühlen.«
»Wir sind beide vor ihnen weggerannt.«
»Weggerannt?« fragte Homer überrascht. »Ich würde eher sagen, das Gegenteil.«
Manchmal unterstellen mißgünstige Leute Homer, daß er sein Land im Stich gelassen habe, daß seine Anti-Vietnam-Einstellung ihn auch anti-amerikanisch machte, daß die Tatsache, daß er in Europa lebte, ein Verrat an dem Land wäre, das ihn gehegt und gepflegt hatte.
»Wenn Sie meinen«, bemerkte dann Homer lako-

nisch. »Ich vermute, Sie haben recht. Doch im Augenblick ziehe ich meiner Heimat Amerika die weite Welt vor. Ich mache nichts Illegales. Ich zahle meine Steuern. Mir gefällt es hier.«
Doch jetzt, da Selbstzweifel und Nationalschuld sowohl die amerikanische als auch die europäische Seele heimsuchten, flog er leichter über den Atlantik. Drei- bis viermal im Jahr flog er in die Staaten, aus geschäftlichen Gründen oder um Jason zu seinen Großeltern zu bringen.
»Ich weiß, sie unterstützen die Handfeuerwaffen-Lobby«, sagte er »und so weiter, doch ein Hauch von Aircondition und allgemeiner Effizienz kann recht stimulierend wirken.«
Da Isabel nicht wußte, wie sie zu Hause von ihrer Mutter aufgenommen würde, kehrte sie nie nach Australien zurück. Manchmal fragte sie sich, ob Harriet mehr Interesse gezeigt hätte, wenn Jason ein Mädchen gewesen wäre.
»Mach dir nichts draus«, besänftigte sie ihr Mann. »Wir haben London zur Heimat erkoren, also laß das. Hier gründen wir unsere Dynastie und vergessen alles, was vorher war. Unsere Vergangenheit liegt in unseren Genen – das sollte mehr als genug sein.« Jason, das Kind der Kontinente, spielte zufrieden in der Wincaster-Straße und wünschte sich kein anderes Leben.
Jasons Geburtstag. Jason wachte auf und begrüßte die Welt brüllend. Es war nicht seine Gewohnheit, den Tag mit leisem Gemurmel oder leichtem Stöhnen zu beginnen, wie es die Kinder von Isabels und Homers Freunden taten. Er zog es vor, ihn mit einem Schrei

des Jubels und Vorwurfs geräuschvoll zu empfangen. Das war sein tägliches Ritual, an das sich seine Eltern inzwischen gewöhnt hatten.
Nachdem er somit den Emotionsstau der Nacht losgeworden war, schlief er nochmals fünf Minuten, bevor er das zweite Mal, und diesmal endgültig erwachte. Jetzt verlangte sein Schrei nach Bestätigung. Er schrie so lange, bis Vater oder Mutter erschienen.
»Ich hoffe, er beruhigt sich, wenn er erst mal die Sexualreife erlangt hat«, sagte Homer, »und nachts seine Energie anderweitig umsetzt.«
»Noch fünf Minuten«, sagte er heute morgen, und kroch unter seine Bettdecke, als er Isabels Tränen sah. Heute war eigentlich Homer an der Reihe, Jason zu wecken, aber da der Junge heute Geburtstag hatte, kamen beide Eltern. Isabel glitt auf ihrer Seite aus dem Bett, Homer auf seiner. Sie schlüpften in Jeans, T-Shirt und Sportschuhe. Das Telefon läutete. Es war eine von Isabels Redakteurinnen, die sich für den frühen Anruf entschuldigte und sie um Erlaubnis bat, mit einem norwegischen Architekten, der an dem Tag seine Weltreise in London unterbrach, Kontakt aufzunehmen. Isabels Ängstlichkeit verschwand. Die Welt war wieder normal. Entscheidungen mußten getroffen, Geld verdient und die Welt gemeistert werden.
Homer öffnete Jasons Zimmertür. »Pa-ra-pa-ra-pa-ra«, ratterte Jason und richtete seine neuen Pistolen auf seine Eltern. »Ich bin sechs, fast sieben und muß heute nicht zur Schule.« »Doch, du mußt«, sagten sie. Jason schrie, brüllte und stampfte auf den Boden.

Seine Eltern sprachen vernünftig mit ihm, erklärten, redeten ihm gut zu.
Am Montag und Mittwoch brachte Homer Jason zur Schule und holte ihn am Dienstag und Donnerstag ab. Isabel brachte ihn am Dienstag und Donnerstag hin und holte ihn am Montag und Mittwoch ab. Am Freitag begleiteten ihn beide Eltern hin und holten ihn auch wieder ab. Diese Routine behagte allen. Bei schönem Wetter fuhr Jason mit dem Rad hinter Homer her. Heute war ein Radfahrtag. Jason wandte sich, immer noch unter Tränen, seiner Mutter zu, um ihr zuzulächeln, als sie wegfuhren. Es war das Lächeln, das ein Fürst einem Höfling schenkt, unendlich freundlich und unendlich huldvoll. Es war voller Verzeihen. Isabel war klar, daß er immer vorgehabt hatte, zur Schule zu gehen.
Sie kehrte in die Küche zurück, um ihren Kaffee zu trinken. Das Radio lief. Gerade wurden die Nachrichten durchgegeben. Isabel hörte zum Teil aus beruflicher Neugier, zum Teil als unschuldige Bürgerin zu. Sie kannte eine Reihe von Journalisten, einige Verleger, hatte schon oft genug in den Räumen gesessen, in denen die Nachrichten zusammengestellt wurden, um zu wissen, wie die Gewichtung vorgenommen wurde: die halb zufällige, halb absichtliche Methode, nach der Voreingenommenheit geschaffen wurde und die Wahrheit durch die Finger glitt und sich auflöste, wie ein Quecksilbertropfen, der auf den Boden getropft war. Zuerst sah man ihn noch flüchtig, dann verschwand er ganz. Heute war ihr einiges klar.
Die langwierigen Vorbereitungen für die Wahl des

amerikanischen Präsidenten hatten begonnen. Die Vorwahlen waren schon im Gange. Ein Outsider, der junge Senator aus Maryland, hatte bei den Demokraten gute Chancen. Er hieß Dandrige Ivel – allgemein bekannt unter dem Namen Dandy Ivel. Der Kommentator, der über eine gestörte Leitung sprach, sprach über die Vorteile, wieder einen jungen Präsidenten zu haben und spielte damit auf die Kennedy-Ära an, das Goldene Zeitalter der USA, bevor nationale Scham, Rückgang, monetaristische Politik, Inflation, Arbeitslosigkeit und Straßenkrawalle zu Tagesthemen wurden. Vielleicht konnten die USA mit Dandy Ivel an der Spitze wieder jung und stark sein? Die Begeisterung des Kommentators, die nur durch das Knacken eines schlecht funktionierenden Satelliten gestört wurde, ließ keinen Zweifel aufkommen, daß er ein Dandy-Ivel-Fan war.

Isabel setzte sich. Das Haus war ruhig. Die große Schuluhr an der Küchenwand hatte ihr eigenes rhythmisches Tick-Tack, die Großvateruhr in der Diele, die stolz zwischen Fahrrädern und Mänteln ihren Platz behauptete, hatte ein anderes Tick-Tack. Die Küchenuhr mußte täglich aufgezogen werden, die Standuhr nur alle acht Tage. Es war Isabels Aufgabe, die Küchenuhr aufzuziehen, denn sie vergaß immer die Standuhr. Homer konnte das nicht passieren.

Sie machte sich eine Tasse Kaffee. Homer trank zwei Tassen pro Tag und lehnte den Schnellkaffee ab, da er befürchtete, er könne Krebs erzeugen.

Wie hätte sie ohne Homer leben können, der ihr Leben organisierte, ihre Persönlichkeit einschloß und ihr Na-

turell, das eine Neigung zum Herumhängen, zum Desorganisiertsein hatte, stabilisiert und sicher gemacht hatte. Isabel kreuzte die Arme über der Brust. Sie fühlte einen Schmerz und wiegte sich hin und her.
Natürlich hatte sie gewußt: irgendwo hatte sie Dandy Ivels Namen gesehen oder gehört und das Wissen verdrängt.
Natürlich war sie ängstlich aufgewacht, natürlich hatte sie ihre Mutter angerufen, natürlich hatte sie geweint.
Dandy Ivel, Präsident der Vereinigten Staaten.
Einst, überlegte Isabel, glaubte ich, die Ereignisse treten willkürlich, zusammenhanglos ein. Ich glaubte, daß Menschen geliebt und verlassen werden konnten und daß Ereignisse in die Vergangenheit versanken, vorüber waren und erst mit der Ehe oder ihrem Äquivalent und der Geburt von Kindern das wirkliche, erinnerungswürdige, verantwortliche Leben begann. Nun erkannte sie, daß es nicht so war. Nichts war vergessen, auch nicht die Dinge, die man unbedingt vergessen wollte. Alles strebt einem gewissen Punkt zu. Unsere Zukunft ist durch unsere Vergangenheit bedingt: alles, nicht nur die Wege, die wir wählen oder auf die wir stolz sind. Sie konnte nur nichts sagen, nichts tun, das Wissen für sich behalten. Alles würde gut werden. Nach einem Erdbeben verändert sich ein Haus. Nippsachen stehen geringfügig verstellt auf den Regalen; Bücher sind leicht umgekippt. Die Lampe hängt wieder an ihrer Schnur, doch alle Dinge sind in Bewegung geraten, haben die Kraft entdeckt, zu handeln und umzustoßen. Das Haus lacht. Du dachtest,

ich sei deines, dein Freund. Du dachtest, du kennst mich, aber wie du siehst, ist dem nicht so. Eines Tages stürze ich vielleicht ein und zermalme dich. Isabel hatte den Eindruck, daß sich das Haus, das sie so liebte, verändert hatte. Es machte sich über sie lustig, lachte sie aus. Isabel ging nach nebenan, um mit Maia ihren Kaffee zu trinken. Maia hatte mit ihrem Mann gestritten, war mit Tränen in den Augen auf die Straße gerannt, von einem Auto erfaßt worden. Bei diesem Unfall hatte sie ihr Augenlicht verloren. Nichts ist sicher. Ehemänner, Tränen, Autos, Augen. Ihnen tut es nicht leid, aber dir.

Maia und Isabel unterhielten sich über nichts Wichtiges. Tagsüber ging Isabel in ihr »Hello-Good-night«-Büro. Alice, die Redakteurin, hatte den norwegischen Architekten aufgespürt, doch es sickerte durch, daß er zur Zeit unterirdische Häuser baute und keine mit Sonnenenergie betriebenen Ferienhäuser. Nach Absprache mit dem Produzenten Andrew Elphick kam man überein, daß weder der Architekt noch das Programm etwas davon hätten, wenn er im Fernsehen auftreten würde.

»Wir wollen informativ, aber auch unbeschwert sein«, sagte Elphick. »Unsere Zuschauer wollen sich in unserer Sendung keine atomaren Alpträume über den Weltuntergang ansehen. Sie sind ja allgemein bekannt, auch ohne unser Zutun. Stimmst du mir zu, Isabel? Ich bin durchaus dafür, daß wir uns mit ernsten Dingen wie dem Feminismus, dem Rassismus, der Homosexualität oder anderen sozialen Themen beschäftigen, aber ich möchte nicht in einer abendlichen Unter-

haltungssendung die Aktualität des Weltuntergangs abwerten.«
Isabel verstand, was er meinte. Auch Alice, die 32 war und gerade auf eine Beförderung verzichtet hatte, um noch mehr mit Elphick, den sie liebte, arbeiten zu können. Elphick war groß und breitschultrig, melancholisch und klug, hatte rote Haare und ein jungenhaftes Grinsen. Er war vierzig und verheiratet. Bei dem Kamerateam oder dem Studiopersonal war er nicht beliebt, da er die Leute anschrie und tobte, als ob er mit ihnen verheiratet wäre.
»Isabel«, sagte er zu ihr, als sie das Zimmer verließ, »hast du ein soziales Bewußtsein?«
»Natürlich«, erwiderte sie verblüfft.
»Das dachte ich mir«, erwiderte er. »Du ähnelst mir. Wir wissen, worin unsere Pflicht besteht, nämlich darin, so gut wie möglich auf der Geige zu spielen, während Rom brennt, so daß Nero uns ein paar Pennies zuwirft.«
Er trank bereits wieder. An fünf von sieben Wochentagen beschäftigte er sich damit. An den beiden anderen Tagen – Anlauf- und Aufnahmetag – blieb er nüchtern. Sein Gesicht war von Narben gezeichnet. Gerüchte besagten, er sei durch zu viele Windschutzscheiben gefallen. Er schlief nur in betrunkenem Zustand mit Alice – und war somit in der Lage, sein sauberes Ich, sein wirkliches Ich für seine Frau aufzubewahren. Er glaubte an persönliche Redlichkeit und sexuelle Verantwortung und wollte keine leichtsinnigen oder unmoralischen Leute in seiner Sendung.
»Ein Beispiel der Leistung«, pflegte er zu sagen. »Das

müssen die Leute sehen. Die Macht des einzelnen, sein eigenes Schicksal in die Hand zu nehmen.«
»Oder ihres«, sagte Isabel automatisch.
»Oder ihres«, wiederholte er gelangweilt.
Er nahm Isabels Hand und küßte sie, preßte sie an seine kalten Lippen. Sie fühlte, er war eher verzweifelt als lüstern, und zog ihre Hand behutsam zurück.
»Du magst mich nicht wirklich«, sagte er. »Niemand, den ich mag, mag mich. Sie finden sich mit mir ab, doch sie mögen mich nicht.«
»Alice mag dich«, sagte Isabel.
Isabel ging rechtzeitig nach Hause, um Jason und seine Freunde zu empfangen. Der Fernseher lief. Eltern kamen und gingen nicht mehr. Schließlich war Isabel eine Berühmtheit. Homer kam gegen seine Gewohnheit spät nach Hause. Es herrschte ungeheurer Lärm. Jason ging auf und ab, wie er es zu tun pflegte, wenn er ungeduldig oder böse war, den Kopf nach vorne gestreckt, die Hände hinter dem Rücken verschränkt, wie ein Erwachsener in einem Cartoon. Die Erwachsenen mußten darüber lachen, und das machte ihn noch ärgerlicher.
»Daddy kommt zu spät«, sagte er. »Wir verpassen den Film. Das ist wirklich nicht zum Lachen.«
Dieser Ausspruch brachte die Erwachsenen nur noch mehr zum Lachen.
Jasons Freund, Bobby, der eine technische Niete war, stellte statt des Videogeräts den Fernseher an. Auf dem Bildschirm ging ein Mann auf und ab, den Kopf nach vorne gestreckt, die Hände hinter dem Rücken verschränkt. Im Hintergrund sah man das Sternenbanner. Dieser Mann war Dandy Ivel.

»Wie Jason«, rief Bobbys Mutter aus. »Ist das ein Zufall!«
»Jason, hör auf, so herumzustapfen«, sagte Isabel.
»Warum?« fragte ihr Sohn und ging weiter auf und ab.
»Das ist schlampig«, schimpfte Isabel.
»Ich finde es eher niedlich«, sagte Bobbys Mutter.
Isabel versetzte ihrem Sohn gerade einen Klaps auf die Wange, als Homer hereinkam.
»Isabel«, schrie Homer schockiert.
»Tut mir leid«, sagte Isabel zu Jason und Homer. Es war schwer zu sagen, wer von den beiden gekränkter aussah.
Homer stellte den Fernseher ab und drängte die Kinder in ein wartendes Taxi. Isabel versah den Kuchen mit einem Zuckerguß, während Bobbys Mutter ihr kritisch zusah. Isabel wünschte sich, Bobbys Mutter würde heimgehen, doch sie tat ihr diesen Gefallen nicht. Sie blieb, um zu helfen und das Brot für die Elefanten-Sandwiches aufzuschneiden. Sie machte viel zu dicke Schnitten und strich die Butter nicht bis zu den Ecken aus. »Leiden Sie stark unter prämenstrualer Spannung?« fragte Bobbys Mutter.
Sie trug eine Folklorebluse und einen Rock mit Blumenmuster. »Nein«, erwiderte Isabel knapp.
»Ich habe noch nie zuvor erlebt, daß Sie Jason züchtigten. Und dabei hat er doch nichts Falsches gemacht, oder? Ich dachte, Sie litten unter der prämenstrualen Spannung. Wenn die Männer das ertragen müßten, täten sie schnell etwas dagegen. Manchmal, wenn ich Schmerzen habe, schlage ich Bobby. Ich bin überzeugt, die meisten Frauen tun das.«

»Herzlichen Glückwunsch, Jason«, schrieb Isabel mit Zuckerguß auf die Torte.
»Schade, daß Jason nicht älter ist. Er könnte einen Wettbewerb als Double von Dandy Ivel gewinnen.«
»Das glaube ich kaum«, sagte Isabel. »Er ist blond, und Dandy Ivel ist doch ziemlich dunkel.«
»Jason hat die Art von Haarfarbe, die mit zunehmendem Alter dunkler wird«, sagte Bobbys Mutter und verzerrte den Elefanten. »Ich befürchte, diese Sandwiches sehen eher wie Igel als wie Elefanten aus.«
»Macht nichts«, erwiderte Isabel. »Ich glaube, Ivel wird schnell wieder in Vergessenheit geraten. Ich glaube kaum, daß er als Präsidentschaftskandidat nominiert wird.«
»Das glaube ich doch«, erwiderte Bobbys Mutter. »Ich machte einen Abendkurs in politischer Soziologie und glaube, daß die amerikanischen Frauen sich nach einer Ehemannfigur sehnen. Seit Kennedy hatten sie keine mehr. Dandy Ivel sieht aus wie ein Mann, der sich um einen kümmern würde.«
Homer kehrte mit sechs völlig erschöpften Kindern zurück. Sie stürzten sich auf die Sandwiches und ließen den Kuchen links liegen. Jason spritzte Sülze an die Wand. Er war überdreht. Die Eltern kamen früh und tranken Sherry. Die Kinder stritten über Nachhausegeh-Geschenke. Bobby brüllte plötzlich wie am Spieß im Nebenzimmer. »Ich befürchte, Jason hat ihn gebissen«, entschuldigte sich Homer, nachdem er nach ihm gesehen hatte. Bobbys Mutter eilte mit ihm nach Hause und sagte, sie habe Bobby jedesmal einen Klaps gegeben, wenn er beißen wollte. Er hatte es bald

wieder aufgegeben. Sie hatte dafür gesorgt. Kratzen war eine Sache und Beißen eine andere.

»Das ist nicht gut«, sagte Homer, nachdem alle gegangen waren und die Nacht hereingebrochen war. »Jason ist aggressiv.«

»Vielleicht kommt das vom Blei im Londoner Wasser«, sagte Isabel.

»Nein«, erwiderte Homer. »Keine Entschuldigung. Ich glaube, er ist gestört.«

»Gestört«, schrie Isabel. »Das ist ja lächerlich.«

»Isabel«, fuhr Homer fort, »überleg mal. Er sah sich ›Superman II‹ vom Gang aus an, und als die Platzanweiserin versuchte, ihn zu einem Platz zu führen, biß er sie in die Hand. Das war eine schreckliche Szene.«

Isabel lachte.

»Das ist nicht zum Lachen«, sagte Homer. »Ich finde, wir sollten mit ihm zum Kinderpsychologen gehen.«

»Mit Jason?«

»Isabel, das kann doch nicht schaden.«

»Ich glaube nicht.« Isabel war entsetzt.

Sie hatte in Jason die Fortsetzung von sich selbst gesehen. Er war Fleisch von ihrem Fleisch, Geist von ihrem Geist. Doch natürlich war er das nicht. Jason, ihr Kind, war getrennt von ihr; die Nabelschnur war schon lange durchtrennt worden, doch sie hatte es kaum wahrgenommen. Er schlief nicht mehr, aß nicht mehr, lächelte nicht mehr und fühlte nicht mehr nach ihrem Kommando. Er tat diese Dinge aus eigener Initiative, nicht auf ihre hin. Sie konnte ihn nicht mehr unter den Arm klemmen und mit ihm rennen. Er konnte sie wegen ihrer Entscheidungen tadeln, sie für das, was sie tat, nicht mögen, ihr seine Liebe entziehen. Woche um Woche wurde er weniger ihr ideales Kind und mehr sein eigener, unvollkommener Herr. Doch wie alle Kinder mußte er leiden, da auch die Liebe seiner Mutter zu ihm nicht vollkommen war, sich angesichts seines eigenen, zunehmenden Unabhängigkeitswillens verflüchtigt hatte.

Nun sagte Homer, der Jason lieben sollte, daß ihr Sohn unvollkommen und gestört wäre, und implizierte damit, daß sie Schuld daran trage. Sie konnte Jason nicht schützen, da es nicht an ihr lag, ihn zu beschützen, da er ja sechs Jahre alt und sein eigener Herr war. Und sie konnte sich selbst nicht schützen, da sie schuldig war.

»Isabel«, sagte Homer, alarmiert durch den Ausdruck ihres Gesichtes, »es ist keine große Affäre. Ich dachte nur, es könnte vielleicht helfen. Ich habe den Eindruck, Jason ist nicht rundherum glücklich. Vielleicht machen wir etwas falsch, zwischen uns. Der Himmel weiß, was es ist. Vielleicht liegt es daran, daß er dich auf dem Fernsehschirm sieht, wenn du zu Hause sein solltest.«

»Sollte?«

»Von Jasons Standpunkt aus. Verdammt, Isabel, er ist fünf.«

»Sechs.«

»Sechs. Und du, Isabel, stehst selber unter Druck.«

»Ich?«

»Du hast das arme Kind geschlagen. Und weshalb? Was hat er falsch gemacht?«

»Homer, ich hab' gesagt, er solle etwas Bestimmtes

nicht tun, und er hat es trotzdem weiter getan. Der Raum war voller schreiender Kinder und kreischender Erwachsener. Ich habe ihn nicht hart geschlagen, nur so, daß er gehorchte.«

»Was hat er denn getan?«

»Ich kann mich nicht mehr erinnern. Es war nicht wichtig. Homer, Jason und ich haben ein normales Mutter-Kind-Verhältnis. Die meisten Mütter schlagen ihre Kinder von Zeit zu Zeit.«

»Das glaube ich nicht.«

»Die meisten Kinder sind grob, aggressiv, ungezogen und provozierend, von Zeit zu Zeit.«

»Das glaube ich auch nicht. Und die meisten Kinder weigern sich nicht, im Kino ihren Platz einzunehmen, und beißen auch nicht die Platzanweiserin. Du lächelst! Isabel, ich glaube, du reagierst an Jason irgend etwas ab, und Jason reagiert schlecht darauf.«

»Möchtest du damit sagen, ich müsse einen Psychiater aufsuchen?«

»Himmel nein«, erwiderte Homer ärgerlich, und Isabel spürte, daß sie unvernünftig reagiert hatte.

»Nun, auf jeden Fall kennen wir keinen Kinderpsychologen. Sie sind nicht mehr modern.«

»Über mein Büro kann ich einen ausfindig machen«, erwiderte Homer. »Was für euch Fernsehleute seit zehn Jahren passé ist, kapieren wir Verleger erst jetzt.«

»Homer«, sagte Isabel, »ich habe das Gefühl, du hast etwas gegen meinen Job. Sollen wir nicht lieber offen darüber reden und nicht das ganze Problem auf den armen kleinen Jason abwälzen?«

»Ich glaube«, sagte Homer, »wir stehen mehr denn je kurz vor einem Krach. Laß uns zu Bett gehen.«
Homer und Isabel begaben sich zu ihrem weißen Spitzenbett mit seinen Messingverzierungen oben und unten, in ein Schlafzimmer mit dunkelgrünen Tapeten und roten Rollos. Es war ordentlich aufgeräumt, Homer sorgte dafür. Isabel liebte es, ihre Kleider zu verstreuen. Doch jeden Tag machte sie das Bett, liebevoll und ordentlich, und manchmal bügelte sie sogar die Laken, wenn sie aus der Waschmaschine kamen, da sie so hübsch waren.
Homer verzieh Isabel schneller, als sie ihm. Oder es schien so. Tatsächlich war es Furcht, die Isabel bewog, steif auf dem Rücken zu liegen und jegliche Berührung mit ihrem Mann zu vermeiden. Es war Furcht und nicht Ärger. Aber das wußte er nicht.
»Was ist los?« fragte Homer. »Hör zu, wenn es dich so erschüttert, werde ich kein Wort mehr über die Sache mit Jason und den Psychiater verlieren.«
»In Ordnung«, erwiderte Isabel.
»Dann komm her und küß mich.«
»Nein, ich kann nicht. Ich weiß nicht, warum.«
»Weißt du«, sagte Homer, »es ging nicht nur darum, daß er die Platzanweiserin biß und einen Wirbel verursachte, nachher stritt er es glatt ab. Er schien sich allen Ernstes nicht daran zu erinnern. Das hat mich am meisten irritiert. Ich glaubc nicht, daß die anderen Kinder sich groß Gedanken darüber machten. Der Biß erfolgte an der Stelle, als Superman den Schurken auf das Coca-Cola-Schild schleuderte. Der Film war tatsächlich erschreckend brutal, kein Vergleich zu Superman I, der harmlos war.«

»Manchmal«, sagte Isabel, »habe ich das Gefühl, daß wir durch irgend etwas zermürbt werden, durch Kinder und überhaupt alles.«
»Wenn dem so ist«, sagte Homer, »können wir nichts daran ändern, müssen uns einfach um uns selbst kümmern.«
Isabel versank in Schlaf und träumte vom Ende der Welt. Über ihrem Kopf schwirrten Raketen hin und her, hatten die Form von Phalli. Am Ende lag alles in Schutt und Asche. Sie seufzte, und Homer versuchte erneut, sie in die Arme zu nehmen, und wieder weigerte sie sich. War das je zuvor vorgekommen? Sie konnte sich nicht erinnern. Sie wollte ihn nicht in sich spüren. Es war zu gefährlich: Da sie schlaftrunken war, hatte sie die Sache nicht im Griff. Oben wachte Jason gewissermaßen als Reaktion auf den Tumult und aus Angst vor der Nacht auf und fing an zu heulen. Isabel war froh, daß sie jetzt ganz ins Bewußtsein zurückgerufen wurde. Sie stand auf und ging hinauf, um zu sehen, was los war. Jason war hellwach.
»Ich hatte einen scheußlichen Traum«, sagte er.
»Worüber?«
»Über Bomben.«
»Du solltest während des Tages nicht so ungezogen sein«, sagte Isabel, »dann würdest du dich nachts nicht bestrafen. Es ist dein Traum, du besitzt ihn.«
Sie glaubte nicht, daß er sie verstand, doch es schien so. Er war offen und empfänglich; ein Mitternachts-Kind.
»Ich war nicht sehr ungezogen.«
»Beißen ist ungezogen.«

»Es war mein Geburtstag. Bobby hat mein Geschenk weggenommen.«
»Nein. Im Kino. Du hast dort gebissen, eine Erwachsene.«
»Nein, das hab' ich nicht getan.«
»Daddy erzählte es.«
»Ich hab' es aber nicht getan.«
Sie drängte nicht weiter. Seine blauen Augen waren weit geöffnet und ganz klar. Sie verfolgten sie, als sie durch das Zimmer ging. So hatten Dandys Augen sie verfolgt. Täglich, überlegte sie, ähnelt er Dandy mehr. Daran habe ich nie gedacht. Ich dachte, wenn das Kind jemandem nachschlagen würde, dann mir. Ich dachte, irgendwie bekommt man ein Kind von einem Mann, und das wär's dann auch. Überdies dachte ich, daß ich ein Mädchen bekommen würde. Keine Sekunde hatte ich bedacht, daß ich einen Jungen bekommen könnte und somit für alle Zeiten den Vater des Kindes vor mir hätte.
Sie gab ihm einen Gutenachtkuß, deckte ihn zu und ging wieder in ihr Bett.
»Alles in Ordnung?« fragte Homer.
»Alles okay«, erwiderte Isabel.

3

Also. Die Zeitrechnung in Washington liegt fünf Stunden hinter der von London. Es war sieben Uhr abends, als im 35. Stock des Evans-Gebäudes, das über die rauschenden und romantischen Wasser des Potomac-Flusses emporragt und in dem ein Nebengebäude des Bürogebäudes des Ressell-Senats untergebracht ist, Joe (Heiße Kartoffel), Murphy und Pete (Kätzchen) Sikorski beschlossen, an einer Sache zu arbeiten, die gerade auf dem Ausdruck erschienen war.

Joe und Pete hatten halb-offiziellen Zugang zum großen CIA-Computer. Beide waren sie ehemalige CIA-Agenten. Nun gehörten sie zum neuen, aufstrebenden »Ivel-als-Präsident-Wahlkampagne«-Team. Die Zeiten der schmutzigen Tricks waren für sie vorüber. Joe und Pete arbeiteten unermüdlich für die LAPW und somit innerhalb des Gesetzes. Sie hatten beide Feuerwaffen in den Schubladen ihres Büros und in ihrem Schlafzimmer und trugen unter dem linken Arm einen Pistolenhalfter – und das ganz offiziell. Sie waren Verbündete, Königmacher. Sie waren ergeben und loyal. Hot Potato und Kitten! Joe und Pete machten mehr Aufsehen um ihre Spitznamen als ihre Familienangehörigen oder Freunde, vielleicht aus dem Bedürfnis heraus, als gewöhnliche, freundliche Bürger zu erscheinen, eben wie die anderen.

»Dem Himmel sei Dank«, sagte Joe Hot Potato Murphy und starrte auf den kodierten Ausdruck. Er liebte es, seine irische Herkunft hervorzuheben. Er kulti-

vierte das Zwinkern in seinen Augen und seinen spitzbübischen Charme und entwaffnete damit den Unachtsamen.
»Hier ist wieder die australische Hexe. Sie hat wohl eine undichte Stelle im Gib-gut-acht-Draht gefunden. Was haben wir hier für Möglichkeiten, Pete?«
Pete schlug vor und Joe ordnete an. Pete hatte einen akademischen Abschluß in Wirtschaft und einen in Jura und Brandnarben am Unterarm, die bezeugten, wie er sich gegen Schmerz immunisieren wollte.
»Wir regeln nichts«, sagte Pete, »wenn wir etwas aufbauschen. Das ist ein sehr delikater Bereich.«
»Vielleicht so delikat, daß wir legal nicht mal was ausrichten können«, sagte Joe.
»Verdammt nein«, erwiderte Pete. »Sie ist genauso eine Frau wie die anderen.« Petes Frau war eine hochgewachsene hübsche Blondine, die sich viermal am Tag mit Deodorants besprühte, um nicht unangenehm aufzufallen. Wenn sie einmal stillstand, was selten vorkam, da sie so mit ihrer Hygiene und körperlichen Vollendung beschäftigt war, wirkte sie im Wohnzimmer wie ein Gemälde, das von Gardinen eingerahmt war. Dann brachte sie der Klang der Stimme ihres Mannes wieder in Bewegung, und ihre hübschen Hände waren wieder damit beschäftigt, abzutupfen, zu falten und aufzuräumen, und ihre langen Beine eilten hin und her, und ihre manikürten Füße in den glänzenden Schuhen machten klipp-klapp auf den Fliesen des Küchenbodens.
»Eine Feministin und eine Radikale«, warnte Joe. »Und ihr Vater ist ein Kommunist, der jetzt in Saigon

lebt. Das hebt sie von den anderen Frauen ab. Sie hat eine Live-Show, und sechs Millionen Zuschauer hängen an ihren Lippen. Auch das hebt sie von den übrigen Frauen ab.«

»Wir können uns ja um die Talk-Show kümmern«, sagte Pete.

»Wir hätten uns um sie kümmern sollen«, sagte Joe, »und das schon vor langer Zeit.«

»Joe«, sagte Pete, »hör auf, in der Vergangenheit zu leben. Sie ist eine Ehefrau und Mutter. Wir führen keinen Feldzug gegen Frauen.«

»Es ist eine Beleidigung aller Frauen«, sagte Joe, »sie eine Frau zu nennen. Eine Feministin und Radikale! Eine Ehefrau, sagst du. Verdient eine Frau, die ihren Mann abwaschen läßt, den Namen Ehefrau? Was für eine Mutter ist das, die von ihrem Mann verlangt, daß er die Windeln für das Baby wechselt? Wir haben hier Definitionsprobleme.«

»Ich höre, Joe, ich höre.«

Sie setzten dieses Gespräch noch eine Weile fort und gebrauchten Worte wie Schleier in der Dunkelheit, um das Triviale besser in Bedeutendes zu kleiden, um leichter schlechte Laune, Neurosen und Gehässigkeit zu rechtfertigen und somit ihre gute Meinung über sich selbst aufrechtzuerhalten. Nun faßten sie Entschlüsse. Sie wollten entsprechende Vorsichtsmaßnahmen ergreifen, den Sicherheitsring um sie herum verstärken und abwarten, wie sich alles weiterentwikkelte.

»Es gibt nicht nur einen Weg«, sagte Joe, »um die Dinge voranzutreiben.«

Und sie gingen beide zu ihren Frauen heim, getröstet durch den Gedanken an ihre vielen Möglichkeiten. Sie schlossen ihr Büro zweimal ab und sicherten es, damit es nicht in irgendeiner Form mit Wanzen versehen wurde.

4

Summ, summ! Hört die Bienen! Eine Fuchsienhecke zieht sich von Nr. 1 bis Nr. 31 der Wincaster-Straße. In ganz London gibt es keine solche Fuchsienhecke. Sechs Fuß hoch, fünf Fuß breit und den größten Teil des Sommers üppige rote Blüten. Ich weiß nicht, welch besonderer Boden, welches Wetter und welche Absicht sie wachsen ließen.

Ich kann sie jetzt nicht mehr sehen, aber ich kann sie hören. Den ganzen Sommer über saugen die Bienen an den Blüten, summen und brummen. Die Blüten sind ganz fasziniert von einer solch intensiven Behandlung. Ich bin davon überzeugt, daß die Bienen aus weit entfernten Orten wie Enfield, Richmond, Epping und Dulwich kommen: von den grünen Vororten. Die Bienen leben in Bienenstöcken, und wo ist in der überfüllten Stadt Raum und Zeit, daß jemand Bienenstöcke halten könnte? Die Nachbarn würden sich bedanken!

Hilary schlug dem Gartenkomitee vor, die Hecke zu entfernen, da sie dachte, die Bienen seien gefährlich und könnten ihre kleine Tochter Lucy stechen. Das Gartenkomitee betrachtete sie mit Erstaunen und erklärte, die Bienen seien gut und wichtig für das Überleben des Mannes.

»Und wie ist es mit den Frauen?« fragte Hilary triumphierend. Sie war damals zum zweiten Mal schwanger, nachdem sie sich mit einem Mann eingelassen hatte, von dem man von vornherein wußte, daß er sie schlecht behandeln und sitzenlassen würde, was er tatsächlich auch tat, als sie im sechsten Monat war. Während des siebten und achten Monats machte sich Hilary Sorgen, das Baby könne ein Junge sein und als solcher als Feind abgestempelt und von ihren lesbischen Freundinnen, von denen sie jetzt Unterstützung brauchte, die ihr auch gerne gewährt wurde, aber nicht bedingungslos, gebrandmarkt und abgelehnt werden. Hilary konnte den Gedanken, einen Jungen zur Adoption freizugeben, nicht ertragen, ein weißes männliches Kind, ein Preis in der Welt des Babyhandels würde für das spießigste der spießigsten Mittelklasse-Paare ausgehandelt werden. Und dann wäre sie, Hilary, dafür verantwortlich, in die Welt, die sie verbessern wollte, die übelste Form eines männlichen Unterdrückers gesetzt zu haben. Sie konnte es auch nicht verantworten, Lucy Schaden zuzufügen, indem sie sie der Brutalität und Aggression eines Bruders aussetzte. Im neunten Monat schien die einzige Lösung zu sein, das Baby nach der Geburt wegzugeben – wenn es ein Junge sein sollte. Sie weinte und wand sich und sagte es Jennifer. Daraufhin lehnte es diese ab, noch ein Wort mit ihr zu wechseln.

»Sie ist schlecht«, sagte Jennifer. »Schlecht.«
»Sie ist verrückt«, war alles, was Hope dazu bemerken konnte. »Wenn das Baby erst mal da ist, wird es wieder besser. Wenn jemand so aussah – eingezwängt bis zum Bersten –, mußte er ja leicht verrückt sein. Hoffen wir, daß es vorübergeht.« Und Hope zeigte mit ihren rubinroten, gepflegten Fingernägeln auf Hilary, die es ablehnte, blusige Kleider zu tragen, die ihren ungewöhnlichen Umfang kaschierten – sie schien keine Spur Fett zu haben, und das Baby lag in ihr und zeichnete sich voll unter der Haut ihres Bauches ab.
Als das Baby geboren wurde – es plumpste mühelos in die Welt –, war es tatsächlich ein Junge, und Hilary liebte ihn sehr, und die kleine Lucy verbrachte die Zeit damit, seine babyhaften Bedürfnisse zu erfüllen. Hilarys Freundinnen ärgerten sich tatsächlich, daß es ein Junge geworden war, und Hilarys Liebhaber beklagten sich, weil sie nachts dem Baby soviel Aufmerksamkeit widmete. Also gab Hilary ihr Lesbiertum voll und ganz auf und mußte sich danach mit Jennifers ziemlich gönnerhaften Versöhnlichkeit und der Ich-habe-es-dir-ja-gleich-gesagt-Haltung der Wincaster-Straße auseinandersetzen.
Von Zeit zu Zeit kam der Vater des neugeborenen Babys vorbei und schaukelte den Kleinen auf den Knien. Er ging auch mit Lucy spazieren.
»Ich bin nicht einer deiner weibischen Männer«, pflegte er zu sagen. »Ich bin nicht einer von diesen Schwulen, die um die Feministinnen herumtanzen und dafür einen Tritt erhalten und bei Frauenkonferenzen eine Kinderkrippe führen, – für ein Lächeln

und einen Tritt. Mir tut lediglich der kleine Kerl leid.«

Hilary kochte vor Wut. Sie war ein hübsches Mädchen, auf eine bäuerliche, kernige Art, und sie versuchte, nach ihren Grundsätzen zu leben. Sogar Jennifer erkannte das an.

»Die Welt ist so angeordnet«, sagte Jennifer überraschend, »daß es fast unmöglich ist, es recht zu machen. Zumindest versucht es Hilary.«

Jennifer schenkt Hilary kleine Kleidchen und kleine weiße Socken für Lucy, doch Hilary gibt sie weiter an einen Wohltätigkeitsbazar, und Lucy trägt weiterhin ihre Latzhosen. Lucy sehnt sich nach Kleidern und Puppen, doch vielleicht nur deshalb, weil sie sie nicht bekommt.

Ich hatte mal ein Baby, es war weder ein Junge noch ein Mädchen. Es war ohne Fortpflanzungsorgane auf die Welt gekommen; starb fünf Minuten nach der Geburt. Frauen bringen ungewöhnliche Dinge zur Welt: Mutanten einer anderen Rasse, die nicht lebensfähig sind. Welcher Zweck steckt wohl dahinter?

Ich bat den Arzt, Laurence nicht zu sagen, was es mit dem Baby auf sich hatte. (Kann ich überhaupt dieses Ding mein Kind, mein Baby nennen?) Wie könnte ich Laurence sagen: »Schau, das haben wir zusammen fertiggebracht – nämlich nichts.« Ich trug die Last dieses Wissens allein. Ich erzählte ihm, es sei eine Totgeburt gewesen, und Laurence stellte keine weiteren Fragen. Als Reporter war er zu der Zeit sowieso unterwegs gewesen.

Es ist einfacher, herauszufinden und zu verdammen,

was in einem anderen Land geschieht, an einem weit entfernten Ort, als das, was in der eigenen Familie, im eigenen Herzen geschieht.
Ich erzählte es Isabel. Sie fragte: »Bist du nicht böse? Ich wäre es, wenn mich das Schicksal unter Millionen ausgewählt und mir einen solchen Schlag versetzt hätte.«
Ich erwiderte, ich hätte es verarbeitet. Aber vielleicht stimmte das gar nicht. Vielleicht war es die blanke Wut, die meine Augen ausgelöscht hatte. Oder vielleicht wollte das Schicksal gut zu mir sein und gab mir eine Trumpfkarte.
Sicherlich habe ich Laurences Schmetterlingsnatur auf die Nadel meiner Hilflosigkeit aufgespießt. Er wehrte sich etwas, meldete seinen Protest an, torkelte unrasiert und betrunken aus dem Pub. Ging betrunken hin und kehrte betrunken zurück. Ein ewiger Kreislauf!
Doch jetzt hält er still, hält mich in seinen Armen, sorgsam und liebevoll, eifrig darauf bedacht, keine plötzliche Bewegung zu machen, damit nicht irgendein Schaden entstehe.
Du kannst von einer Blinden kein Baby erwarten. Natürlich bekommen manche eines, aber das wird nicht erwartet. Bald werde ich auch zu alt sein und gerettet.
Summ, summ. Wie beschäftigt wir alle in der Wincaster-Straße sind. Zumindest die Bienen stellen nachts ihre Tätigkeit ein, wenn die Kälte ihre Flügel lähmt und das Gewicht des Honigs sie niederdrückt. Wenn möglich, kehren sie in ihren Bienenstock zurück und wenn nicht, sterben sie, ohne zu klagen, pflichtbewußt. Eine Biene könnte ihre Tage damit verbringen,

genau wie der Schmetterling, ihren Schöpfer zu lobpreisen und in der Sonne zu tanzen, aber nein, sie zieht es vor zu arbeiten. Auf jeden Fall sind die Bienen von der Fuchsienhecke entzückt.
Bei Einbruch der Nacht hört die Arbeit in der Wincaster-Straße auf. Dann erscheint die Fuchsienhecke am Ende des Gartens düster und ruhig. Ich erinnere mich daran aus der Zeit, als ich noch sehen konnte, wie die Lichter aus den Fenstern – die oft die ganze Nacht brannten – ihre Form hervorhoben. Sie wirkte dann wie eine schwebende Sturmwolke, mit Blutflecken.
»Verdammt noch mal«, sagte Hope böse, »wenn die Leute sich nur um ihren eigenen Kram kümmern würden und die anderen in Ruhe ließen, wäre alles viel besser.«
Hopes Liebhaber bringen ihr Schokolade und Blumen mit und hoffen, sie empfinde etwas mehr als Freundlichkeit ihnen gegenüber. Sie verblüffen sie. Was wollen sie denn? Von Sex versteht sie etwas und bietet ihn auch an, doch sie wollen ihr Wesen, ihre Seele, nicht nur ihren Körper. Sie schreibt gerade an einer Arbeit über Thukydides. Doch niemand zahlt sie ihr. Sie wird in irgendeiner obskuren Zeitung veröffentlicht und vergessen. Doch es ist interessant: solche Dinge müssen geschrieben werden. Hope lehrt am Birkbeck College reifen Studenten griechische Dichtkunst. Sie studieren um des Studierens willen und nicht im Hinblick auf einen zukünftigen Job. Ein Student ist über achtzig.
Summ, summ. Es dämmert. Das merke ich am Summen der Bienen. Einst kletterte Hope im Gemeinde-

garten eine Eiche hinauf und blieb auf halbem Wege stecken. Sie versuchte, eine Katze zu retten. Hope weinte, die Katze miaute. Dann kam die Feuerwehr. Ivor, ein Alkoholiker, verliebte sich hoffnungslos in Hope, für mindestens einen Monat, und Ivors Frau backte wie verrückt Brot und hoffte, ihre hausfraulichen Tugenden würden ihn begeistern, was sie immer taten, doch was hat Liebe mit solchen Verdiensten zu tun? Diejenigen, die sie nicht verdienen, bekommen sie. Diejenigen, die sie am meisten brauchen, bekommen sie nur selten. Denen, die sie haben, soll sie zur Bestürzung und Mißbilligung der anderen zuteil werden, wie Jesus einst verkündete, und denjenigen, die nichts besitzen, soll auch noch der kleine Teil, den sie haben, weggenommen werden.

Hope ließ die Männer, die sich als Elektriker vorstellten, in Nr. 3 ein. Eines Tages tauchten sie um sechs Uhr morgens in einem Wagen des Londoner Elektrizitätswerks auf. Homer, Isabel und Jason besuchten gerade Freunde in Wales. Die Männer machten sich eine Stunde lang im Haus zu schaffen. Sie sagten, sie müßten defekte Stromkabel ausbessern.

Hope war schon sehr früh hinausgegangen, da sie glaubte, ein Kätzchen habe miaut. Summ, summ! Sie kletterte ein Abflußrohr der Elektriker hoch, kletterte auf den Balkon, stieg durch das Fenster ein, ging in die Halle hinunter, an den Mänteln, Rädern und der Standuhr vorbei, und öffnete ihnen die Vordertür im Handumdrehen.

»Danke, Miss«, sagten sie bewundernd. Sie hatte wunderschöne Beine, die zudem sehr gelenkig waren, was

sie dadurch bewies, daß sie gazellenhaft am Haus hochkletterte. Hope ließ jeden herein, wenn sie ihre Schlüssel vergessen oder verloren hatten.
»Mach dir nichts daraus«, sagte sie.
Natürlich hätten sie sich einfacher Einlaß verschaffen können, wenn sie nicht schon so früh aufgestanden und nach dem Kätzchen Ausschau gehalten hätte.
Nachdem die Elektriker Nr. 3 wieder verlassen hatten, hätten Zuhörer alles, was sich hier abspielte, hören können, wann sie wollten, denn die Männer hatten Ihre JAPW-Abhörgeräte installiert. Summ, summ.

5

Einen Tag lang war das Thema, daß Jason einen Kinderpsychologen konsultieren müsse, für Homer tabu. Isabel war bange vor ihrer Arbeit und ihrem Leben. Sie suchte an Jason Zeichen für seine innere Unruhe. Jedes Kind kann, wenn es beobachtet wird, wenn das Vertrauen geschwunden ist, verstört und boshaft wirken. Die Naivität kann berechnend wirken, der Charme befangen, der lärmende und spontane Gefühlsausdruck ein versteckter Angriff auf den Erwachsenen. Isabel wußte dies und beruhigte sich. Jason war ein sechsjähriges Kind, das sich wie ein sechsjähriges Kind benahm, er war weder ihr Verfolger noch ihr Opfer.
Doch das kam eigentlich aufs gleiche raus. Wenn Ja-

son tatsächlich innerlich aufgewühlt war, was nur durch die Wahrheit behoben werden konnte, dann mußte sie damit beginnen, am Fundament ihres Lebens mit Homer zu rütteln, und das wollte sie nicht. Eigennutz und mütterlicher Stolz standen auf dem Spiel. Zum Wohle aller mußte Jason guten Mutes sein und sich guter Gesundheit erfreuen.

Dandy Ivel hielt eine Rede über Redlichkeit, Integrität, Ausdauer und Treue. Sie wurde im britischen Fernsehen übertragen. Isabel schaltete auf einen anderen Kanal. Homer sagte: »Dieser Mann wirft mit abstrakten Worten um sich wie mit Karateschlägen, um zu verwirren und zu erschrecken.« Isabel erwiderte: »Ja, finde ich auch.«

Isabel, Homer und Jason wollten das Wochenende bei den Humbles in Wales verbringen. Ian und Doreen waren von der Wardour Street weggezogen und hatten ihre Jobs aufgegeben, er als Mode-Designer und sie als Filmemacherin. Sie widmeten sich in den walisischen Bergen der Schafzucht. Ian und Doreen fuhren einen verbeulten Landrover, der mit Anti-Atomwaffen-Aufklebern verziert war, und ihre Kinder trugen steife Wollkleider, handgesponnen, in Naturfarbe, grob gestrickt. Ihre zarten Glieder, die so verpackt und durch die makrobiotische Kost mager waren, bewegten sich nur mühsam. Sie saßen auf dem splittrigen Holzfußboden ihrer Heimstätte und heulten. Jason ärgerte sich darüber, und kein Tadel und keine Erklärung konnten ihn davon abhalten, sie mit seinen Fäusten zu traktieren.

»Jason, sie sind doch noch so klein. Bitte, hör auf.«

»Jason, das ist ihr Heim, das sind ihre Spielsachen. Sie wissen noch nicht, was es bedeutet, zu teilen. Sie gehen noch nicht zur Schule, wie du.«
Doreen unterrichtete die Kinder zu Hause, da sie dafür qualifiziert war. Sie wollte nicht, daß sie der Brutalität und Verderbtheit von Kindern wie Jason ausgesetzt würden.
»Jason, wenn du so weitermachst, mußt du ins Bett.«
Jason fürchtete sich vor der Dunkelheit und Stille und reagierte hysterisch, als Isabel versuchte, ihn ins Bett zu bringen und seine tentakelähnlichen Glieder um sich schlang. Als er ruhiger wurde, holte ihn Homer und badete ihn in einer kleinen Badewanne im Nebenhaus, die von Hand gefüllt wurde, und zwar aus einem Tank, der nur unzureichend von einem Sonnenkollektor aufgewärmt wurde. Doch Jason regte sich über eine brütende Henne im Bad auf, fürchtete sich vor ihr (wie Homer später berichtete) und biß bei dem Kampf darum, nicht gebadet zu werden, seinen Vater in die Hand. Leugnete es aber ab, obwohl die Spuren klar erkennbar waren.
»Es ist die fremde Umgebung, das ist alles«, sagte Isabel obenhin und wies darauf hin, daß Ian und Doreens Töchter unruhig waren, finster blickten und quengelten und, obwohl sie nicht soviel Lärm wie Jason machten, genauso anstrengend waren und ganz bewußt seinen Silbertraktor gestohlen und versteckt hatten.
»Doch sie haben nicht gebissen«, sagte Homer. Er gab zu, daß sein Horror vor Bissen irrational war. Vielleicht mochte ein Kind es vernünftig finden, seine Zähne zu benutzen, um Eindruck zu machen, im

wahrsten Sinne des Wortes, doch Homer war bestürzt darüber.
An dem Abend, als sie nach London zurückkehrten, machte Jason ins Bett. Homer zog das Bett ab, reinigte die Matratze und wendete sie.
»Isabel, du mußt verstehen«, sagte er. »Jason ist traurig und beunruhigt und braucht Hilfe. Was bekümmert dich? Wofür fühlst du dich schuldig? Ich verstehe das nicht. Es sieht dir gar nicht ähnlich.«
»Ich möchte nicht, daß man sagt, er sei gestört, und daß ihm Pillen verabreicht werden.«
»Das wird auch nicht geschehen«, beruhigte Homer sie. »Vielleicht fürchtest du eine Kritik an dir? Daß man sagen könnte, Jasons Probleme seien deine Schuld? Doch wir wissen beide, daß es nicht so ist. Ich bringe ihn genauso aus der Fassung wie du. Wir waren beide gleichermaßen mit seiner Erziehung beschäftigt – nur daß ich mich um das Bettzeug kümmere, wenn er ins Bett macht.«
Isabel kapitulierte. Homer lenkte ihre Aufmerksamkeit auf Dr. Gregory.
»Wer hat ihn empfohlen?«
»Colin Matthews.« Colin Matthews war einer von Homers Autoren. Er schrieb Politthriller, die Bestseller wurden.
»Doch du traust weder seinem Urteil noch seiner Politik, noch seinem Stil. Wie kannst du ihm dann in bezug auf einen Kinderpsychologen trauen?«
»Dr. Gregory behandelte seine Tochter, als sie eine Gehirnverletzung hatte. Die kleine Antonia. Erinnerst du dich? Wir waren bei ihrer Taufparty.«

»Wir hätten lieber nicht hingehen sollen. Es war reine Scheinheiligkeit. Das ganze Leben des Kindes ist darauf aufgebaut. Der Vater ist ein Faschist und die Mutter eine Hyäne, und Antonia besucht eine Steiner-Schule. Kein Wunder, daß dies aufs Gehirn schlägt.«
Isabel wußte, daß sie unvernünftig und lächerlich war. Sie fühlte, wie ihre Unterlippe bereits schmal und verzerrt war und immer dünner wurde, so daß sie schließlich ganz der ihrer Mutter gleichen würde.
»Vielleicht hat Dr. Gregory genau das herausgefunden«, sagte Homer geduldig.
»Wahrscheinlich hätte es sich von selbst wieder gegeben«, sagte Isabel. »Du findest nicht viele Erwachsene, die eine Gehirnverletzung haben oder die Leute in die Hand beißen.«
»Doch, in Nervenheilanstalten«, bemerkte Homer.
Das war der letzte Protest, den Isabel versuchte. Sie rief Dr. Gregory an. Er hatte nur noch einen Termin um drei Uhr des folgenden Tages frei. Isabel war damit einverstanden.
Natürlich hatte sie vergessen, daß sie Jason dann früher von der Schule abholen mußte. Dabei traf sie Mrs. Pelotti. »Jason? Er soll früher den Unterricht verlassen, um zum Psychiater zu gehen? Sie erstaunen mich. Warum tun Sie das? Wurde das von der Schule empfohlen? Nein? Was tun Sie dann dem Kind an? Jason ist für uns alle ein großes Problem, doch er ist nicht gestört. Bei Jason ist auch nicht mehr falsch oder richtig als bei uns allen. Sind Sie ein geistiger Krüppel? Nein. Ist Ihr Mann ein geistiger Krüppel? Nein. Also warum soll dann Ihr unglückliches Kind ein Krüppel sein?«

Mrs. Pelotti hatte keine hohe Meinung von den Eltern ihrer Schüler. Aufgrund ihrer langjährigen Erfahrung hatte sie den Eindruck gewonnen, daß ihnen das Wohl ihrer Kinder am wenigsten am Herzen lag. Die Kinder aus der Mittelklasse wurden zu sehr behütet, die der Arbeiterklasse stellten selbst eine echte Gefahr für ihre Nachkommen dar. Sie nahm Kinder ab drei Jahren auf – alle. Die Auswahl wurde nur nach Einzugsgebiet getroffen. Sie nahm die Zurückgebliebenen und die Begabten auf, die Kränklichen und die Gesunden, die Verrückten und die geistig Gesunden, die Armen und Reichen, Rabauken und Dulder – und wohin ihr Blick fiel, sah sie Gesundheit, geistige Gesundheit und Energie. Das rote Ziegelsteingebäude mit seinen hohen, widerhallenden Wänden erschallte vom Klang der Kindermusik und strahlte die Kunst der Kinder wider. Und wo sie hintrat, blühten Blumen, künstliche und natürliche. Es war nicht ihre Schuld, noch die ihrer Vorgänger, noch die ihrer Nachfolger, wenn ihre Augen nicht überall in der Schule sein konnten; wenn Rabaukentum, Elend und Hinterhältigkeit jeder Art mit dem Abfall der Straße in die Schule eindrang, hereingeweht von Winden städtischer Unzufriedenheit. Von Mrs. Pelottis Schülern kam jeder fünfte aus einer Familie, in der der Vater arbeitete und die Mutter zu Hause war. Die übrigen kehrten in leere Häuser zurück oder wurden von der Mutter oder dem Vater allein erzogen oder den Großeltern oder älteren Geschwistern oder von Pflegeeltern. Alle hatten ein Dach über dem Kopf und Schuhe, im allgemeinen Freizeitschuhe, an den Füßen, doch selten das Dach, das sie wollten, noch die Schuhe, die paßten.

Isabel und Homer schickten Jason in Mrs. Pelottis Schule, da sie glaubten, es müßte sein und weil er sich dort wohl fühlte. Freunde von ihnen hatten Kinder, die in Schulen gingen, die Schulgeld verlangten und Uniformen und polierte Schnürschuhe, und diese Eltern warfen Isabel und Homer vor, sie würden Jason auf dem Altar des sozialistischen oder der Himmel möge wissen, was für eines Prinzips opfern. Isabel und Homer sagten, sie wollten nicht, daß Jason ängstlich in einer Welt aufwachse, an der er keinen Anteil hatte. Und wie konnte die Gesellschaft je zum Besseren verändert werden, fragten sie sich und einander, wenn sich die Mittelklassen Privilegien für ihre Kinder anmaßten? Mrs. Pelotti, argumentierten sie, benötige ihre Hilfe.

Heute morgen schien Mrs. Pelotti keine Hilfe zu benötigen. »Wissen Sie«, sagte Isabel, »er hat damit angefangen zu beißen.«

»So?« bemerkte Mrs. Pelotti. »Das würde ich an seiner Stelle auch. Sie reden zuviel mit ihm. Sie bitten ihn um seinen Rat. Sie vergessen dabei, daß er dafür noch zu jung ist. Sie behandeln ihn, als wäre er ein Erwachsener. Er ist erst sechs. Natürlich beißt er. Er konnte nie so sprechen, wie er wollte. Was soll er also tun?«

»Machen wir etwas falsch?« fragte Isabel.

»Ja«, erwiderte Mrs. Pelotti. »Sie sind immer zu spät dran. Bringen Sie ihn pünktlich und holen Sie ihn pünktlich ab. Sie und Ihr Mann verbringen soviel Zeit damit, darüber zu diskutieren, wer dran ist, daß das Kind darüber vergessen wird. Doch bringen Sie ihn ruhig zu einem Psychiater, wenn Ihnen das Spaß macht und Sie das nötige Geld haben. Ich glaube nicht, daß es viel schaden kann. Wenn Sie irgend etwas zum Ausrangieren haben, nächste Woche findet hier ein Wohltätigkeitsbazar statt. Allmählich bin ich mehr eine Geldauftreiberin als eine Pädagogin. Doch ich habe keine andere Wahl.«

»Mrs. Pelotti«, sagte Isabel überrascht. »Ich komme nie zu spät.«

»Einer von Ihnen beiden ist es auf alle Fälle«, sagte sie. »Vielleicht ist es Ihr Mann. Sie sind beide so beschäftigt, daß Sie nie etwas bemerken.«

Danach ging Isabel zur Arbeit. Mrs. Pelotti war unfair gewesen. Jason wurde fast immer pünktlich abgeliefert und abgeholt, doch Mrs. Pelottis Taktik bestand darin, Eltern und Kinder anzufeuern, und zwar durch maßlose Übertreibung, und sie dann mit einer realisierbaren, praktischen Aufgabe wegzuschicken. War man fünf, lernte man die Schnürsenkel zu binden, war man 35, strebte man danach, pünktlich aufzustehen.

»Und machen Sie sich keine Sorgen«, rief ihr Mrs. Pelotti hinterher, »Jason ist in Ordnung.«

Isabel fühlte sich weniger bedroht. Wenn Dr. Gregory reiner Luxus war, konnte sie Homer beruhigen, indem sie Jason zu ihm brachte, und brauchte selber keine intimen Geständnisse zu machen. Alles würde gut werden.

Am Abend waren Isabel und Homer bei den Nachbarn eingeladen. Schon wieder hatte Dandridge Ivel einen Auftritt im Fernsehen. Wie üblich lief er auf und ab. Der Zuschauer gewann den Eindruck, als ob das Gewicht weltweiter Entscheidungen von seinen massiven Schultern mit Leichtigkeit getragen würde. Ausnahmsweise konnte Isabel den Fernseher nicht abschalten, da Laurence, wie immer, auf jeden Fall die Neun-Uhr-Nachrichten sehen wollte. So mußte sie sich Dandy wohl oder übel ansehen. Plötzlich blieb er stehen, wandte das Gesicht der Kamera zu und sprach. Seine Stimme war tief, kraftvoll und deutlich. Sie stellte fest, daß er zugenommen hatte, aber das stand ihm gut. Und wenn er kräftiger war, als sie ihn in Erinnerung hatte, dann lag das wohl an der Qualität des amerikanischen Films, der vom britischen Fernsehen übernommen worden war. Und wenn es nicht daran lag, dann war es auch nicht tragisch. Vielleicht speisten die Politiker einfach zu gut.

Die dunklen, klugen Augen mit dem traurigen Touch – das Ergebnis bitterer Lektionen – sprühten immer noch vor Charme, und der freundliche Mund war immer noch sinnlich geschwungen, doch Isabel fühlte kein Verlangen und keine Eifersucht, daß diese Lippen so gut ohne sie zurechtkamen. Er erschien Isabel wie eine gemalte Landschaft an der Wand des Kinderzimmers, die das Kind einst liebte. Aber jetzt, da das Kind erwachsen war, sah es sie, wie sie wirklich war: primitiv und unpassend. Doch da sie die Erinnerung an Liebe und Unschuld und Wunder in sich birgt, ist es besser, sie vollkommen zu vergessen, umzudrehen. Sie wollte nicht daran denken. Andere taten das natürlich. Das Gemälde stellte sich als ein primitiver, fabelhafter Wertgegenstand heraus.

»Die Politik der Konfrontation ist abgedroschen«, sagte Dandridge Ivel. »Wir haben das Zeitalter der -ismen verlassen: Kapitalismus, Kommunismus, Sozialismus. Wir gehören alle zu einer Rasse, der menschlichen, und wir müssen lernen, freundlich miteinander umzugehen. Die Freundlichkeit muß unseren Umgang miteinander bestimmen – Weiße mit Schwarzen, Nation mit Nation, Staat und Bürger, Mann und Frau, Eltern und Kinder. Wir müssen eine neue Ära des Mitgefühls einleiten. Ich meine damit nicht Weichheit, oder die Art träger Nachgiebigkeit, die als Warmherzigkeit angesehen wird, sondern das Mitgefühl, das der Vater für sein Kind empfindet. Es schließt Zähigkeit, Disziplin und vor allem Liebe mit ein.«

»Ich frage mich, wer seine Reden schreibt«, sagte Laurence beeindruckt.

»Er selbst«, sagte Isabel ohne zu überlegen. »Das habe ich irgendwo gelesen«, fügte sie hinzu.

Dandy war mit einem Mädchen namens Pippa Dee verlobt, einem Tennis- und Schwimmstar. In der Zeitung sah sie hübsch, gesund und zärtlich aus und nach europäischem Geschmack völlig unerotisch. Sie war polnischer Abstammung, hatte ein breitflächiges Bauerngesicht, das aufgrund guter Ernährung lieblich aussah, nicht zuletzt auch dank eines guten Zahnarztes. Sie hatte große Augen, eine Stupsnase, hohe Backenknochen und eingefallene Wangen. Dandy Ivel und Pippa Dee! In London schien das lachhaft. Doch gerade diese Lächerlichkeit erhöhte die Chance seiner Wahl. Es war, als ob die Macht es liebte, ein unschuldiges, lächelndes, unscheinbares Gesicht zu zeigen, während sie auf den richtigen Augenblick wartete.

»Damals wirkte Jimmy Carter lächerlich«, sagte Homer. »Er war Erdnußfarmer. Und Ronald Reagan, der

Schauspieler, erschien vielen als Witz. Doch es erwies sich, daß sowohl Carter als auch Reagan durchaus ernst zu nehmen waren. Und Pippa Dee als First Lady würde viele begeistern. Jackie Kennedy brachte französische Gerichte ins Weiße Haus, Pippa Dee würde vielleicht Tennisplätze und Swimmingpools bringen. Dandy hat das Zeug zum Gewinner.«

»Die Menschenrasse sieht sich Gefahren gegenüber, die ihr Verständnis übersteigen«, fuhr Dandridge Ivel fort. »Es ist unsere Pflicht, das Herz und die Fantasie Amerikas wachzurütteln, so daß es diese Gefahren begreift und nicht mehr den Wunsch verspürt, zu vernichten, da es ja selber auch nicht vernichtet werden möchte. Wir laufen Gefahr, uns als eine Herrscherklasse zu sehen. Wir müssen begreifen lernen, daß wir in erster Linie menschliche Wesen sind und erst in zweiter Amerikaner.«

»Das ist für den europäischen Markt bestimmt«, sagte Homer. »In Amerika werden sie das bestimmt rausschneiden.«

»Du bist zynisch«, sagte Laurence.

Alle blickten überrascht, da man diese Bemerkung von ihm, den man für hartgesotten hielt, nicht erwartet hätte.

»Es besteht kein Zweifel«, sagte der Kommentator, »daß Dandridge Ivel, der Senator aus Maryland, verwaister Sohn eines kleinstädtischen Ladenbesitzers, der sich durch Entschlossenheit, Energie und Charme und nicht zu vergessen, durch Ehrlichkeit, zur Spitze des politischen Baumes hochgearbeitet hat, ein eigenes Charisma hat. Er ist ein hoffnungsvoller Bewerber für den Präsidentenposten. Er sieht jung aus, fühlt jung und ist jung. Wenn es ihm gelingt, in den nächsten Monaten am Ball zu bleiben, wenn er seine eigene spezielle Mischung aus Westküsten-Moral, Ostküsten-Schlauheit und bibelgebundener Ehrbarkeit mit etwas größerer Leichtigkeit aufeinander abstimmt, wenn es ihm weiterhin gelingt, allen zu gefallen und keinen zu verletzen, und er unterwegs nicht an Glaubwürdigkeit verliert, dann glaube ich, daß wir mit Fug und Recht sagen können: Hier ist endlich der Mann für das gesamte Amerika. Der vereinende Faktor. Dandridge Ivel.«

Dandy wandte sein Gesicht der Kamera zu. Er lächelte. Er schien seine Zuschauer zu verstehen. Er schien zu sagen: Sie und ich, wir haben harte Zeiten erlebt. Doch wir dürfen uns nicht verbittern lassen, sollten eher versuchen zäh, aber doch biegsam zu sein, wie Stahl.

»Wir müssen die Vergangenheit vergessen«, sagte Dandy, an Isabel und tausend Millionen anderer Zuschauer gewandt. »Morgen ist wieder ein Tag.«

Laurence stellte ihn ab.

»Gott sei Dank«, sagte Maia entschuldigend zu ihren Gästen. »Ich befürchte, Laurence hat einen unstillbaren Appetit auf Nachrichten.«

»Es hat keinen Sinn, so zu tun, als existiere die Außenwelt nicht«, sagte Laurence. »Und vorgewarnt ist vorbereitet. Doch ich muß sagen, Dandridge Ivel scheint seit Jahrzehnten die beste Nachricht aus den USA zu sein. Isabel, hattest du ihn nicht interviewt, als du das erste Mal nach London kamst?«

Zum Essen gab es Filet Wellington und Kartoffelsalat. Das Essen wurde von Laurences Exgeliebter Helen, die in einem Delikatessengeschäft am Haverstock Hill arbeitete, höchstpersönlich gebracht. Es war in weiße Schachteln verpackt, die mit einem roten Band verschnürt waren, à la française. Helen nahm sich Maias Blindheit sehr zu Herzen, da sie sich irgendwie schuldig fühlte, denn der Streit, der Maias Augen vor Tränen blind gemacht und folglich zu dem Unfall geführt hatte, ging um Laurences gelegentliche Seitensprünge. Damals war gerade Helen an der Reihe gewesen. Maia war ein sehr ernsthafter Mensch, und Homer äußerte oft, daß wohl ihre Ernsthaftigkeit ihren Mann dazu bewog, fremdzugehen. Er gierte mehr nach Frivolität als nach sexueller Befriedigung. Doch jetzt hatte Maias Blindheit ihre Ernsthaftigkeit bestätigt – den Blinden ist es erlaubt, ernst zu sein –, und Laurence war ihr völlig verpflichtet, sexuell und menschlich. Helen war durch Laurences Verweigerung und ihre Verantwortung für Maias mißliche Lage am Boden zerstört. Jeden Donnerstagabend unterbreitete sie Maia ihre Friedensangebote: geräucherten Lachs, italienische Wurst, Filet Wellington und andere Delikatessen. Helen wählte sie mit ängstlicher Sorgfalt aus.

»Ich sollte Dandy Ivel interviewen«, korrigierte Isabel. »Vor undenklichen Zeiten, als er Senator war und in einem Komitee, das die Korruption untersuchte, saß und ich einen Job als internationale Korrespondentin hatte. Damals hatte ich sogar einen Platz in der Concorde gebucht, doch ich verpaßte das Flugzeug und verlor meinen Job. Ich rede nicht gern darüber.

Wer täte das auch unter solchen Umständen gern?« Isabel wußte, daß eine Lüge am glaubhaftesten klang, wenn sie sich so nah wie möglich an die Wahrheit hielt. Wenigstens ein Teil der Story entsprach ja der Wahrheit.

»Vielleicht tritt Pippa Dee in deinem Programm auf«, sagte Laurence, »als Zweitbeste.«

»Das glaube ich nicht«, sagte Isabel. »Elphick achtet darauf, daß die Politik aus dem Spiel bleibt.«

»Das scheint eine Verschwendung menschlicher Bemühung, ganz zu schweigen von der formbaren und empfänglichen Zuhörerschaft«, sagte Homer, der Elphick nicht mochte. »Auch wenn es unmöglich erreichbar ist. Sogar das Personal ist heutzutage politisch.«

»Elphick erreicht es«, sagte Isabel. »Und warum soll ich mich mit Elphick anlegen? Er bedeutet meinen Lebensunterhalt, meine Zukunft und mein Einkommen.«

»Ich dachte, ich würde all diese Dinge repräsentieren«, sagte Homer, und alle lachten.

»Die Moral kommt erst später«, sagte Isabel. »Wenn wir sie uns leisten können. Auf das Wohl von Dandy Ivel und Pippa Dee!«

Am folgenden Tag nahmen Isabel und Homer Jason zu Dr. Gregorys Haus mit. Es lag im grünsten Teil des St. John's Wood. Er war ein großer Mann, mit einer straffen gelblichen Haut und einem Gesicht, das etwas von einem Adler und von einer Eule hatte. Er hatte eine liebenswürdige Art, flößte Vertrauen ein und sprach gemächlich, als ob er unbegrenzt Zeit hätte.

Isabel, die an das schnelle Sprechen und noch schnellere Denken ihrer Kollegen gewöhnt war, fand seine Langsamkeit verwirrend. Sie hatte das Gefühl, als ob er über sie zu Gericht sitze, sich zu den letzten Wahrheiten vortastete und nichts von den üblichen Wahrheiten, an die sie gewohnt war, wissen wollte.

»Ich nehme an, er sitzt über dich zu Gericht«, sagte Homer. »Und über mich. Es ist eine Binsenweisheit, daß immer die Eltern schuld sind, wenn die Kinder Probleme haben.«

Dr. Gregory sprach mit Isabel, Homer und Jason, erst gemeinsam und dann einzeln.

»Was hat er zu dir gesagt?« fragte Isabel Jason.

»Nichts«, erwiderte Jason.

»Was habt ihr dann gemacht?«

»Nichts.« Jason schien sich über sein Geheimnis, was auch immer es sein mochte, zu freuen. Isabel hatte das Gefühl, daß er ihr plötzlich entglitten war: was einst ein Riß war, war jetzt ein gähnender Abgrund. Ihr Kind löste sich von ihr; sie streckte die Arme nach ihm aus, doch es drehte ihr gleichgültig den Rücken zu. Sein Leben begann. Was interessierte ihn ihres?

»Was hat er zu dir gesagt?« fragte Isabel Homer.

»Er befragte mich nach meiner Kindheit und meinem Sexualleben.«

»Was hast du gesagt?«

»Nicht viel. Ich sagte, meine Eltern waren autoritär und mein Sexualleben sei ausgezeichnet.«

»Danke.«

»Keine Ursache.«

»Mein Sexualleben?« wiederholte Isabel, als sie mit

Dr. Gregory allein war. »Was für eine seltsame Phrase. Hört sich an, als wenn es nichts mit meinem übrigen Leben zu tun hätte.«

»Die meisten meiner Patienten verstehen, was ich meine«, sagte er mit freundlichem Lächeln. Auf einem Auge schielte er leicht. Manchmal wußte man nicht, in welche Richtung er blickte.

»Ich bin nicht Ihre Patientin«, sagte Isabel, »sondern Jason ist Ihr Patient.«

»Ich bin froh, daß Sie unterscheiden«, sagte er. »Einige der Mütter, die mich aufsuchen, können sich nicht von ihren Kindern unterscheiden, und das bringt allerlei Probleme mit sich. Was glauben *Sie,* was mit Jason los ist?«

»Nichts.«

»Dann haben Sie wahrscheinlich recht. Wie ist Ihr Sexualleben?«

»Miserabel«, antwortete Isabel, ohne zu denken. Nachdem sie es ausgesprochen hatte, dachte sie, daß es wohl die Wahrheit war. Sex mit Homer war eine angenehme Übung, war aber keineswegs der Mittelpunkt ihres Ehelebens, wie es der Beischlaf sicherlich sein konnte und sollte. Sie erlaubte sich die Erinnerung, wie Sex einst gewesen war und vielleicht wieder sein könnte. Und sogar während des Redens erweiterte sich der Horizont ihres Bewußtseins. Es kamen jetzt Ängstlichkeit, Verlust und Furcht, aber auch große Hoffnung hinzu: die Vision eines Bildes. Sie hatte das Gefühl, wieder achtzehn zu sein, sie zitterte und dachte, sie würde gleich in Tränen ausbrechen.

»Gibt es zwischen Ihnen und Ihrem Mann Anlaß zu Unstimmigkeiten?«

»Nein. Es gibt zwischen uns nur eine Quelle des Nichts.«
»Oh. Was für eine Quelle sollte es sein?«
»Mehr Kinder.« Sie sprach erneut, ohne zu denken. »Doch das geht nicht«, fügte sie hinzu. »Jason füllt uns voll aus, und Homer ist, genau wie ich, ein Einzelkind, und irgendwie scheinen wir beide zu glauben, daß ein Kind für eine Familie reicht.«
»Doch Sie haben nicht mit Homer darüber gesprochen.«
»Nein.«
»Sie reden doch auch über andere Dinge.«
»Ja, ja, endlos.«
Und wir könnten so weitermachen, überlegte Isabel, immer weiter, indem wir alles sagen und nichts erreichen. Das ist okay. Sie hatte wieder ihr eigenes, rechtmäßiges Alter, war selbstsicher und etwas rechthaberisch. Sie kannte die Regeln.
»Ich glaube, Sie verbergen etwas«, sagte er. »Etwas ganz Wichtiges. Ich glaube, unter der Oberfläche Ihres Familienlebens steckt eine Unwahrheit, und die ist der Grund, daß Jason so heftig reagiert. Vielleicht hängt es mit dem Rollentausch zwischen Ihnen und Ihrem Mann zusammen –«
»Es ist kein Rollentausch«, verbesserte Isabel, »sondern Rollenteilung. Ich hoffe, Sie behaupten nicht, Jason sei gestört, weil sein Vater und ich uns die Elternschaft teilen?«
»Nein«, erwiderte er geduldig. »Ich frage mich nur, warum dies Ihnen beiden so wichtig erscheint.«
»O Gott«, sagte Isabel, »es ist wichtig. Wie soll die

westliche Gesellschaft das derzeitige Chaos überwinden, wenn nicht die Elternschaft zwischen Vater und Mutter geteilt wird? Wie sollen Männer und Frauen sich je emanzipieren?«

»Die Gleichheit ist vielleicht nur ein Ablenkungsmanöver«, erwiderte er. »In den meisten Gesellschaften und Religionen, einschließlich der neuen östlichen, die von der heutigen Jugend so hochgehalten wird, wird die Rolle des Mannes als aktiv und die der Frau als passiv akzeptiert.«

»Himmel«, sagte Isabel am selben Abend mit Inbrunst. Sie unterhielt sich mit Homer. »Sexismus, Freudianismus und Yin-Yang-Unsinn wurde alles in einen Topf geworfen. Du kannst Jason zu ihm bringen, ich gehe nicht mehr hin.«

In der Nacht rief Jason nach seinen Eltern. Homer ging zu ihm hinauf, während Isabel stöhnte. Jason hatte erneut ins Bett gemacht.

»Als nächstes wird Dr. Gregory sagen«, sagte Isabel besiegt, während sie ihre Freizeitschuhe schnürte, »daß der Feminismus das Symptom einer kranken Gesellschaft ist. Du wirst sehen.«

»Der Feminismus ist ein völlig legitimer Standpunkt, von dem aus die Frau die Welt betrachten kann«, sagte Dr. Gregory.

»Vielen Dank«, erwiderte Isabel.

»Aber wie kann ein Junge neben seiner Mutter die Welt mit ihren Augen sehen? Sein eigenes, egoistisches Wesen und seine Liebe für Sie stehen im Widerstreit. Jason ist ein aufgewecktes, phantasievolles Kind. Sie vermitteln ihm eine Weltsicht, die nicht mit der Wirklichkeit um ihn herum übereinstimmt.«

»Ich glaube nicht, daß es das ist«, sagte Isabel.
»Was dann?«
Isabel starrte ihn stur an und sagte nichts. Er wartete. Draußen rauschte der Verkehr vorbei; die fröhliche Stimme eines Kindes rief auf Wiedersehen. Ein Feigenbaum wiegte sich sanft im Wind und streifte das Fenster. Er gehörte zu einer anderen Zeit und zu einem anderen Ort. Isabel spürte fast körperlich die Sperre in ihrem Geist, die ihr vergangenes Ich von ihrem gegenwärtigen trennte. Leidenschaft, Reaktion und Verständnis waren hinter der Mauer eingeschlossen, ächzten und stöhnten, um herausgelassen zu werden. Was sie jetzt fühlte, war ein trauriger Abklatsch von dem, was sie einst gefühlt hatte.
Natürlich verstand sie es, sich erfolgreich darzustellen, sich jeden Montagabend einer Million von Zuschauern zu präsentieren. Natürlich fand sie es leicht. Noch bevor die Kameras auf sie gerichtet waren, war sie eine Reproduktion.
Selbstverständlich eine gute, die nur von Experten, wie Dr. Gregory erkannt, als Kopie identifiziert wurde, eine Täuschung, ein Hohn, eine Beleidigung des Originals aufgrund seiner Vermessenheit.
»Vielleicht erzähle ich es Ihnen, wenn ich das nächste Mal komme. Das heißt, wenn ich komme...«, sagte sie. »Auf jeden Fall ist Jason Ihr Patient, nicht ich.«
»Sie sind interessanter«, sagte er, und sein schielendes Auge, das linke, verharrte plötzlich auf einem Punkt und sie begriff, daß er mit diesem Auge Reproduktionen erkennen konnte. »Die geheime Unwahrheit im Herzen einer jeden Mutter«, höhnte, eiferte und spöt-

telte sie, während Homer die Rumpsteaks zubereitete. Er tat dies vorsichtig und hatte dabei den Dunstabzug eingeschaltet. Isabel tat alles hastiger – sie ließ das Fleisch bei übermäßiger Hitze anbraten, und die ganze Küche roch nach dem Fett und war in Rauch gehüllt. Deshalb zog Homer es vor, sich selbst an den Herd zu stellen. Er gab wohl zu, daß ihr Steak besser als seines schmeckte, sagte aber, daß er es nicht ertragen könne, hinterher alles aufräumen zu müssen.

»Dr. Gregory ist so blöd! Jennifers Adrian macht noch mit zwölf ins Bett, und niemand bringt ihn zum Quacksalber. Sie glauben einfach, daß er so tief schläft, daß er es nicht merkt. Jennifer ist eine ideale Immer-zu-Hause-Mutter und doch macht Adrian ins Bett.«

»Vielleicht kümmert sich sein Vater nicht genug um ihn«, sagte Homer. »Isabel, verbirgst du mir etwas? Eine Lüge? Du bist so ärgerlich, daß ich allmählich den Verdacht habe, daß etwas nicht stimmt.«

»Es gibt keine Lüge«, sagte Isabel. »Aber ich würde bestimmt eine erfinden, wenn ich könnte, um etwas zur Ruhe zu kommen.« In dieser Nacht spielte sie Homer einen Orgasmus vor; etwas, das sie noch nie zuvor getan hatte. Es ersparte ihr Fragen. Und ganz plötzlich sehnte sie sich danach, allein zu sein, wünschte sich, daß ihr Handeln, Reagieren und Nicht-Reagieren nicht kommentiert würden.

6

Pete schrieb an einer Rede für Dandy, die dieser bei einer Versammlung von Grubenbesitzern halten sollte. Pete wußte nicht, ob Dandy sie ablesen oder aus dem Stegreif halten würde.

Doch genau das war der Grund, weshalb Dandy soviel Liebe und Loyalität einflößte. Er besaß Integrität. Wenn ihm die Mütze nicht paßte, setzte er sie nicht auf, auch wenn er noch so an den Ohren fror und der Wind ihm um die Ohren blies.

Die Rede handelte von der Reinlichkeit; vom Symbolismus der Übertageanlagen-Duschen – dem Wunsch, Menschen gegen Maschinen einzutauschen, im Interesse der Menschenwürde, und sie handelte von der Arbeitstheorie des Wertes – der Gewinn sollte nicht mehr länger nur ein finanzieller sein. Echter Wohlstand bedeutete nicht finanziellen Reichtum, sondern die Möglichkeit des Menschen zu arbeiten, gut zu arbeiten. Wie sollte man sich nicht vor der Inflation fürchten, die sowohl Freund als auch Feind sein konnte.

»Ach du lieber Gott, Reinlichkeit«, sagte Joe und glättete einen von Petes Artikeln, die dieser achtlos auf den Boden hatte fallen lassen. Der Boden war übersät von Papier. Wenn Pete in voller Schaffenswut war, ging er verschwenderisch damit um. »Seit gestern abend habe ich in bezug auf Dandy und die Reinlichkeit resigniert. Hast du ihre Zehen gesehen?«

Der Abend vorher war katastrophal gewesen. Dandy

hatte darauf bestanden, alle mit in einen Nightclub zu schleppen, den er wegen seiner Gewichtsprobleme und seines hohen Blutdrucks eigentlich hätte meiden müssen. Er trank zuviel, übersah die netten, treu ergebenen Mädchen vom Party Headquarters, die ihm immer hinterherliefen, legte sich mit einem Kellner an und verschwand für ein paar Stunden mit einem Mädchen aus der Garderobe, das Sandalen trug, in denen ungewaschene Füße steckten und an dem bestimmt niemand eine Sicherheitsüberprüfung vornehmen würde. Pippa war bei irgendeinem Tennisspiel.

»Wenn er erst mal verheiratet ist und im Weißen Haus sitzt«, sagte Pete, »wird er häuslich.« Über die Zukunft Dandys bestand für sie kein Zweifel. Niederlage, Verlust, Fehlschlag, Enttäuschung oder Demütigung waren nicht vorgesehen. Sie unterdrückten alle negativen Gefühle: eine Gewohnheit, die sie mächtig und gefährlich machte. Sie dehnten die Wirklichkeit bis zur Zerreißgrenze, und da sie nicht wußten, wie sie sich selbst kaputtmachen konnten, wollten sie stattdessen die Welt kaputtmachen. Sie konnten ungestraft morden und töten, nicht so sehr im Glauben an die Richtigkeit ihrer Sache oder indem sie sich einredeten, der Zweck heilige die Mittel, sondern weil sie ganz einfach nicht erkannten, daß das, was sie getan hatten, Mord war. Sie gingen sogar so weit, daß sie die Sprache für ihren Zweck änderten. Wenn Isabel oder sonst jemand verschwinden mußte, würde sie nicht getötet oder ermordet werden, sondern liquidiert, ausgeschaltet, vernichtet. Man würde in ihr eine Hexe sehen, zudem eine ausländische, sie nicht als Frau ansehen. Amerikanerin war sie ja sowieso nicht. Da sie also keine von ihnen war, würde ihre Beseitigung keine Gewissensbisse verursachen.

Dandy behandelte sie wie Dummköpfe, irrte sich aber, wenn er annahm, sie seien nicht intelligent. Pippa sagte, sie glaube, die beiden seien verrückt, doch sie irrte sich: sie waren geistig völlig normal, so normal wie jeder andere auch. Dandy und Pippa waren sich, befangen in ihrem Irrtum, einig, daß sie Hot Potato und Kitten um sich haben mußten. Jeder, der ein hohes Amt anstrebte, riskierte einen Politmord: Diebe mußten eingesetzt werden, um andere Diebe zu fangen, Mörder, um potentielle Mörder zu fangen.

»Man braucht nur über die Straße zu gehen, um einen Brief einzuwerfen«, sagte Dandy, »und riskiert dabei, von einem Auto totgefahren zu werden. Das mindeste, was ein Politiker tun sollte, ist, nach links und rechts zu sehen.«

Pete und Joe diskutierten nicht mit Dandy über den Fall Isabel. Das eine hatten sie aus der Watergate-Affäre gelernt: zu handeln, ohne auf eine Vollmacht zu warten, denn je weniger der Vollmachtgeber wußte, um so besser.

Wenn damals Liddy nicht McCord eingestellt hätte, wären ein paar Männer im Gefängnis vermodert, Nixon das dritte und vierte Mal gewählt worden und die Atomuhr wäre nicht zwei Minuten vor Mitternacht stehengeblieben, sondern ungefähr zehn vor.

Liddy, der nicht versucht hatte, seine Spuren zu verwischen, hatte die Zukunftsstruktur verändert. In Amerika war das Individuum immer noch mächtig.

Der Fernschreiber ratterte. Er war laut, im Gegensatz zum Computer, der ganz diskret rote Lichter aufleuchten ließ, wenn er etwas zu melden hatte.
Der Fernschreiber leitete sie weiter an den Computer. Oft bedurfte die moderne Technologie altmodischer Hilfsmittel.
»Es ist wieder unsere Isabel«, sagte Pete. »Sie erscheint unter einem neuen Kode. Irgend jemand macht sich ernsthaft Sorgen.«
Joe nahm das Kodebuch heraus und fing an zu arbeiten. Es enthielt keine Patentlösung. Einige Dinge konnten nicht von Maschinen, sondern nur von den Menschen selbst erledigt werden. Pete ging hin und her. Seine Frau war gerade auf dem Weg in die Abendschule, was er als kleineren Akt ehelicher Untreue ansah. Während er sich um das Wohl der Nation kümmerte, sollte sie sich um seines kümmern. Heute abend mußte er zu einem Babysitter heimgehen und sich sein Essen aus dem Kühlschrank holen. Es schien für den Krieger keine angemessene Belohnung zu geben. Sie hatte ihren Körper und ihr Haus aufpoliert, das war alles, was sie konnte, und jetzt kümmerte sie sich um ihren Geist.

7

Wumm, bumm, plop. Man hat in den Anlagen der Wincaster-Straße einen Tennisplatz angelegt. Er ist nur für die Anlieger bestimmt. Ich warte darauf, daß mich Jennifer dorthin führt und mir einen Schläger in die Hand drückt und mich informiert, jemand habe einen Tennisball mit einem Pfeifton ausgestattet, speziell für Blinde. Wumm!

Die Blinden müssen hart arbeiten, um die Moral der Sehenden aufrechtzuerhalten. Seht, alle Hindernisse können genommen werden. Nur Arbeit, Kampf, Streben und Leistung und Ansehen zählen. Da ist sogar unterschwelliger Neid: zumindest wir, die Blinden, die Hinkenden und die Tauben wissen, wo wir stehen (oder nicht stehen), und wissen, wer unser Feind ist. Man gesteht uns unsere Anfälle von Melancholie, Bitterkeit, Neid, Kummer, ja sogar Bockigkeit zu. Doch im übrigen, worüber können wir klagen? Wir haben Schuhe an den Füßen, unsere Mägen sind voll, wir können unsere Sexualpartner wählen, wie wir wollen, Kinder haben oder nicht, ganz nach Wunsch. Was plagt uns? Es gibt keine Entschuldigung für Elend, Depression oder Selbstmord.

Kein Ziel? Dann finde eines. Die ganze Wincaster-Straße entlang gehen Männer und Frauen zu Abendkursen, verbessern ihre Gesundheit, ihre Häuser, ihre Tenniskünste. Sie setzen sich selbst kleine Ziele: die Lust oder Gier zu überwinden oder treu zu werden oder schlank, je nachdem.

Wumm, bumm. Der Ball prallt gegen den Schläger, kraftvoll und entschlossen, verdrängt Zweifel und Desillusion. Das ist es! Spring, greif an, pariere, schlag zu. Erkenne falsch und richtig: Sieg in der Niederlage, ordentlich verteilt, aufgeteilt, gerecht beigemessen. Null-Satz, Spiel, Satz und Match. Sie spielten nur tagsüber Tennis, aber jetzt hat Oliver, der Architekt, Bogenlampen anbringen lassen, so daß man auch nachts spielen kann. Hope konnte nur nach der Arbeit spielen. Sie spielt sehr gut: langbeinig und leicht. Jennifer spielt bis zum fünften Monat ihrer Schwangerschaft Tennis. Die ganze Wincaster-Straße flüstert sich zu, Jennifer habe sich selbst durch Einschüchterung in diese ewige Mutterschaft getrieben. Sie sieht sich als eine Art Erbsenschote, deren Zweck es ist, aufzubrechen und kleine Ebenbilder von sich selbst freizugeben. Als sie jung und wild war und einen akademischen Grad in Anthropologie erworben hatte und sich selbst und die Welt rational betrachtet hatte, nahm sie einen Job als Nightclub-Hostess an, um die Sexualität des Mannes besser studieren zu können und gleichzeitig ihr Geld zu verdienen. Sie fand es überwältigend, wieviel Roheit und Betrunkenheit hier zu finden waren. Sie eilte auf dem schnellsten Weg nach Hause und heiratete Alec, einen Buchhalter beim Musical Express, der bereits vier Kinder hatte. Inzwischen haben sie weitere vier zusammen. Sie hat ihnen zuliebe ihr Eigenleben aufgegeben. Hope betrachtet dies als eine Art Selbstmord. Felo de liberis. Hope möchte nie Kinder haben, doch sie ist noch jung und aktiv und hat noch keine Ahnung vom Verfall des Körpers, davon, wie wichtig Kinder sind, wenn man älter wird, die Glieder steif werden, die Hoffnung und Energie nachlassen. Sie ist zu jung, um zu wissen, daß man sich nicht ewig nur um seine eigene Annehmlichkeit kümmern kann, ohne sich zu Tode zu langweilen. Sie weiß noch nicht, daß der Ehrgeiz, die Liebe und das Verlangen versagen. Man kann nicht zufriedenstellend Wurzeln im Hier und Jetzt schlagen, wie angenehm dieses Hier auch sein mag, ohne eine Vergangenheit und Zukunft darin einzuschließen, mittels der Vorfahren und Nachkommen – Teil des großen Generationstanzes. Leider läuft nichts ohne Opfer ab: Jennifer ist das Opfer der Wincaster-Straße. Sie zockelt herum mit ihren ausgetretenen Füßen und ihren ewig geschwollenen Knöcheln, gutmütig, geschäftig, selbstzufrieden. Oft hat sie Schmerzen, denn wenn sie schwanger ist, gehen ihre Hüftknochen immer irgendwie auseinander. Das reguliert sich wieder, wenn sie geboren hat, doch wer kann sagen, was nächstes Mal passieren wird? Wird sie dann watscheln und für immer Schmerzen haben? Vielleicht ist Jennifers übertriebene und gefährliche Mutterschaft ein Ausgleich für Hopes elegante und gewollte Unfruchtbarkeit? Jennifer hatte Isabel überredet, mit Dr. Gregory über das, was Homer als die Lüge an der Wurzel ihres Lebens bezeichnete, zu sprechen. »Mord scheidet aus«, bemerkte Jennifer am kommenden Samstag, als Isabel Jason zum Spielen brachte, »und die Wahrheit auch. Die Wahrheit ist gefährlicher. Die Kunst, mit der Wahrheit umzugehen, besteht darin, sie nach und nach zu enthüllen, dann hat man sie unter Kontrolle. Sonst gelangt sie in die Gewalt der Feinde, und sie benutzen sie gegen dich. Wenn man nicht zuerst redet, tun sie es.«

Der Lärm glücklicher Kinder umgab sie. Sie lag auf einem Ruhebett, um die Schmerzen ihrer Hüftknochen zu erleichtern. Es war ein Ruhebett aus der georgianischen Zeit, an dem bereits der Holzwurm nagte. Der Stoff war schon alt und verblichen, doch weich und romantisch. Die Kinder hatten ihr Blumen gebracht und sie in ein Marmeladenglas gesteckt, das noch die Reste hausgemachter Brombeermarmelade aufwies. Isabel, die beunruhigt, ängstlich, schuldbewußt und vielleicht übersensibel war, sah in Jennifers Worten ein Omen und beschloß, die Wahrheit ans Tageslicht zu bringen. Sie würde sich Dr. Gregory anvertrauen.

»Ich erinnere mich, daß ich das zu ihr gesagt habe«, sagt jetzt Jennifer schuldbewußt zu den Frauen aus der Wincaster-Straße. Das Kind, das sie damals erwartete, ist jetzt 18 Monate alt, und sie ist schon wieder schwanger. »Ich erzählte doch von meiner Kindheit, als ich in der Schule Schwierigkeiten hatte und sie meiner Mutter verheimlichte. Ich meinte doch nicht sie. O Gott!«

Wumm, wumm. Laurence nahm mich nach Wimbledon mit. Er hatte Karten fürs Mittelfeld. Ich protestierte, sagte, andere wären vorteilhafter. Er liebt es, mich mitzunehmen, wann immer er kann, egal wohin. Wir lieben es, uns zu berühren. Seit ich mein Augenlicht verloren habe, habe ich gelebt, wie meiner Vorstellung nach eine Sklavin im Harem lebt – durch Sex und für Sex, nur das zählte. Ich würde für immer in der Dunkelheit sein, nie mehr die Morgenröte erblicken.

Meine Mattigkeit hat sich zum Teil auf Laurence übertragen: Ich drücke ihn in die samtene allgegenwärtige Dunkelheit. Wie gerne hätte ich mein Augenlicht wieder!

Ich fand, ich konnte das Match ganz gut verfolgen, hörte die Wertung des Schiedsrichters und das leichte Knacken der ungeübten Zuschauerhälse, die sich dahin und dorthin drehten und den Aufprall des Balles und das Geräusch des Schlägers und das Zischen, wenn der Ball durch die Luft flog. Ich paßte meine Kopfbewegungen den Besten an. Links, rechts, links, rechts. Halt. Alles drängt einem Schluß zu. Sieg oder Niederlage.

8

»Dr. Gregory«, sagte Isabel am Telefon, »ich würde Sie gerne eine Stunde oder so sprechen, wenn Sie Zeit hätten. Ich habe ein Problem, mit dem ich nicht zurechtkomme. Auch wenn ich nicht davon überzeugt bin, daß die Lösung des Problems Jason hilft, so kann doch vielleicht mir geholfen werden. Ich schlafe schlecht. Ich gehe spät schlafen und wache früh auf, und da ich einen anstrengenden Job habe, sollte ich mich bemühen, mit mir klarzukommen.«

»Mrs. Rust«, sagte Dr. Gregory, »oder Miss Rust–?«

»Sagen Sie einfach Isabel zu mir.«

»Wir dürfen nicht automatisch voraussetzen, daß die

Tatsache, daß ein Problem vorhanden ist, eine Lösung gleich mit einschließt. Das Leben ist keine Rechenaufgabe, die von Gott gestellt wurde. Nun, ich werde mir auf jeden Fall morgen Zeit für Sie nehmen.«

Isabel hatte vom Hello-Goodnight-Studio aus angerufen. Hier fühlte sie sich sicherer, normal und weniger unruhig als zu Hause. Jason war wohlbehalten in der Schule. Sie stellte fest, daß ihn seine Freunde herzlich begrüßten. Er reagierte mit herablassender Ruhe, verwandelte sich aber innerhalb von Minuten in einen ausgelassenen Jungen.

»Wie ich sehe, haben Sie ihn pünktlich gebracht«, bemerkte Mrs. Pelotti. »Jason, steh auf, genauso wie die anderen.« Jason stand auf, blickte sie mit gerunzelter Stirn an und zog eine Schnute – das blonde Ebenbild von Elvis Presley.

»An wen erinnert er mich nur?« überlegte Mrs. Pelotti laut.

»An mich, an Homer?« fragte Isabel.

»Nein«, erwiderte Mrs. Pelotti. »Er ähnelt nicht im geringsten einem von Ihnen beiden, weder äußerlich noch geistig. Ah, ich hab's. Er erinnert mich an den recht gut aussehenden amerikanischen Politiker – Dandy Ivel.«

»Ich sehe keine Ähnlichkeit«, erwiderte Isabel.

»Holen Sie ihn nicht zu spät ab«, sagte Mrs. Pelotti und wandte sich anderen Eltern, anderen Aufgaben zu. »Es bekümmert ihn. Wissen Sie, er hat seinen Stolz. Er ist ein sehr ungewöhnlicher kleiner Junge, und das sage ich nicht leichthin, denn ich interessiere mich ganz besonders für ihn.«

9

»Als ich zweiundzwanzig war«, erzählte Isabel Dr. Gregory, »war ich sehr robust und hart und dachte, ich könne gut auf mich aufpassen. Ich konnte reiten, eine Kuh melken und eine Schlange abschießen. An der Universität in Sydney erwarb ich einen akademischen Grad in Wirtschaft. Ich hatte mich so trainiert, daß ich glaubte, keine Mutter zu benötigen. Ich war immer ohne Vater ausgekommen. Ich wirkte anziehend auf Männer, hatte mit einigen geschlafen, doch mit den meisten, die mich begehrten, nicht. Im Alter von zwölf hatte ich unbeabsichtigt die Vergewaltigung eines australischen Mädchens durch zwei Kuhhirten gesehen. Ich hatte erlebt, wie meine Mutter um Land und Geld betrogen wurde. Ich hatte beschlossen, daß es eine Zeitverschwendung sei, sich mit Frauen zu befreunden, da ja die Männer die Macht und das Geld hatten. Ich war ehrgeizig und wollte Erfolg haben. Schockiert Sie das?«

»Das hört sich nicht sehr gut an«, sagte Dr. Gregory vorsichtig. »Doch nicht eigentlich gefährlich. Ich habe viele solcher Frauen getroffen.«

»Ich schlief mit meinem Tutor an der Universität«, sagte Isabel. »Ich erschlief mir also meinen akademischen Grad.«

»Nein«, erwiderte er. »So hätten Sie es gern gehabt. Ich zweifle nicht daran, daß Sie ihn sich redlich verdient haben, durch harte Arbeit, wie jedermann. Ich kenne einige Professoren, Dozenten und andere Uni-

angestellte, die eine Neigung dazu haben, mit intelligenten Studentinnen zu schlafen, so daß es keine Probleme geben kann.«
Isabel stellte fest, daß sie weinte; sie wußte auch nicht, warum.
»Und weiter?« fragte er gerade.
»Ich war nie in jemanden verliebt gewesen«, sagte sie. »Ich fand, daß ich nicht wie die anderen war. Es fehlte etwas. Alle anderen Mädchen waren in den Tutor verliebt, außer mir. Ich sah das als Unsinn an, fand es lediglich praktisch, mit ihm zu schlafen.«
»Ich verstehe.«
»Ich habe ein ziemlich komisches Gesicht. Sie haben es vielleicht bemerkt. Ich erhielt einen Schlag von einem Pferd: ein Schicksalsschlag. Ich dachte immer, die Männer schliefen aus Mitleid mit mir oder weil sie etwas pervers wären. Wissen Sie, ich habe das alles Homer erzählt, es ist nichts Neues: warum muß ich dann dabei heulen? Morgen abend muß ich im Fernsehen auftreten. Was geschieht, wenn ich dann immer noch heule?«
»Was für seltsame Prüfungen die Menschen sich doch für sich ausdenken«, bemerkte Dr. Gregory, was sie ärgerte und ihre Tränen zum Versiegen brachte.
»Als ich zweiundzwanzig war«, fuhr sie fort, »flog ich nach England, fest entschlossen, meinen Weg als Journalistin zu machen. Ich hinterließ Schulden in Höhe von zweihundert Pfund, in der Gewißheit, daß ich sie nie zahlen würde. Ich weiß nicht, warum ich das tat. Vielleicht, um sicherzugehen, daß ich nie mehr zurückkehren würde. Trotz meines Gesichts sah ich

recht passabel aus. Ich hatte mir einen Gang angewöhnt, aus der Hüfte heraus, der die Leute faszinierte, so daß sie mir nachblickten. Es gelingt mir ganz gut, auf andere den von mir gewünschten Eindruck zu machen.«

»Das ist ja Ihr Pech!«

»Bevor ich nach England ging, nahm ich Sprechunterricht, um meinen australischen Akzent loszuwerden. Das war ungefähr das Härteste, was ich je anpackte, ich glaube, es war die endgültige Ablehnung meines Vaters. Wie ich hörte, ist er jetzt in die nordvietnamesische Politik verwickelt.«

»Sie sind nicht politisch interessiert?«

»Nicht in dem Maße. Mein Gott, nein. Das ist Männersache!«

»Ich verstehe.« Er schien gekränkt zu sein.

»Es war eine lange, schreckliche Reise. In Singapur machten wir Zwischenhalt. Irgendein Motorschaden. Man munkelte, das Flugzeug wäre gegen eine Seemöwe geprallt. Die Fluggesellschaft brachte uns über Nacht in einem recht guten Hotel unter. Ich schlief mit einem Passagier der ersten Klasse. Wissen Sie, ich hatte Angst, es war alles sehr aufregend gewesen. Ich war froh, am Leben zu sein. Das waren wir alle. Er zahlte den Aufschlag, und wir legten den restlichen Flug gemeinsam in der Luxusklasse zurück. Das muß ihn auf tausend Pfund oder mehr gekommen sein. Man fühlt sich in der ersten Klasse nicht so unsicher. Man kann sich nicht vorstellen, daß man hier sterben könnte; das ist in der Touristenklasse schon anders. Er war ein netter Mann.«

»Was verstehen Sie darunter?«
»Er gab sehr viel und bekam dafür sehr wenig. Er wollte, daß ich mich wohl fühle und kümmerte sich um mich.«
»Wie ein Vater?«
»Das könnte man sagen.« Nun sah sie gekränkt aus. Sie hielt nichts von dieser Verbindung, Erotik gemischt mit Väterlichkeit. Beides wurde dadurch abgewertet.
»Als wir in Heathrow landeten, wartete seine Frau auf ihn. Er gab mir ein paar nützliche Namen und Adressen und erledigte ein paar Telefongespräche, durch die mir Earls Court und die Gesellschaft der australischen Reisenden und ihrer Schnürsenkel-Sparsamkeit erspart blieb. Ich war Gast eines Industriellen, eines alternden Senkrechtstarters im Bereich elektronischer Spiele. Solche Männer geben die Mädchen weiter. Sie erweisen sich gegenseitig Gefälligkeiten. Sie lieben es, die guten Dinge des Lebens zu teilen, achten aber darauf, daß die weniger Privilegierten keinen Einblick gewinnen. Ihr Interesse gilt gleichermaßen dem Sex und den Finanzen. Sie sind Kapitalisten bis ins Mark. Sie reichen auch die Ehefrauen weiter. Lady Soundso wird Lady Soundso – okay. Doch wenn sie mit dem Gärtner durchbrennt, ist das ihr Ende.«
»Sie freuen sich also auf die Revolution?«
»Natürlich. Doch damals paßte mir das alte System. Ich war bekümmert, denn wenn ich auch sein Bett teilte, so doch nicht seinen Tisch. Wenn er Einladungen zum Dinner hatte, mußte ich fernbleiben. Er nahm andere Mädchen mit ins Theater, nach Glynde-

bourne und so weiter. Ich wußte, daß ich intelligenter, gebildeter, hübscher war und mehr Sex als die anderen hatte. Doch ich spielte keine Rolle. Er schämte sich meiner. Ich war die Realität; die anderen das, wonach er strebte. Ich war erreichbar, in Reichweite; sie waren außer Reichweite, nie wirklich erobert. Vielleicht waren sie so freundlich, dem Mann zu gewähren, sich ihres ladyliken Körpers zu bemächtigen, als Gegenleistung für einen Diamantring oder ein paar Stiefel von Harrods', doch nie waren sie, wie ich, ganz emotional, gaben sich aus Begierde hin oder weil sie den anderen brauchten.«

»Anders ausgedrückt, ein neurotisches Bedürfnis.«

»Wirklich? Ich dachte einfach, ich mache meinen Weg, indem ich mich nach oben schlief. Nur wurde ich von diesen kalten Hexen mit ihren Pferdekopftüchern und Tweedröcken, die im kleinen Schwarzen, das ich nicht einmal tot tragen würde, zu seinen Dinnerparties erschienen, beiseite gedrängt, und das verstand ich nicht. Aber dann bekam ich eine Stelle, in der Klatschspalte des ›Star‹. Dafür, daß ich einen kleinen Skandal verkaufte, durfte ich ein bis zwei Abschnitte schreiben und bekam dann schließlich die ganze Kolumne. Was ihnen schwerfiel – die Verknüpfung von Worten –, fiel mir leicht. Ab und zu sprang ich auch in anderen Bereichen ein, und da ich intelligent war und ein paar Bücher gelesen hatte, meinen akademischen Grad in Wirtschaft hatte und mein Tutor Gedichte geschrieben hatte, konnte ich zumindest Pressenotizen in ihre Artikel fließen lassen. Mit dreiundzwanzig ging es mir recht gut. Bei El Vino's machten mir die

Leute Platz. Und doch wurde ich in meinem eigenen Heim immer noch nicht zum Dinner gebeten. Also zog ich aus. Es brach mir das Herz, Miete zu zahlen – ich besaß die typisch australische Abneigung, Geld auszugeben. Wenn ich jemand anderen fände, der die Rechnung bezahlen würde, wär's mir recht, und wenn derjenige dann wütend auf mich wäre, was kümmerte es mich? Ich wäre dann schon über alle Berge, würde ihn nie mehr wiedersehen. Ich hatte nicht überlegt, wie klein die Welt ist und wie unübersehbar die Leute darin: Wir bewegen uns auf getrennten, doch miteinander verbundenen Gleisen – wie auf Jasons Modelleisenbahn. Nie sind wir mit etwas wirklich fertig, immer wieder gehen wir daran vorüber. Natürlich ist Jason zu jung für die Eisenbahn, doch Homer mag sie. Manchmal denke ich, daß sich Homer wie ein Klischeevater in einem amerikanischen Comic benimmt.«

»Auf jeden Fall hatte ich meine eigene Bude, sorgte für mich selbst und war zuversichtlich. Ich dachte, Daring Dan, der Silicon-Mann, würde mir nachlaufen, doch das tat er nicht. Er heiratete statt dessen Melinda. Sie hieß wirklich so, ihre Eltern konnten es bezeugen – wie ich in meiner Klatschspalte feststellte, heißen viele der Mädchen nicht so, wie sie angeben. Die einzige Erinnerung, die er an mich hatte, waren ein oder zwei gesprungene Federn in seiner Matratze. Und warum nicht? Ich hatte genauso viel Vergnügen gehabt wie er, hatte außerdem Kost und Logis frei und hätte ihn auch nicht geheiratet, wenn er mich darum gebeten hätte, denn ich liebte ihn nicht. Warum sollte er mich lieben?

1976 machte Daring Dan bankrott. Melinda ließ sich von ihm scheiden und heiratete einen Adligen. Das ist erlaubt. Vielleicht war sie im Bett besser als ich. Oder vielleicht konzentrierte sie sich einfach und ich nicht, oder vielleicht verlernt man, wenn man die Weite der Welt sieht, die ich sogar damals sah, die Fähigkeit, damit umzugehen.«

»Auf jeden Fall betrachtete ich mich mit dreiundzwanzig als unmoralisch und unglücklich. Ein innerer, wenig beachteter Teil von mir gab keine Ruhe, drängte trotz aller materiellen Äußerlichkeiten zum Gegenteil: nur gute Taten erzeugen achtbare Ergebnisse, die bösen werden bereits hier auf Erden bestraft und nicht erst im Himmel.«

»Ich war eine richtige politische Korrespondentin geworden – nur eine Zeitung wie der ›Star‹ konnte jemanden wie mich für geeignet halten, eine solche Aufgabe zu erfüllen, doch es war so. Ich teilte den Job mit einem grauhaarigen Reporter der alten Schule – man erzählte von ihm, er habe Che Guevara an die Behörden verraten und somit im Alleingang eine Weltrevolution verhindert: die Fleet Street wäre nichts, wenn sie nicht der verschwörerischen Geschichtstheorie gewidmet wäre und der Einstellung, daß große Männer und nicht große Kräfte, Einzelereignisse oder Trivialitäten die Gesellschaftsordnung verändern. Ich teilte mit diesem Helden ein Büro und gelegentlich das Bett, aus Notwendigkeit, Gewohnheit, nicht absichtlich, da die Herausgeber des ›Star‹ immer alles auf die billige Tour machten. In den überfüllten Hotels, wo Reporter und Reporterinnen zusammengepfercht waren, freuten wir uns, ein Zimmer zugewiesen zu bekommen, von zweien ganz zu schweigen. Zusammen zu schlafen bedeutete weniger geistige Anstrengung, allgemeine Verlegenheit und langatmige Unterhaltungen, als wenn wir getrennt schliefen.«

»Liebe? Wie ich gesagt habe, dachte ich, das passiere nur den anderen. Ich erlebte Zurückweisung, Demütigung, Scham und all die Gefühle, die eine unglückliche Liebe mit sich bringt, aber keines der positiven Symptome, die andere Frauen an sich registrierten – glänzende Augen, unterwürfiger Blick, rosige Wangen und allgemeine Verzückung, begleitet von Seufzern und Kichern, was typisch für diesen Zustand ist.«

»Sex? Eine recht angenehme Sache und bestimmt nützlich und ein Mittel, voranzukommen. Ich hatte keine Scham- oder Schuldgefühle, mit verheirateten Männern zu schlafen, empfand keine Eifersucht und konnte nicht verstehen, warum andere Frauen davon geplagt wurden. Mit der ganzen Intensität meiner unerfahrenen und gefühllosen Jugend behauptete ich, sexuelle Hörigkeit sei altmodisch und lächerlich, wenn nicht sogar kriminell. Ich fand, wir müßten alle frei sein. Besonders ich.«

»Ich hatte nichts zu verlieren, doch ich wußte das nicht. Ich wage zu sagen, daß die meisten Menschen so durchs Leben gehen.«

»Eines Tages teilte ich in Edinburgh ein Zimmer, doch nicht das Bett mit besagtem Reporter, da er Migräne hatte. Wir arbeiteten gerade an einem langweiligen Artikel über Selbstverwaltung in Schottland. Das Telefon läutete; es war der ›Star‹. Sie wollten Gerry. Am folgenden Tag war der Jungfernflug der ›Concorde‹, und sie baten ihn, darüber zu berichten. Es waren Gerüchte im Umlauf, die anderen Fluglinien planten eine Verschwörung. Auch wenn sie nicht gerade das Flugzeug selbst sabotieren wollten, so doch zumindest seine Hoffnungen auf finanziellen Erfolg.«

»Gerry ist ins Hochland gefahren, um über ein Werk zu berichten, das Bomben herstellt. Ich kann ihn nicht erreichen«, sagte ich. Gerry hörte vom Bett aus meine Lügen. Wir hatten den Raum abgedunkelt. Er stöhnte nicht, gab keinen Klagelaut von sich. Er hatte eine alte Wunde, die ihm in Korea verursacht worden war. Auf der Stirn prangte eine große Narbe – die Erinnerung an eine vietnamesische Kugel. Männer wie er stöhnen nicht. Sie liegen nur da und warten. Wenn er hätte protestieren wollen, hätte er's getan. Er sagte keinen Ton, ließ mich lügen.«

»Ich wollte nach Washington, ins Ausland, wollte unbedingt beim Jungfernflug der Concorde dabeisein. Gerry verblaßte und war am Abstieg, ich im Aufstieg begriffen, strahlend und wild entschlossen. Doch ich glaube, ich konnte ihn nicht wirklich ärgern. Mein Ehrgeiz mußte ihm erbärmlich, die Lüge lächerlich erscheinen. Heute geht es mir genauso. Ich werde verlegen, wenn ich daran denke. Ich weiß jetzt, man kann seinen Weg nach oben nicht erschlafen, erlügen, erkratzen oder durch Verrat erlangen: das ist letztlich reine Selbstüberschätzung.«

»Ich flog von Edinburgh nach Heathrow. Auf Grund des Nebels hatten wir Verspätung. Als ich Terminal eins betrat, wurde mein Name durch den Lautsprecher ausgerufen: ein Elektrowagen wartete auf mich und ratterte mich rüber zu Terminal drei und zur ›Concorde‹. Ich eilte an Bord, am linken Schuh war mir der Absatz abgebrochen. Ich vermißte den Champagner und Canapés.«

»Was versuchen Sie, mir zu sagen?« fragte Dr. Gregory. »Daß Sie nicht die Frau sind, die Sie scheinen? Daß Jason darauf reagiert? Wenn das alles ist, brauchen Sie nicht fortzufahren. Die Wahrheit ist eine komische Sache. Eine Schicht nach der anderen muß abgetragen werden: wenn man einmal angefangen hat, kann man nicht mehr zurück. Manchmal ist es besser, nicht anzufangen, sondern sich mit den Dingen, so wie sie sind, zurechtzufinden. Es gibt keine Garantie, daß die Wahrheit Glück oder inneren Frieden bringt. Sie kann gefährlich sein. Sie ist nicht einmal definierbar. Sie ähnelt mehr einem Berg, den der Erfahrene zu erklimmen sucht.«

»Ich fahre fort«, sagte Isabel.

Aus irgendeinem Grund seufzte Dr. Gregory.

10

Cris de joie. 'Défense d'émettre cris de joies', wie die Franzosen manchmal in ihren Hotelzimmern auf kleinen Schildchen mahnen. Stör nicht die übrige Welt; erinnere nicht die Unbefriedigten, daß es Befriedigung gibt. Laß uns nicht die Aufmerksamkeit auf die Wildheit, die Unkontrollierbarkeit der tierischen Natur des Menschen lenken. Dazu gehören natürlich auch die Frauen – die cris de joie, die von weiblichen Wesen ausgestoßen werden, sind noch befremdlicher und alarmierender als die der Männer.

Ich höre sie die ganze Wincaster-Straße entlang, mit meinem neuen sensiblen Gehör: sie werden durch Ziegel, Mörtel, Vorhänge und Teppiche erstickt, doch trotzdem höre ich sie oder bilde es mir zumindest ein.

Isabels Schreie waren sanft und höflich. Ich hörte sie.

Ich glaube nicht, daß das Thema ausgesprochen geschmackvoll ist. Wenn ich darauf zu sprechen komme, sehen Hope, Jennifer und Hilary bestürzt aus. Wir möchten alle gern daran glauben, daß wir die Dinge mehr oder weniger unter Kontrolle haben und wenn nicht, hoffen wir doch zumindest, daß die anderen es nicht hören.

Aber wenn wir Isabels Geschichte verstehen sollen, die ich jetzt so wiedergebe, wie sie sie mir erzählt hatte, mit ihrer höchstpersönlichen Erlaubnis, bin ich dazu ermächtigt, auch unser Leben und unseren Rhythmus hier zu schildern.

Cris de joie. Seit ich mein Augenlicht eingebüßt und meinen Mann erobert habe, scheint die Welt davon zu ertönen. Sie sind weder gut noch schlecht: sie sind einfach da. Als ich noch sehen konnte, hörte ich sie nie. »Und die Täler sollen erklingen zu Deinem Preis, o Herr.« Was sonst konnte der Psalmist gemeint haben? Das Blöken der Schafe auf den gelblichen Hügeln Mesopotamiens? Nein. Ich glaube, auch er hörte die cris de joie, die beinahe, doch nicht ganz, die Tränen des Elends und der Furcht, die ihnen folgen, trockneten.

11

Stellen Sie sich vor: Die ›Concorde‹, der große weißkrallige Vogel des Mythos und der Legende, fuhr die Landeklappen aus und schwenkte auf das Rollfeld zu. Dort drängten sich Reporter, Flugpersonal und Manager der Luftfahrtindustrie, PR-Männer, Fotografen und Filmer. Alle dachten, der Vogel sei ihre Spezialtaube und konnten nicht verstehen, warum die anderen anwesend waren. Die Passagiere waren im neu erbauten Concorde-Warteraum, tranken und knabberten und verbargen ihre Angst (in den meisten Fällen) und (in einigen) ihre ehrliche Begeisterung. Die Frauen waren beim Friseur gewesen, und die Männer trugen neue Anzüge, um zum neuen Zeitalter des Überschallflugs zu passen und die Errungenschaft der britischen Flugindustrie zu begrüßen. Die Franzosen beanspruchten einen Anteil daran, doch das wurde zum größten Teil überhört. Die Sonne schien, der Himmel war wolkenlos: allen war es zu heiß, und sorgfältig geschminkte Gesichter röteten sich und glänzten vor Schweiß.

Unter den Passagieren war Dandy Ivel, der Senator aus Maryland, seit zweiundzwanzig Jahren das jüngste Mitglied des US-Senats. Er hatte eine Spezialstudie über englisch-französische Militärverbindungen seit dem Zweiten Weltkrieg gemacht und sich in die Bibliothek des House of Lords begeben, um die Joe Kennedy/Beaverbrook-Briefe, die dort archiviert waren, zu studieren. Nun war er auf dem Heimflug.

In der Wartehalle der ersten Klasse der Pan-Am saßen Joe Murphy und Pete Sikorski. Sie hatten Dandy drei Monate lang begleitet und waren mit dem immer noch geheimen Ivel-als-Präsident-Wahlkampagne-Komitee beschäftigt. Nicht einmal Dandy wußte genau von seiner Existenz: Es setzte sich zusammen aus Rennpferd-Besitzern, Anwälten und Buchhaltern, die alle die Idee vereinte, daß Dandy der Mann war, den sie als Präsidenten sehen wollten. Nicht der einzig mögliche oder der am wenigsten unerwünschte oder der hoffentlich wählbare – sondern der wirklich positive, moralische und heitere Wunsch, daß Dandy Präsident werde. Dandy besaß Charisma. Wohin er ging, folgten ihm die Blicke.

Dandy war die Art Mann, die sich junge Männer als Vater wünschten und alte Männer als Sohn. Gut gebaut, Evangelist, verantwortungsbewußt, intelligent, hitzig, ehrlich und – ganz einfach angenehm. Er war verschlagen, wenn es erforderlich war, aber nur dann. Es fehlte ihm eine gewisse Arglist, eine gewisse Unbesonnenheit, Eigenwilligkeit – aber zeichnete ihn nicht gerade das als Führer aus?

Diese Dinge waren Pete und Joe von Harry McSwain von der IAPW übermittelt worden. Er sagte, ein Präsidentschaftskandidat müsse sich wie ein Taschentuch präsentieren, frisch gewaschen und gebügelt, wird etwas darüber gegossen, muß es frisch und sauber erscheinen. Er fuhr fort, daß der Sicherheitsdienst der USA die besten Überwachungstechniken der Welt beherrsche, sie könnten und würden bei jedem, sogar beim Papst, im Dreck wühlen. Pete und Joe mußten darauf achten, daß es nicht die Art von Dreck war, die haftete oder Schaden verursachte. Pete und Joe waren erfahrene Agenten, sie wußten, was zu tun war. Pete hatte in den letzten verrückten Tagen Hoovers für das Bureau gearbeitet, Joe war Ex-CIA-Agent. Beide waren sie Mitglieder der Lobby gegen das Schußwaffengesetz. Es war nicht ganz eindeutig, welche Funktion sie in bezug auf Dandy hatten; das war ihnen überlassen. Auf diese Weise arbeitete Dandys Hilfsorganisation. Sie wählte ihre Mitglieder sorgfältig aus, und dann übernahmen sie die Initiative. Männer mit einem guten Charakter und guter Absicht mußten ihre eigenen Entscheidungen fällen.

»Ihr seid Königmacher«, hatte Harry McSwain gesagt und betrachtete die Schönheit der Hügel unter dem wilden Himmel, die er und seinesgleichen besitzen und für sich behalten konnten. »Ihr dürft das nicht vergessen. Es ist eine große Aufgabe. Wir sind alle Königmacher. Das Volk Israels kam zum Propheten Samuel und sagte: ›Mach uns einen König‹, und das tat er dann auch. Die Menschen glauben, sie wollen Präsidenten, doch in Wahrheit wollen sie Könige. Das steht alles in der Bibel. Also sei es!«

Und das war das Ergebnis davon. Pete und Joe schnallten ihre Pistolenhalfter noch fester unter der Achsel fest und begaben sich an die Arbeit und schufen sich, indem sie überall Gefahren witterten, eine ganz neue Welt der Herausforderung und Beschäftigung. Dandy selbst beobachtete sie mit Respekt und Heiterkeit. Sie waren nützlich: sie schleppten Gepäck, stellten Bargeld bereit, besorgten Hotelreservierungen, ließen seine Reden durch den Computer laufen, um zu testen, wie sie ankamen, hatten immer ein Résumé von Ort und Leuten zur Hand, machten die Verrückten ausfindig und lasen die Korrektur seiner Artikel. Sie brachten seine Hemden zur Wäsche und fanden seine Schuhe. Sie versuchten, sich zwischen ihn und die Frauen und den Alkohol zu stellen, doch ohne Erfolg.

Acht Stunden lang würde Dandy ohne Bewachung sein. Ihre Pan-Am flog vier Stunden später als seine Concorde, die halb soviel Zeit brauchte wie ihr Flugzeug. Der Gedanke daran war ihnen unbehaglich.

»Trink noch einen Champagner on the rocks. Entspann dich. Was paßt dir nicht?«

»Das sind keine Eiswürfel«, beklagte sich Pete, »sondern verdammte Kieselsteine.«

Er hatte eine unangenehme Auseinandersetzung mit dem Ober, der ganz formell darauf hingewiesen hatte, daß eine Veuve Clicquot keine Eiswürfel benötigte. Der Waiter war bekümmert, da die Concorde seine besten Gäste entführt und den Abschaum zurückgelassen hatte.

»Verdammt«, brummte Pete, »wen interessiert es, was ein Drink benötigt? Wichtig ist, was ich brauche. Schließlich zahle ich ja. Dieses Land ist voller verrückter Leute.«

Natürlich hatte er gewonnen, war aber so gedemütigt, wie es der Ober gewollt hatte. Danach behandelte er britische Angelegenheiten mit besonderer Strenge. Joe hatte die Briten noch nie gemocht. Seine Mutter kam aus Dublin. Einer seiner Onkel war von den Engländern getötet worden, ebenso zwei seiner Großonkel. Nun rollte unter ihnen die Concorde aufs Feld. Die Passagiere gingen an Bord. Pete und Joe konnten einen kurzen Blick auf Dandy werfen.

»Es kann nicht viel passieren, wenn er den Atlantik überquert«, sagte Pete.

»Denk an Mick Jagger«, erinnerte ihn Joe.

»Das war ein Jumbo. Die Sitze in der Concorde sind zu eng«, meinte Pete. »Sie haben eine Zweieranordnung, und zudem haben wir ja die Passagierliste studiert. Und Harry McSwain wartet ja in Dulles auf ihn.«

»Armer Kerl«, bemerkte Joe und meinte damit Dandy. Er glaubte, Dandy habe an Dichtkunst genausowenig Interesse wie er – und irrte sich.

»Letzter Aufruf für den Jungfernflug der Concorde nach Washington«, tönte es aus dem Lautsprecher. »Letzter Aufruf an Miss Isabel Rust. Sie möge sich bitte sofort zu Gateway 11 begeben.«

Pete und Joe waren nicht begeistert. Miss Isabel Rust stand nicht auf ihrer Passagierliste, die erst am Tag vorher ausgestellt worden war. Ein unbekanntes weibliches Wesen, das bald stundenlang unbeaufsichtigt mit Dandy eingesperrt sein würde, kam zu spät, tanzte aus der Reihe. So fing meistens der Ärger an. Sie hatten eine Nase dafür.

Isabel ging an Bord. Sie sahen rötliches Haar, eine junge Frau in engen Jeans. Das war nicht gerade beruhigend.
Stellen Sie sich vor: Der Film läuft, die Kameras machen klick, die Menschen jubeln. Wie durch Zauberkraft erhebt sich die Concorde in die Luft und ist in null Komma nichts verschwunden. Man hört nur noch ihren Lärm. Im Wartesaal der ersten Klasse der Pan-Am stehen zwei Männer mit dem Glas in der Hand und starren dem entschwundenen Vogel nach. Sie sind gut gekleidet, tragen gute Schuhe, sind gut rasiert und manikürt. Sie haben keine Geldsorgen. Sie sind beide mit treuen, hart arbeitenden Frauen verheiratet. Pete hat eine breite Stirn, einen schmalen Kiefer und ausgemergelte Wangen. Er ist hochgewachsen und mager und geht gebeugt. Seine Großeltern stammen aus Polen. Joe ist gedrungen, dunkelhäutiger. Er hat buschige Augenbrauen, und seine schwarzen Pupillen glitzern. Seine irische Mutter heiratete in Kalifornien einen Mann, der ein Halbblut war.
Die Concorde verschwindet in einer Wolke schwarzen Nebels, trägt Dandy und Isabel mit sich fort. Dandys Großvater mütterlicherseits war ein weißrussischer Prinz, und sein Großvater väterlicherseits war Sizilianer. Isabels Mutter war Engländerin und die Großeltern mütterlicherseits Kelten. Ihr Vater war Australier, wikingscher Abstammung, lebte jetzt in Nordvietnam.
Wie anders als durch Liebe, die wortlos ist, kam je eine Verständigung zustande?
Pete und Joe fanden die Pistolen, die sie immer bei sich

trugen, beruhigend. Joe hatte seine Pistole von seiner Frau zu Weihnachten geschenkt bekommen.
»Die beste Versicherungspolice, die ich dir schenken kann«, hatte sie gesagt. Er hatte noch keinen Gebrauch davon gemacht, doch ohne Zweifel würde die Gelegenheit dafür kommen.
Joes Mantel war durch Blei beschwert, das im Saum eingenäht war. Damit war beabsichtigt, daß er, wie die mit Sand beschwerte Mantilla des Stierkämpfers, sofort wieder zurückschwang, wenn er in eine Notlage geriet. Seine Frau hatte ihm das Blei liebevoll eingenäht. Sie war nicht so schön wie Petes Frau, doch sie kochte, nähte und besuchte keinen Abendkurs – und vor allem überließ sie das Denken Joe.

12

»Ah, Dr. Gregory, was soll ich Ihnen über die Liebe erzählen? Sie sitzen da in Ihrem grauen Anzug und blicken kritisch mit ihren hellen Augen. Draußen drängt der Feigenbaum gegen das Fenster. Sie warten und die Welt wartet. Verstehen Sie? Packen Sie auch solche Leidenschaften und erhellen Ihr Leben? Stehen Sie auch manchmal von Ihrem Stuhl auf und gehen durch den Raum, wenn Sie einmal allein mit Ihrem Leben sind, erfüllt Ihr Atem Ihre Brust mit Schmerz, an der Stelle, wo Ihr Herz ist, wenn Sie daran denken? Ihr Körper scheint nicht dafür geeignet zu sein, solche

Herrlichkeit zu beherbergen: die Hände liegen blaß und ruhig auf dem Schreibtisch, ausgetrocknet, als ob der ganze Lebenssaft aus ihnen ausgepreßt worden wäre. Doch vielleicht ist es genau das, was die Liebe bewirkt oder die Erinnerung daran. Sie saugt das Leben aus dem lebenden, herrlichen Körper und läßt ihn, wenn die Liebe vorbei ist, als Torso, Trugbild und Unrat, der vom Boden weggekehrt wird, zurück, erbärmlich, nutzlos. Auch Sie sind sein Opfer.«

»Nein, ich liebe dich nicht mehr.« Und da steht man dann. Als Überbleibsel eines sehr reichhaltigen Dinners; den Hunden zum Fraß. Geschluckt, hinuntergeschlungen – und weg. Empfinden alle Männer und Frauen Liebe, bevor sie sterben? Diese Kraft, diese Lichtquelle, die hinter der Sonne verborgen ist; der Reflex von Bergen und Seen erfüllt einen plötzlich, schlängelt sich durch das Fenster der Kunstgalerie, blendet und verwirrt, an einem Sonntagnachmittag, ist so leuchtend, daß man seine Seele hüten muß, die Arme über der Brust falten muß, um das Herz vor der Erinnerung daran zu bewahren.

Ich saß neben Dandy. Die Stewardeß wies mir den Sitz zu. Sie war in Rot, Weiß und Blau gekleidet und böse auf mich, weil ich den Jungfernflug der Concorde so leicht genommen und alle aufgehalten hatte. Dann nahm sie ihren Platz ein. Wir ratterten übers Rollfeld – anscheinend muß ein so leichtes Flugzeug rattern – und die Luft wurde starr vor Angst, als wir arme, zusammengekauerte Wesen, in unseren Nerzen und echt goldenen Krawattennadeln unseren so schwachen, fleischlichen Zustand erkannten: zu spät, zu spät! O

Gott, vergib uns! Wir katapultierten uns in die Luft, unserem Schöpfer zum Trotz. Sicherlich würden wir wie Ikarus, in vermessener Überschätzung unserer Macht, Feuer fangen und brennen und glühende Flugzeugteile würden in die Luft geschleudert werden und im elektrischen Blau verschwinden. Und recht würde uns geschehen!

Dandy sah aus dem Fenster. Ich betrachtete die Linie, die von seinem Kopf zu seiner Schulter führte, den Muskel unter der Haut und fühlte Verlangen in mir aufsteigen. Dr. Gregory, war es nur die Flucht vor der Angst? Verliebt man sich einfach so auf Überschallflügen? Nein, das glaube ich nicht. Als der Quantas-Jet gegen die Seemöwe prallte, fiel ich ins Bett, verliebte mich aber nicht. Seither war ich immer ins Bett gefallen. Als ich jetzt die Muskelbewegung unter Dandys goldener Haut verfolgte, wußte ich, daß das vorüber war. Wenn ich weiterlebte, würde alles anders sein.

Dandy wandte sich mir zu. Er schien mich erwartet zu haben. Er lächelte mich nicht an, und ich lächelte auch nicht. Ich glaube, er runzelte leicht die Stirn. Die Situation war erstaunlich. Die Kraft, mit der wir himmelwärts getrieben wurden, bot uns genügend Gelegenheit, uns anzustarren, als Menschen, zur bloßen Beruhigung, zur bloßen Erkenntnis, daß tatsächlich etwas Erstaunliches passierte. Doch wir sahen uns als Mann und Frau an, als Liebende. Seine Augen waren braun. Meine, wie Sie vielleicht bemerkt haben, sind blau. Haben Sie es bemerkt?

Wenn man einmal geliebt hat, betrachtet man die Menschen anders. Man fühlt sich nicht mehr als Konkurrenz, man glaubt nicht, daß man geliebt oder nicht geliebt wird, weil das Make-up okay ist oder nicht. Man macht sich keine Sorgen, weil die Brüste klein sind oder das Haar fettig. Man verurteilt nicht mehr die anderen Frauen; man sagt nicht mehr, warum nimmt diese nicht ab oder warum wäscht sich diese nicht öfter? Man weiß, daß all diese Dinge banal sind, daß die Liebe sich nicht darum kümmert. Einige Frauen sind in der Liebe glücklich, andere nicht. Glück im Spiel, Unglück in der Liebe.

Dandy und ich spielten Karten, die uns von der rot-weiß-blauen Stewardeß ausgehändigt wurden. Sie gab uns kleine Geschenke, aus echtem Leder oder echtem Pergament oder echtem Gold. Das Essen wurde uns auf echten Holztabletts gereicht mit echtem Silberbesteck und es war ein echtes Steak und echter roter Bordeauxwein, und wir rasten unsicher durch die Luft, und die Erde zog unter uns vorbei. Oh, wir waren echt genug! Ich gewann das Kartenspiel, er verlor.

Liebe! Dandy nahm meine Hand. Er wußte, daß ich sie ihm überlassen, sie ihm nicht entziehen würde. Er hielt sie, als ob er sie erforschen wollte, und ich kannte seine Berührung bereits, und ich schwöre, wenn wir nicht in unsere Sitze eingepfercht gewesen wären, umhüllt vom Lärm der Triebwerke, wären wir uns in die Arme gefallen und hätten hier auf der Stelle miteinander geschlafen, nur um festzustellen, ob die Innenhaut genauso wäre wie die Außenhaut. Es war ganz eindeutig etwas sehr Erstaunliches geschehen: durch irgendeinen Zufall – nein, der Liebende glaubt nicht an Zufall, sondern an das Schicksal – hatte das Schicksal es so gefügt, daß der Mann und die Frau, die einst ein Ganzes bildeten und dann von einem ärgerlichen Gott irgendwie getrennt wurden, wieder zueinander gefunden hatten und jetzt das rechtmäßige, rechtschaffene Ganze wiederherstellen mußten. Sofort!

Liebende fühlen, daß Gott durch ihre Vereinigung seine offizielle Entschuldigung dafür, daß er sie einst getrennt hatte, aussprechen möchte.

Ich vermute, wir unterhielten uns. Natürlich unterhielten wir uns. Ich wußte, wer er war. Ich wollte alles von ihm wissen. Er wollte nicht viel von mir wissen. Eine verliebte Frau möchte die Vergangenheit ihres Partners besitzen, um ihn besser gegen ein zweifellos unglückliches Leben ohne sie zu schützen. Ein verliebter Mann hätte es am liebsten, daß das Leben seiner Partnerin am Tage ihrer Begegnung begänne. Das war auf jeden Fall meine Erfahrung.

Alle möglichen Männer haben allerdings behauptet, sie liebten mich, und meinten es nicht so. Natürlich ist dies in höchster sexueller Erregung leicht gesagt, und leicht vergeben und vergessen. Sonst wird dies zu oft als ein Aggressionsakt gebraucht. Es verlangt Dankbarkeit: Wau! Du wunderbarer Mensch liebst mich wertloses Wesen? O danke. Ja, ich liebe dich auch. Nimm noch einen Drink! Wenn ein Mann sagt, er liebe mich, dann wird von mir erwartet, daß ich unter dem Aufprall seines Ego auf meines erschaudere, doch im allgemeinen ist da keine Liebe mit im Spiel. Er hat ein oder zwei Bücher gelesen, einen oder zwei Träume geträumt, in denen ich vorkam, und ein Wort gefunden, das falsche Wort, um die Sehnsucht zu beschrei-

ben, die der Mensch schmerzvoll empfindet, wenn er sich schwach und mittelmäßig mit einem anderen verbindet. Das ist nicht das, was ich unter Liebe verstehe. Dr. Gregory, Sie machen sich Notizen. Soll das bedeuten, daß ich verrückt bin? Soll das heißen, daß ich für Jason eine ungeeignete Mutter bin? Weil ich liebte, zu lieben verstand, einst Liebesfähigkeit besaß? Glauben Sie mir, es gehört alles der Vergangenheit an.
Die Kinder von Liebenden haben keine Eltern? Ich weiß. Mein Sohn ist eine Waise. Armer Jason.
Es tut mir leid, daß ich weinen muß. Seien Sie geduldig!
Dandy und ich verließen das Flugzeug gemeinsam. Es landete wie ein großer Raubvogel, ließ sich graziös nieder. Dabei hatte es viel Getöse von sich gegeben und erstaunlich viel schwarzen Rauch ausgespuckt. Das ließ es alles hinter sich, wie ein hübsches, boshaftes eigensinniges Mädchen, das seinen Schlüpfer abstreift, ihn auf dem Boden liegenläßt, damit ihn das Hausmädchen aufhebe. Eine Menschenmenge hatte sich zusammengeballt: Fotoapparate klickten, Reden wurden gehalten. Dandy hatte sich bei mir eingehakt, für alle sichtbar.
Dandy und ich sahen einen freundlichen, reichen, rotgesichtigen Amerikaner, der zur Sorte der fügsamen gehörte, mit einem Lächeln auf uns zukommen. Ich hätte geschworen, daß er eine Bibel unter den Arm geklemmt hatte, doch Dandy verneinte es, das war nur eine psychische Vision, die durch die Concorde, die Furcht und das Verliebtsein entstanden war. Es war Harry McSwain, ein Politikerfreund von ihm. Ob-

wohl er in der Bibel ein großes poetisches Werk sah und oft daraus zitierte, trug er keine bei sich.
Dandy lächelte zurück, und noch während er lächelte, büchste er wie ein ungezogener Junge aus, zog mich mit sich und rannte durch alle Schranken, die die Nationen einer freien und glücklichen Reise in den Weg stellen, und die Schranken fielen. Nun, er wurde erkannt. Man winkte mir zu. Armer Harry McSwain, er lachte und versuchte, den Witz zu verstehen, doch es mißlang ihm. Er folgte uns und hatte auch damit kein Glück. Wir nahmen ein Taxi und ließen uns zu einem großen Hotel fahren. Auch dort kannte man ihn. Ich wartete an der goldbesetzten elektronischen Tür. Das Empfangspersonal musterte mich von oben bis unten, doch ich achtete nicht darauf. Seit einer Ewigkeit hatte ich mich nicht gekämmt – ich hatte gar keinen Kamm. Ich glaube, ich trug Jeans und ein T-Shirt. Ja, genau. Ich habe dieses T-Shirt immer noch. Es liegt zusammengeknüllt irgendwo hinten in meinem Schrank. Wenn ich sterbe, wird es wohl jemand wegwerfen und sich wundern, was der Fetzen hier soll und was für eine Schlampe ich gewesen war.
Dandy gab mir ein Zeichen, ihm zu folgen. Wir gingen hinauf zu Zimmer 811. Es war eine Suite: Schlafzimmer, Wohnzimmer und Badezimmer gingen ineinander über. Alles war in Pink und Gold gehalten, aus Fell und Samt. Von den Fenstern aus konnte man aufs Weiße Haus und zum Capitol-Hügel blicken. Die Sonne schien; der Himmel war blau. Dandy und ich hatten den Himmel angeknackst, ihn durchstoßen, gespalten und erobert. Wie Lois Lane und Superman

hatten wir uns durch die Ewigkeit zum Klang der himmlischen Chöre erhoben, zur Musik der Zeit getanzt.
Wir legten uns zusammen aufs Bett. Er hatte die Vorhänge zugezogen, da das Licht störte.
»Wir müssen es nicht tun«, sagte er. »Es ist nicht notwendig. Nächste Woche, nächsten Monat vielleicht.«
»Lieber jetzt«, erwiderte ich, und seine Zähne knabberten an meinen Brustwarzen. Ich schrie auf, nicht aus Schmerz oder Lust, sondern aus Liebe.
Ein Gegenstand der Verehrung zu sein, ist eine seltsame und erschreckende Angelegenheit: als die Bundeslade selbst anerkannt zu werden, in deren Schrein sich alle Macht und aller Ruhm sammelt: die echte Quelle des Lebens und der Liebe. Ich stand unbekleidet da, und der Senator aus Maryland beugte sich vor mir nieder und verehrte mich und drang mit unendlicher Ernsthaftigkeit und Hochachtung in mich ein, dann tauchte und pflügte er, wütete und erforschte, als ob er durch mich in den Besitz Gottes käme, um die äußersten Ecken seines Königreichs ausfindig zu machen und zu begreifen. Er war Luzifer, siegreich. Er entdeckte die Besitztümer seines bezwungenen Herrn, lernte, besser über ihn zu herrschen. Er war die Gewalt, die Sicherheit, die Macht und das Versprechen ewigen Friedens.
Ich war nicht mehr länger eine raffinierte kleine Hure aus Aussieland: nein, ich bewohnte glorreiche Länder, nahm teil an der Größe des Göttlichen, wurde zum Thron der Gnade hochgehoben, und alle Besitztümer

des Fleisches und des Geistes, alle weltliche und zeitliche Macht gehörten mir, uns. Ich lag auf einem Bett, in einem Hotel in Georgetown, Washington, und er auf mir, in mir und im Fleisch, vereint, lag ein unendliches Königreich, in dem wir für immer leben konnten. Natürlich wollen Könige ihre Throne halten: die gleichen ernsten, weisen Augen schauen auf die aufeinanderfolgenden Generationen der Gläubigen herunter. Das Gesicht der Königin verändert noch viel häufiger das Aussehen, sowohl im Himmelreich als auch hier auf Erden. Sie macht ihre Begrüßung kaputt. Runter mit ihrem Kopf!

Aber das mußte so kommen. In der Zwischenzeit nahm ich durch Osmose etwas von der Würde und Macht, die meinen Dandy auszeichnete, ihren Dandridge Ivel, in mein Wesen auf. Er besaß diese Eigenschaften aufgrund einer günstigen Genkombination und der starken Kraft der Erwartung, die Amerika in seinen Senator setzte, die ihn erhöhte und ihn schon damals zu mehr als einem sterblichen Menschen machte. Durch Dandy begriff ich, daß sowohl der Körper als auch die Seele Gnade bedeuten: der Körper hat seinen eigenen Mystizismus; sogar im Falle sexueller Degradierung symbolisiert die Bewegung des Körpers aufgrund perverser Begierden Reinigung. Er ließ die Erinnerung verblassen, die dunklen Spuren der anderen Männer, die vor ihm in mich eingedrungen waren und mich zu dem machten, was ich heute bin: nicht ausgehöhlt, verwittert durch die Erfahrung, sondern ein gewinnender Körper, der bei allem, was ihm zustößt, Energie anzieht. Er machte aus mir, was meiner Mutter nicht gelang – eine Einheit.

Das verdanke ich alles Dandy. Ich lernte, daß das Eindringen des Mannes in den weiblichen Körper ein Sakrament darstellt, eine Gabe, eine Konzentrierung von allem, was gut, erstrebenswert und groß am Manne ist, und er sich so der Frau zuneigen sollte – dabei sollte der Mann ganz der Gebende und die Frau ganz die Nehmende sein.
Ich erfuhr, daß Sex nicht eine Frage von Sieg oder Niederlage ist, von Lust oder Gewinn, manueller Manipulation und physischer Reaktion. Ich lernte, daß er in seiner reinsten Lust zu keinem von denen, die ihn praktizieren, gehört, wie ein Kind keinem Elternteil gehört: es ist geistig frei, es existiert ganz einfach.
So geschah es. Dandy beugte sich hinunter und huldigte mir, und ich nahm liebenswürdigerweise die Gesichtszüge des Göttlichen an. McSwain, Pete und Joe natürlich war es ganz klar, daß ich ein falscher Gott war: ein Götzenbild, ein schlechteres Abbild. Doch eine Zeitlang glaubten Dandy und ich an meine Göttlichkeit: daß ich wirklich der fleischgewordene Geist wäre.
Wie können andere Dinge damit verglichen werden? Zwanzig solcher Tage, Tage der Liebe, entsprechen zwanzig Jahren des Lebens, das danach folgt. Ich weiß nicht, ob eine solche Besessenheit im Alltag nachläßt, ob sie je nachläßt. Es ist wie eine Flugzeugspur, hoch am Himmel: die schmale Linie wird immer breiter, wenn sie von Zeit und Abstand immer weiter weggetrieben wird, bis sie im Nichts verschwindet. Ich glaube nicht, daß ich die ganze Intensität der Liebe durchstehen würde. Ich hätte nicht den Mut dazu.

Ich würde das Leben mit Homer vorziehen.

Es war eine Art schwitzende Übelkeit; eine gegenseitige Verrücktheit, sich vorzustellen, daß die Seele hinter dem Auge hervorleuchtete und daß der Geist danach verlangte zu verweben und daß das Heben und Senken, Quälen und Sabbern des Körpers ein Ausdruck der Göttlichkeit war, die alle Dinge erfüllt: Meere, Berge, Himmel. Vielleicht hatte er recht: wir hätten einfach dasitzen und Händchen halten sollen. Ich sage Ihnen, wenn er nur meinen kleinen Finger berührte, so entbrannte mein ganzer Körper, nicht vor Begierde, sondern vor Befriedigung.

Natürlich gab es Probleme und Schwierigkeiten. Harry McSwain ging im achten Stock den Korridor auf und ab, und Joe und Pete kamen und ließen ihn ein und ließen sich in dem rosafarbeneren der beiden Wohnzimmer nieder und lebten dort, spielten Karten und rauchten. Ich dachte, sie seien seine Freunde. Ich dachte, gut, Dandy ist Amerikaner und ich verstehe diese Kultur nicht. Und er ist Politiker; ich glaube, das macht einen Unterschied. Von Zeit zu Zeit mußte er weggehen, um eine Rede zu halten oder eine Wahl abzuhalten.

Ich dachte, Dandy sei sehr, sehr klug. Ich dachte, er sei auch ehrlich. Ich war überrascht. Schließlich war ich Journalistin, und Journalisten haben keine gute Meinung von Politikern. Nicht deshalb, weil sie sie näher als andere Leute kennenlernen, sondern deshalb, weil sie als Journalisten die Welt und ihre Leiden auch als Grundlage für ihr eigenes Weiterkommen betrachten. Meistens können sie Idealismus oder eine humanitäre

Gesinnung oder das echte Bedürfnis, der Politik zu dienen, einfach das Verlangen, die Welt zu verbessern, nicht verstehen. Wenn sie vermuten, daß es diese bessere Welt gibt, dann stoßen sie das Messer bis zum Kern des Apfels, drehen und wenden es und verderben das reine weiße Fleisch, bis der Wurm entdeckt wird.

Ich glaube, ich verwirrte Dandy. Ich benahm mich nicht so wie die Mädchen, an die er gewöhnt war. Ich war weder ein leichtes Mädchen noch eine Lady. Ich verlangte nichts – Geld, Pelze oder Versprechen. Ich beklagte mich nicht. Ich war fremd. Ich war nur ein weiblicher Körper und eine Seele und litt, wenn ich nicht mit ihm zusammen war, wurde schwach und versagte, wenn er nicht bei mir war. Aber ich konnte ja nicht ewig dort leben, oder?

13

Pete hatte in der Tür einen Kontakt eingebaut. Wenn man durch sie getreten war, schloß sie automatisch. Diese Beschäftigung war immer noch besser, als nichts zu tun, zuzuhören, wie Dandy im Zimmer nebenan mit jeder lustvollen Bewegung die Hoffnungen und Mittel des Ivel-als-Präsident-Komitees verpuffen ließ.

Meistens vermied er es, Joes Blick zu begegnen. Sie knallten die Karten auf den Tisch und versuchten, die Episode etwas lockerer zu sehen.

Harry McSwain drüben im Evans-Gebäude las ihnen Auszüge aus den Psalmen Salomons vor und schien nicht beunruhigt zu sein. Joe versuchte zu erklären.

»Die Mutter ist in Ordnung. Sie lebt in einer Sandgrube in Westaustralien, mit ein paar Klappergäulen. Das Problem scheint der Vater zu sein. Wir müssen der Sache noch nachgehen. Das Mädchen selber ist eine unbedeutende Journalistin bei einer miesen Zeitung. Sie hatte ein Verhältnis mit Gerry Grimble; er ist ein Trinker – alt genug, um ihr Vater sein zu können. Er hatte einmal einen Namen, stand mit aller Welt in Kontakt, mit linksgerichteten Radikalen, auch großen Köpfen. Das Ganze gefällt mir nicht. Ehrlich, es besteht immerhin die Möglichkeit, daß sie als Agentin eingeschleust wurde.«

»Bis der Tag sich gesenkt hat und die Schatten entflohen sind«, zitierte Harry McSwain, »werde ich den Berg der Myrrhe und den Hügel des Weihrauchs erklommen haben.«

»Verfolgungswahn«, sagte Dandy, als sie es ihm sagten. Er war ärgerlich. Seine Augen waren blutunterlaufen infolge von Sex und mangelndem Schlaf. »Ihr Jungs habt nicht genug zu tun. Warum geht ihr nicht zu euren Frauen heim und tobt euch mit ihnen aus? Verdrückt euch hier!«

»Agentinnen fremder Supermächte hatten immer einen Kamm bei sich«, bemerkte Dandy, »oder hatten auf jeden Fall lackierte Fußnägel.« Pete und Joe hätten am liebsten erwidert, daß diese, wenn sie seinen Geschmack gekannt hätten, auch auf Kamm und lakkierte Fußnägel verzichtet hätten.

Harry McSwain hatte, angesteckt durch soviel sexuelle und romantische Energie die Bibel zur Seite gelegt und sich Tennyson zugewandt. Er zitierte aus »Maud«:

»Und willkommen der Mann, der in mir erwacht,
daß der Mann, der ich bin, versinkt in ewige Nacht.«

»Sir, der Vater lebt mit einer Malaiin zusammen. Seit dem Zweiten Weltkrieg sympathisiert er mit den Kommunisten, war politisch aktiv. Er lebt jetzt in Saigon.«

»Keine ist wie sie, keine,
wird es je sein, wenn unsere Sommer vergangen sind«,
zitierte Harry McSwain.

Wie viele Politiker war er ein verhinderter Autor. Als junger Mann hatte er fünf Jahre lang versucht, als Dichter Erfolg zu haben und scheiterte. Er erlebte elterliche und gesellschaftliche Mißbilligung und wurde gedemütigt. Sie hatten recht. Er war ein Mann der Tat, nicht der Worte. Jetzt, da die Zeiten schwer waren und große Dinge bevorstanden und er an der Last der Verantwortung schwer trug, las er die Bibel oder Tennyson und fand in der Schönheit der Sprache Frieden und Überzeugung und Jubel in viktorianischer Sentimentalität.

Die Sonne ging über dem Potomac unter: eine lange Allee führte zu den Kennedy-Gräbern hinunter, wo sich noch die Gläubigen und die Arglosen aufhielten. Sie neigten ihre lebendigen Köpfe unter schwarzen Schleiern, fingerten an ihren Perlen herum und trippelten sacht ihres Weges, wobei sie Gebete um Vergebung, Segen und Frieden murmelten. Er wünschte sich, Tennyson hätte diese Stunde erlebt.

»Sir«, sagten Joe und Pete, »so kann's nicht weitergehen. Wir wissen, daß sie alles auf Band aufnimmt und protokolliert.«

»Die Königin erhob sich aus dem Rosenknospengarten der Mädchen«, zitierte Harry McSwain.

»Komm her, die Tänze sind vorbei.
Im Seidenglanz und Perlenschimmer,
Königin Lilie und Rose in einem;
Hülle du, kleiner Kopf, mit deinen glänzenden Locken,
die Blumen in dein Licht und sei ihre Sonne.«

»Sir«, sagten Pete und Joe, »Sie haben sie gesehen. Sie ist nicht so.«

»Dandy sieht sie so«, sagte Harry McSwain.

»Sir«, sagten Pete und Joe, »können Sie sie sich im Weißen Haus als First Lady vorstellen?«

»Wer redet von Heirat?« fragte Harry.

»Dandy«, erwiderte Pete.

»Ich spreche mit ihm«, sagte Harry und legte sein Buch zur Seite.

14

»Der Übergang von diesem Zustand der Gnade – von Liebe zu Nicht-Liebe, von Vertrauen zu Angst – vollzog sich schnell. Wissen Sie, Dr. Gregory, sobald der Zweifel nagt, fällt das ganze Kartenhaus des Selbstvertrauens in sich zusammen. Was man als Schloß ansah, dauerhaft und groß, mit seinen Ecktürmen und Flaggen und Trompeten, von dem aus man die Landschaft übersehen kann, so weit das Auge reicht, erweist sich als auf Sand gebaut, eine Sandburg, die die kindliche Fantasie geschaffen hat. Nichts weiter als ein Experiment, dessen Ziel schließlich Zerstörung ist. Wenn die erste Welle in den Burggraben eingedrungen ist, ihn überflutet, dann ist die Zeit sehr kurz. Bald ist der Strand wieder flach, und die zurückweichende Flut streicht über den glatten Sand. Doch es existierte einmal und war herrlich. Ich kann nicht glauben, daß der Strand sich nicht verändert haben soll. Ich glaube es nicht.

Warum hörte er auf, mich zu lieben? Können Sie mir das sagen? Ich kann besser verstehen, warum man sich verliebt, als warum man nicht mehr liebt. Die Verrücktheit ist besser begreiflich als die Vernunft. Liegt es daran, daß die Vernunft sich langsam einschleicht: die Notwendigkeit, zu verdienen, zu tun und zu sein, was Freunde und Verwandte erwarten, oder einfach, daß der Körper, die Seele und der Geist nicht länger solche Überhitzung, solches Zusammenkleben und solche Vereinigung ertragen können, wieder in Einzelteile zerfallen, wie eh und je und handlich sind.

Einmal habe ich LSD genommen. Ich hatte eine Vision vom Universum, von dem ich ein Teil war, im Guten oder im Schlechten, meistens im Schlechten, doch ich sage Ihnen, es war nichts im Vergleich zur Liebe. Ich brauchte mir um die Moral keine Gedanken zu machen: ich war die Moral.

Dr. Gregory, wissen Sie, ich habe keine Pille genommen, ich hatte auch keine Spirale. Ich besaß ein Diaphragma, doch ich hatte es in Edinburgh vergessen, auf dem schmutzigen Abstellbord eines ziemlich miesen Hotels. Ich habe es sowieso nie gemocht. Ich glaube nicht, daß sich Pete und Joe vorstellen konnten, daß ich ungeschützt war. Mädchen wie ich – das heißt schlechte Mädchen – kannten sich aus.

Nun, entweder war ich nicht so schlecht, wie sie annahmen, oder ich zog es vor, zu vergessen, was ich wußte – das letztere kommt der Wahrheit näher. Ich wollte Dandys Kind, hatte ein leidenschaftliches Verlangen danach. Ich wollte hier auf der Welt, in Fleisch und Blut, den wachsenden, denkenden, wissenden Beweis dieser Liebe. Ich wollte die physische Verwirklichung einer geistigen Wahrheit. Denn das sollte ein Kind sein und ist es selten: das Produkt eines Mannes und einer Frau gegensätzlicher Wesensarten, die jedoch zeitweise durch den erstaunlichen, kreisenden, wogenden Tanz der Liebe und Gottes Verwicklung darin vereint sind. Das Kind ist nicht nur das Ergebnis einer brütenden Frau, die damit eine leere Ecke des Zimmers ausfüllen möchte und einen Sinn für ihr Dasein sucht. Das Kind soll ihr nicht aufs Haar gleichen, soll nicht kontrollierbar, lenkbar und sanft sein, sondern ein neues, wildes Menschenkind, das ganz anders ist und die Welt etwas vorantreiben kann.

Mit anderen Worten: ich liebte Dandy und wollte sein Kind. Ich war bereit, für die Liebe alles herzugeben. Natürlich bestand mein ganzer Besitz in meiner Vergangenheit und Zukunft. Ich hatte ja keinen materiellen Besitz und keine besondere Stellung in der Welt.

Ich erwartete, vermutete, daß Dandy das gleiche tun würde, glaubte, er wäre so gefangen von unseren Umarmungen, daß er alles aufgeben würde.
Jesus erging es genauso, als er zu seinen Jüngern sagte: Gebt alles auf, was ihr besitzt und folgt mir nach. Und sie taten es: Sie ließen ein paar Fischernetze und ihre Frau zurück. Petrus folgte ihm nach, und auf diesen Fels ist seine Kirche gebaut, mit all ihrem Reichtum und weltlicher Macht, ihrer Vergoldung, Unzucht und Korruption, ihren fettleibigen Priestern und mageren Inquisitoren. Je größer die Hoffnung, je mehr wir danach streben zu jubeln, desto trauriger und tiefer ist der Fall.
Vielleicht stelle ich an Dandy und mich zu hohe Ansprüche? Vielleicht hatten die Mütter meiner Freundinnen recht: »Wenn ein Mann dich gehabt hat«, sagten sie, »wenn er das bekommen hat, was er wollte, hat er keine Achtung mehr vor dir. Glaub ja nicht, daß er dich heiraten wird: er wird's nicht.«
Das war die alte Weisheit, als die Mädchen bis zur Hochzeit jungfräulich blieben und ihr Leben nicht mit unpraktischem sexuellem Verlangen beschwerten und die Männer bewunderten und ihre Babys als Beweis der Liebe wollten – und tatsächlich: die Männer schenkten den Frauen Babys, entzogen ihnen nicht ihren Samen. Dann verachteten die Männer in der Tat die Mädchen, die mit ihnen schliefen, die ihre Lust nicht im Zaum halten konnten. Vielleicht gehörte Dandy immer noch zur alten Welt, glaubte an die alte Weisheit. Mit Mädchen wie mir schlief man, war man eine Zeitlang zusammen, aber man heiratete sie be-

stimmt nicht, geschweige denn, daß man ihnen seine Gedanken mitteilte. Und wenn die Lust nachließ – dies schien bei Männern immer schneller der Fall zu sein –, dann war es Zeit, sich umzustellen und eine dezente, flirtende, dumme Jungfrau zum Essen auszuführen. Natürlich mußte sie nur eine geistige Jungfrau sein: heutzutage würde nur ein Dummkopf auf einer echten bestehen.

Dr. Gregory, wenn das so ist, dann hasse ich Dandy Ivel im Namen von Millionen und aber Millionen gekränkter und zurückgestoßener Mädchen.

Er stellte mich nicht seiner Familie vor, auch nicht seinen Freunden, zeigte sich nicht mit mir in der Öffentlichkeit. Nur manchmal bekam ich Pete und Joe zu sehen, die flüsternd und wütend am Nebentisch saßen, wenn wir im Hotelrestaurant Steaks und Spargel aßen. Ich dachte, er wolle mich ganz für sich allein; ich dachte, er wolle die Welt draußen lassen, sah darin ein Zeichen seiner Liebe, nicht das Gegenteil. Er liebte mich. Ich wußte es. Zuerst war es ein Zeichen seiner Liebe. Erst später, als Pete, Joe und seine politischen Freunde ihn bearbeitet hatten, war es eine nützliche Vorsichtsmaßnahme, mich so in Schach zu halten.

Die Männer lieben es, die Frauen hinter Schloß und Riegel zu halten. In Millionen und aber Millionen kleinen Vororthäusern sind die Frauen immer noch eingesperrt, durch Liebe, Loyalität und Stores. Das ist gar kein so herbes Los. Jedes Los ist schrecklich.

Im Schlafzimmer rackerten Dandy und ich uns immer noch ab, schwitzten, stöhnten und bestiegen unseren Berg der Liebe, dessen höchste Spitze im Widerschein

Gottes leuchtete. Nebenan blätterten Pete und Joe den Finanzteil der Zeitung durch, vertieften sich in die Politik, spielten Karten und rauchten Zigaretten, machten Härtetests – sie testeten, wer am längsten den Finger in die Flamme des Feuerzeugs halten konnte – und tranken Mineralwasser. Ihre Augen waren vom Rauch gerötet, ihre Finger gelb vom Nikotin. Sie waren die Kröten in meinem Garten Eden, in dem ich für immer zu sein glaubte. Ich wußte nicht, daß sie Dandy Ivel zum Präsidenten machen wollten. Ich glaube auch nicht, daß Dandy es wußte. Ich glaube, sie sagten es ihm, als wir unsere Liebesgeschichte hatten. Das war wohl auch der Grund, weshalb er sich plötzlich veränderte. Sie sagten: »Du kannst das alles haben, sieh herunter vom Berg von Gethsemane und regier die ganze Welt und den Himmel. Aber natürlich kannst du sie nicht auch noch haben.« Und so starb die Liebe, da sie den richtigen Zeitpunkt gewählt hatten. Die neue und größere Anregung war stärker und übertünchte den geringeren Schmerz des Verlustes. Eine Woche früher, bevor die sexuelle Besessenheit angefangen hatte nachzulassen, eine Woche später, wenn wir uns normal und salonfähig genug gefühlt hätten, zusammen der Welt entgegenzutreten – und ich bin sicher, Dandy hätte sich für mich entschieden und nicht für Amerika.

Ich weiß, seit Anbeginn aller Zeiten haben sich die Männer für den Krieg entschieden und Frauen, Heim und Familien verlassen. Aber selbst unter der Voraussetzung hatte ich fast gewonnen: Dandy hätte die Welt um meinetwillen gern aufgegeben. Die Zeit, das

Schicksal, Zufall und Verschwörung, all das mußte sich gegen uns wenden – und tat es.
Dandy kniete nicht länger vor mir und huldigte mir. Er kniete vor mir, weil er erregt war und mich besitzen wollte, gleichzeitig wollte er dies aber auch abwerten, um zu zeigen, daß es etwas Banales wäre, nicht lohnenswert, und daß seine gefühlsmäßige Investition in mich beendet sei. Durch mich hindurch und hinter mir sah er Gebiete wirklicher Macht; er sah nicht mehr die Grenzen seines Königreichs in mir. Die Welt war größer, als er es sich vorgestellt hatte. Ich saß auf dem Thron, aber ich war keine echte Königin: ich war nicht dafür geboren. Nein, ich war eine Usurpatorin. Ich hatte weibliche Tricks angewandt, um mich seiner zu bemächtigen. Nun war es Zeit, daß ich dafür bestraft wurde. Eine andere Königin mußte den Thron besteigen.
»Ich liebe dich«, sagte er, »ich verehre dich.« Doch seine Worte klangen hohl. Er tat weder das eine noch das andere. Statt dessen drehte und wendete er mich auf dem Bett, grub seine Zähne hier und dort ein, ließ seine Finger spielen, bis ich vor Schmerz und Lust aufschrie, und konnte dies als Beweis gegen mich benutzen.
»Verrücktes Mädchen«, sagte er, und obwohl das hätte spöttisch klingen sollen, traf es mich bis ins Herz. Er sonderte sich von mir ab: seine sexuelle Reaktion und meine waren zwei Dinge. Wir waren nicht länger gleich. Er würde Präsident werden: ich hatte nur mit freundlicher Genehmigung seiner Fantasie existiert: das hübsche, eigenartige, langbeinige, ge-

sprächige Mädchen, das er so gut und kraftvoll zum Schweigen bringen konnte – jetzt verblaßte die Fantasie. Ich war nicht der Urquell der Liebe, sondern nur eines von hundert verfügbaren Mädchen. Fleisch, das durchbohrt und bezwungen wurde. Er kniete vor mir und verhöhnte mich. Gleichzeitig verhöhnte er sich selbst, denn unwillkürlich streichelte mich seine Hand, als ob der Körper eine Loyalität, Freundlichkeit und Erinnerung besäße, die dem Geist fehlte. Aber er wollte jetzt nur noch Geist sein, Macht, Kraft, Antrieb. Wenn er seine Wahl treffen müßte, würde er die Frauen als Lohn des Kriegers ansehen und nicht als Quelle der Stärke. Die Soldaten haben eine bestimmte Vergewaltigungsmethode: Sie binden einer Frau den Rock über dem Kopf zusammen. Nun hat sie kein Gesicht, keinen Geist, besteht nur noch aus Körper, hat keine Identität. Sie ist keine Ehefrau, keine Schwester, keine Mutter oder Tochter und ganz bestimmt nicht sie selbst. Sie ist irgendwer und gehört allen, und wenn man sich wegen ihr anstellt, um so besser.

»Ich liebe dich«, sagte Dandy, in Gedanken bei der Präsidentschaft. »Ich bete dich an«, und ich fühlte mich wie so eine Frau ohne Gesicht und Blick. Ich wußte, mein Mann, mein Bruder, mein Sohn würden in einer anderen Schlange stehen, und dieser Mann verhielt sich einer Frau gegenüber so höflich und freundlich, wie er es sich leisten konnte, und keinen Deut mehr. Und obwohl Dandy mich nicht mehr liebte, hörte ich nicht auf, ihn zu lieben. Etwas Wertvolles, sagte ich mir, bekommt man nie umsonst. Man muß immer dafür zahlen, und das mußte ich. Dr. Gre-

gory, wissen Sie, Dandy sieht keineswegs gut aus. Wenn ich sein Gesicht im Fernsehen sehe und in seine Augen schaue, sehe ich Krankheit und Traurigkeit.
Nein, natürlich kann man nicht jemandem, den man am Fernsehen sieht, in die Augen sehen. Anfänglich zeigen die Kameras ein verzerrtes Bild, das sich in unsichtbare Wellen verwandelt, fast verschwommen, bevor es eingefangen und grob als Originalbild wiedergegeben wird. Was ich sehe, kann nur eine vage Wiedergabe des Mannes selbst sein, doch ich sehe genug.
Ja, ich wage zu sagen, ich sehe, was ich sehen möchte.
Etwas in mir wünscht seinen Tod, daß er zerdrückt ende, wie eine ausgetrocknete Schnake in einer staubigen Ecke. Ich möchte, daß er erledigt ist, bevor ich es bin.«

15

»Erst ganz allmählich begriff ich, daß die geschlossene Welt, die Dandy und ich für unsere Liebe geschaffen hatten, ihren Widerhall in der physischen Wirklichkeit fand. Ich war tatsächlich eine Gefangene, und als Dandys Begeisterung nachließ, begann ich mich zu fürchten.
Unten auf der Straße rauschte der Verkehr vorbei. Die Kuppel des Capitols machte sich über das alte Rom lustig: große goldene Adler saßen auf Kupferstangen und stießen heisere Schreie des Hohns aus. Vor dem

Weißen Haus flatterte das Sternenbanner. Der Potomac glitzerte und rauschte aus der Stadt hinaus, floß Richtung Osten, zu fernen Meeren und zu einem unvorstellbar fernen Ziel.

Ich war auch schüchtern geworden. Vielleicht war ich im Bett so kühn, daß mein ganzer Mut aufgebraucht wurde. Ich ging nie aus, hatte keine Lust dazu, da ich in Washington doch niemanden kannte. Ich hatte meinen Artikel über die Concorde geschrieben, und der ›Star‹ hatte ihn vor der Veröffentlichung umgeschrieben. Als Dandy mir den Artikel vorlegte, erkannte ich ihn zuerst nicht wieder, weil er so sehr verändert worden war. Ich hatte Corin, den Herausgeber von Spezialartikeln, angerufen und ihm mitgeteilt, er würde eine Zeitlang nichts von mir hören, da ich in den Süden fahren würde, um einen Artikel über ein Aufleben des Ku-Klux-Klan zu schreiben. Zu der Zeit konnte ich noch telefonieren. Nachdem ich eine Woche dort gewohnt hatte, stimmte irgend etwas nicht. Wir konnten nur noch Telefonate empfangen, nicht mehr selbst telefonieren. Von Zeit zu Zeit tauchten irgendwelche Elektriker auf, schienen aber die Sache nur noch zu verschlimmern.

Da ich niemanden anrufen wollte, hatte dieses Nicht-Funktionieren keine Bedeutung für mich. Dandys Büro konnte ihn ja anrufen, was auch immer häufiger geschah. Er blieb dann oft eine Stunde, einen Abend und ab und zu auch mal eine Nacht weg. Ich entdeckte, daß der Senat Sitzungspause hatte. Das war Dandys Sommerurlaub. Und ich konnte das Telefon für den Zimmerdienst, den Schönheitssalon und den

Pool benutzen. Ich hatte kein Geld, ließ meine Einkäufe in den Boutiquen und den Bücherständen im Hotel auf die Rechnung setzen.
Meine eigenen Kleider waren vom Hotel gewaschen und in Lumpen verwandelt worden. So trug ich jetzt also, was ich unten kaufen konnte. Echte Seidenkleider und Kaschmir-Mäntel, feine Schuhe und Schmuck, meistens aus Gold. Im Schönheitssalon wurden meine Haare geschnitten und gelockt, meine Augenlider angemalt und meine Beine enthaart.
Dandy gab mir zu verstehen, daß er es mochte, wenn ich gut geschminkt war. Er liebte den Unterschied zwischen den bekleideten und unbekleideten, der unverdorbenen und der verdorbenen Frau, die kühle Vollkommenheit der angezogenen Frau und die schwitzende Unvollkommenheit, wenn sie ausgezogen und im Liebesrausch war. Auch ich liebte diesen Kontrast. Schließlich hatte ich nichts anderes zu tun, als mich an- und auszuziehen, mich zu waschen, um wieder ungewaschen zu sein. Warum nicht?
Es gibt einen Typ Mann, der die Frauen am liebsten schlampig und immer in der Nähe des Bettes sieht. Die Frauen müssen den Anschein erwecken, als ob sie nur mal kurz das Bett verlassen hätten, als ob sie keine Zeit gehabt hätten, sich zu kämmen oder die Suppenflekken aus ihrem Kleid zu entfernen, das auf dem Boden lag, sondern schnellstens wieder ins Bett zurückkehren müßten. Dr. Gregory, ich muß zugeben, das entsprach ganz meinem Stil.
Aber ich habe auch festgestellt, daß die Männer uns zu den Frauen machen, die sie glauben zu wollen, und

dann doch nicht mehr wollen. Dandy verliebte sich in eine energische, ehrgeizige junge Frau mit schmutzigen Fingernägeln, und innerhalb von sechs Wochen hatte sie sich, indem sie einfach das tat, was er ihrer Meinung nach wollte und was er als Wunsch äußerte, in eine parfümierte Odaliske verwandelt – und dann wollte er sie nicht mehr.

Oder habe ich etwas falsch gemacht? Ich höre, wie sich die Leute immer wieder diese Frage stellen, wenn sie tränenüberströmt inmitten der Trümmer einer Liebesgeschichte, einer kaputten Familie oder zerstörten Karriere sitzen. Was habe ich gemacht? Wo habe ich etwas falsch gemacht? Habe ich etwas gesagt? Als ob ein einziges Wort, eine einzige Tat, ein einziger Fehler Zerstörung und Verwüstung bewirken würden. Als ob wir alle glaubten, daß wir dadurch, daß wir vorgaben, etwas zu sein, das wir nicht sind, indem wir die Wahrheit zurückhielten, glücklich werden könnten. Kein Wunder, daß wir alle auf Zehenspitzen durchs Leben gehen. Wo habe ich etwas falsch gemacht? Ich sagte etwas Falsches. Natürlich habe ich ein entstelltes Gesicht. Als ich klein war, hat mich ein Pferd getreten. Hatten Sie's bemerkt? Es war das Lieblingspferd meiner Mutter. Sie hat seinen Kopf ausgestopft an der Wand des Hauses, in dem ich aufgewachsen bin, hängen. Das ist nicht mein Mund, mein Kinn, meine Nase.

Pete und Joe verbrachten viel Zeit damit, sich über den Tod, über Verstümmelung, Vergewaltigung und Zerstörung zu unterhalten. Ziemlich unwillig nahmen sie mich auf Dandys Anweisung zu einer Besichtigungs-

tour durch Washington mit, doch sie verbrachten die ganze Zeit damit, nach Vergewaltigern und Straßenräubern Ausschau zu halten, so daß ich mich überhaupt nicht amüsierte. Diese paranoiden Ängste sind ansteckend. Danach schienen mir alle Straßen gefährlich: voller dunkler Ecken, wo Männer, wenn sie nur die geringste Gelegenheit dazu hätten, angreifen, zustechen und vergewaltigen konnten und würden.
Ich, die ich nie vor irgend etwas oder irgend jemandem Angst gehabt hatte, betrachtete jetzt die Furchtlosigkeit als bloßen Mangel an Fantasie.
So wie Dandys Liebe schwand, schwand mein Selbstbewußtsein. Ich war ständig in Tränen aufgelöst, bat und bettelte. Bleib bei mir, geh nicht, liebst du mich nicht mehr? Was habe ich getan? Habe ich das verdient? Wie kannst du so grausam sein?
An diesen Teil würde ich mich am liebsten nicht erinnern. Joe und Pete rückten näher: der Rauch ihrer Zigaretten drang unter meiner Tür ins Zimmer, bis er nach oben getrieben und von der Klimaanlage aufgesogen wurde.
Eines Nachts, als ich heulend im Bett lag, nicht schlafen konnte und allein war, öffnete sich die Tür und sie kamen herein. Joe setzte sich auf die linke Bettkante, Pete auf die rechte. Sie hatten so viel über Vergewaltigung gesprochen, daß ich als erstes daran dachte.
Ich dachte, Dandy hat mir seinen Schutz entzogen. Er hat mich den Dienern, den Hunden ausgeliefert. Ich stelle die Krumen von seinem Tisch dar; sie werden daran herumschnüffeln und sie aufessen. Er hat sich zu lange vor ihren hungrigen Mäulern satt gegessen. Sie sind gierig, ärgerlich und hungrig.

Sie brauchten nicht viel zu sagen. Joe saß links, Pete rechts. Die Bettdecke machte mich unbeweglich. Meine Nase lief etwas, da ich geweint hatte, und ich konnte meinen Arm nicht bewegen, um sie abzuwischen.
Sie saßen da und starrten mich an. Dann gab sich Pete einen Ruck.
»Sie sollten sich besser aufsetzen«, sagte er.
Das Nachthemd, das ich trug, war aus Seide und Spitzen. Ich hatte es unten in der Boutique gekauft. In diesem Hotel gingen Manager und Politiker ein und aus, trafen sich mit ihren Geliebten und brachten ihren Frauen solche Nachthemden als Geschenke mit und glaubten, damit die Kluft zwischen Fantasie und Wirklichkeit überbrücken zu können. Echt Seide, echt Spitze! Qualität!
Zu Hause war ich mit Männern und Frauen nackt geschwommen und hatte mir nichts dabei gedacht. Ein Körper ist ein Körper, hatte ich gedacht. Dieser Ansicht waren wir alle, wir Mädchen, trotz unserer Mütter. Wir betrachteten einen Körper nicht als ein Mittel der Verführung. Eine Brust stillt ein Baby oder vermittelt unter gegebenen Umständen erotisches Vergnügen, im übrigen ist sie unbedeutend. Ob sie bedeckt oder entblößt ist, was macht das aus? Es war mir nie passiert, daß die Umstände geschaffen und nicht gewählt werden konnten.
»Setzen Sie sich auf«, wiederholte Pete. »Wir müssen Ihnen etwas zeigen.«
Ich setzte mich auf, mein dünner Träger rutschte und gab meine Brust frei. Ich spürte es, wollte aber nicht

hinuntersehen. Joe streckte die Hand aus und berührte meine rechte Brust.

»Nein«, sagte Pete. Und Joe rückte mein Nachthemd zurecht, lächelte freundlich und verständnisvoll, wie ein Vater. Erst beschäftigte er sich mit der rechten, dann mit der linken Seite, bis ich in ihren Augen wieder anständig genug war. »So ist's gut«, sagte Joe. Ich fühlte, daß sie mir zu verstehen geben wollten, daß ich hilflos wäre; daß sie mich vergewaltigen könnten, wenn sie wollten, doch es nicht taten, da ich sogar für sie minderwertig war; ich könnte sie ja mit mangelndem Willen oder Hemmungslosigkeit anstecken oder was immer für Eigenschaften in meinem warmen Körper brodelten. Ich war eine Frau aus Fleisch und Blut, ein Behälter für den sexuellen Abfall des Mannes. Und da ich ihrer Meinung nach diese Rolle gewählt hatte, beschränkte sich mein Wert darauf.

Die Amerikaner bemühen sich nicht sehr um Kräfte, die sich jedermanns Kontrolle entziehen. So weit sie es überblicken können, wählten die Individuen ihr Schicksal und ihren Lebensweg selbst. Sie haben keine Zeit für die Hilflosen, die Hoffnungslosen, die Deprimierten. Auch diese Pfade wurden gewählt. In ihrem nüchternen Herzen herrscht nur wenig Mitleid. Bestimmt empfanden Joe und Pete kein Mitleid mit mir.

Pete wollte mir eine Abbildung in der Abendzeitung zeigen. Darauf war Dandy zu sehen, der mit einer jungen Frau in einem Restaurant speiste. Er blickte ihr in die Augen und lächelte: sie erhoben ihre Gläser und lächelten. Die Umstehenden lächelten auch. Dandys

Freunde und Kollegen, die ich nie sehen durfte. Die Überschrift lautete: »Der jüngste Senator prostet der ältesten Tochter zu.« Zweifellos trug sie ein Baumwollnachthemd und schlief bei offenem Fenster.

Sie überließen mir die Zeitung, entfernten sich. Als Joe sich erhob, öffnete sich seine Jacke und ich sah den Pistolenhalfter.

Ich las den Text. Sie war die älteste Tochter einer Bankiersfamilie und erbte die Ölmillionen ihres Großvaters. Sie war eine von Amerikas begehrtesten jungen Damen, wie Dandy einer von Amerikas begehrtesten Junggesellen war, wie ich jetzt erfuhr. Für Dandy wurden folgende Adjektive gebraucht: scheu, vielversprechend, gewinnend und glänzend. Für sie: sprudelnd, atemberaubend und sportlich. Man hörte schon die Hochzeitsglocken läuten.

Später, als ich für die BBC arbeitete, versuchte ich, die Quelle dieses Zeitungsartikels zu erforschen, doch es gelang mir nicht. Vielleicht gab es gar keine, war sie eine bloße Erfindung einer der Sicherheitsagenturen, zu denen auch Pete und Joe gehörten.

Sie wollten, daß ich erkenne, wo mein Platz sei, daß ich hoffnungslos unter Dandys Niveau stehe. Joes Hand auf meiner Brust war kein Zufall, sondern Berechnung, um mich zu erschrecken und zu demütigen. Es war, als ob sie sogar wüßten, welches Nachthemd ich gerade trug. Vielleicht waren von Anfang an versteckte Kameras und Mikrophone im Zimmer installiert, ohne daß Dandy und ich eine Ahnung hatten.

Ich bin sicher, Joe und Pete würden sich mit allen außerehelichen sexuellen Erfahrungen vertraut machen und fänden das ganz normal. In einer Welt, in der die Frauen im Bett so scharf in zwei Kategorien aufgeteilt sind – Ehefrauen und Huren – warum nicht? Und vielleicht war Dandy schließlich genauso. Und vielleicht war die Liebe, die er angeblich empfand, nur Hohn: die Intimität vorgespielt, der Akt für Zuschauer gedacht und mein Vertrauen und meine Liebe nur Anlaß für allgemeine Unterhaltung.

Nun, es mag sein, wie es will; ich war jetzt wirklich ängstlich. Niemand wußte, wo ich war. Pete und Joe waren bewaffnet. Dandy hatte genug von mir: ich konnte mühelos verschwinden und niemand würde es merken, sich darum kümmern oder Fragen stellen. Das ist der Nachteil, wenn man stolz und frei durch die Welt marschiert, ohne Eigentum, Schulden oder Kreditkarten. Keine Hypothekenbank, kein Kind, kein langjähriger Liebhaber würden nach mir suchen. Wenn man sich um niemanden kümmert, kümmert sich niemand um einen. Ich wünschte mir sogar, ich hätte meiner Mutter regelmäßiger geschrieben. Sechs Monate ohne Post von mir würden sie nicht beunruhigen, und die Beschreibung ihrer vermißten Tochter, von der sie zuletzt aus Alabama Nachricht erhalten hatte, würde in keiner Weise mit der von dem Mädchen, das eine Zeitlang im Washington Hotel gewohnt hatte und dann, wie es solche unruhigen Mädchen zu tun pflegen, weitergezogen war, übereinstimmen.

In dieser Nacht kehrte Dandy wie üblich zurück und ich sagte nichts von der Abbildung in der Zeitung und tat so, als glaubte ich seine Entschuldigungen für sein

Fernbleiben. Aus Verzweiflung entwickelte sich Schlauheit. Ich wunderte mich, wie ich lächeln und ihn streicheln konnte, als ob alles in Ordnung wäre – und er ließ sich täuschen. Betrug wirkt erregend: erfolgreiche Täuschung vermittelt ein Gefühl der Macht. Vorübergehend wenigstens würden mich diese Gefühle aufrecht halten. Bald würde der Schock der verlorenen Liebe sie überwältigen und die Demütigung falscher Hoffnung. Inzwischen war ich in Gefahr und mußte überleben.
In dieser Nacht war unser Liebesspiel überwältigend, nahm kein Ende. Ich verstand es, zu stimulieren, indem ich meine eigenen Reaktionen unter Kontrolle hatte und seine organisierte. Ich täuschte einen Orgasmus vor, Bedürfnis, Dankbarkeit, Lust und Vertrauen. Es war ganz einfach: ich schleuste uns durch die Liebe in die Lust und wieder zurück. Inzwischen war er erschöpft, ich nicht, er schlief, ich nicht, was ich beabsichtigte.
Seine Brieftasche war aus seiner Manteltasche gefallen. Sie bestand aus weichem Kalbsleder und war gefüllt mit neuen Dollarnoten, die schön glatt aufeinanderlagen – besser als Pfundnoten, die immer verbraucht und zusammengeknüllt sind. Ich ließ ihm fünf Dollar, falls er morgens ein Taxi benötigte, und nahm den Rest an mich. Ich zog etwas Bequemes an und Schuhe, mit denen ich gut gehen konnte. Den Schmuck ließ ich zurück. Vielleicht konnte ihn die älteste Tochter brauchen. Ich suchte meinen Paß, glaubte, er sei in der obersten Schublade des Frisiertisches. Da war er nicht. Alles ist verloren, dachte ich, und ich bin so gut wie

tot. Doch dann fand ich ihn in der Schublade des Nachttischchens, öffnete ihn und entdeckte mein eigenes unvollkommenes Konterfei, das mir entgegenstarrte – und hatte meine eigene Identität wiedergefunden.

Einst hatte ich ohne Dandy gelebt und würde auch wieder ohne ihn weiterleben können.

Wie üblich schliefen Pete und Joe nebenan auf zwei gegenüberliegenden Sofas. Ich schlich mich auf den Flur hinaus. Als ich vor das Hotel trat, empfing mich ein eisiger Wind, den ich nicht mehr gewohnt war. Die Luft schien erfüllt von seltsamen Gerüchen. Als der Wind meine Wange streifte, merkte ich, daß ich ganz vergessen hatte, wie das war.

Ich nahm mir ein Taxi zum Flughafen von Dulles, wollte so weit weg fliegen, wie es das Geld aus Dandys Brieftasche ermöglichte.

Zum Glück reichte das Geld aus, um nach London, Heathrow zu fliegen. Ein Flugzeug sollte innerhalb einer Stunde fliegen. Und das Glück war mir wieder hold, denn der Mann neben mir war, als das Adrenalin aus meinem Blutkreislauf ausgestoßen worden war, der Schock sich gelegt hatte und Geist, Körper und Seele anfingen, weh zu tun, »Homer«.

16

Bevor ich mein Augenlicht verlor, machte es mir manchmal Spaß, einfach so dazusitzen und zu beobachten, wie sich die Wäsche in der Waschmaschine drehte. Laurences rotgepunktetes Hemd inmitten von blasseren Kleidungsstücken. Und hier war mein weißer Spitzenslip. Wie kam er in die Maschine? Wahrscheinlich ist das Wasser viel zu heiß, und vielleicht färbt das rotpunktige Hemd ab. Ich entdeckte in der Waschmaschine regelrechte kleine »Dramen«, sah Dinge, die die anderen nicht sahen, freute mich, daß mir die Maschine allerlei Plackerei ersparte: das Rubbeln und Schrubben, Hochheben und Auswringen. Jetzt muß ich dem Geschirrspüler und der Waschmaschine vertrauen, wie es die Sehenden nie und nimmer tun. Ich muß mich besinnen, bei welchen Programmen ich Spülmittel zufügen muß. Ich muß aufpassen, daß die Waschmaschine nicht überläuft und daß nicht alle Kleidungsstücke rot werden.
Ich muß etwas tun, muß mich nützlich fühlen. Laurence bietet mir an, diese Dinge für mich zu erledigen, aber das möchte ich nicht. Ich bestehe auf einer Arbeitsteilung, die mir in der Vergangenheit nie gefallen hatte, jetzt aber schon.
Der Feminismus ist ein Luxus. Die Welt ist aufgeteilt in geeignet und ungeeignet, nicht in Männer und Frauen.
An einem Dienstagmorgen, als ich die Waschmaschine leerte und die Kleidungsstücke in den Trockner

daneben verstaute, erzählte mir Isabel, sie habe Dr. Gregory aufgesucht. Sie wollte mir helfen, doch ich lehnte ab. Ich fühle gerne die nassen Kleidungsstücke, um sie besser kennenzulernen. Genauso ziehen es die Friseure vor, die Haare naß statt trocken zu schneiden. »Ich erzähle ihm alles«, sagte sie. »Glaubst du, daß das klug ist?«

»Ich glaube, das wird auch von dir erwartet«, erwiderte ich.

»Ich habe mich so an die Selbsttäuschung gewöhnt«, sagte sie, »daß das wie ein Schock für mich ist. Wenn ich ihm viele Dinge gestehe, sollte ich sie ja auch Homer gestehen. Ich sehe das kommen.«

»Was für Dinge?« fragte ich.

»Ganz grundlegende Dinge«, erwiderte sie vorsichtig.

Und sie erzählte mir, wie sie Homer kennengelernt und ihn geheiratet hatte. Sie sagte, sie habe ihn zufällig kennengelernt.

»Jeder lernt zufällig seinen Ehepartner kennen«, bemerkte ich. An der Manschette von Laurences Jeanshemd fehlt ein Knopf. Nun, das macht nichts. Blinde können Knöpfe annähen. Sie lernte Homer im Flugzeug kennen. Es schien ihr Schicksal zu sein, Männer in der Luft kennenzulernen. Nun, es war nicht reiner Zufall gewesen. Er hatte eigentlich einen späteren Flug gebucht, dann aber sie beim Check-in entdeckt, wild und schön in ihrem Eifer, und hatte seinen Flug geändert, um mit ihr fliegen zu können. Erst Jahre später hatte er ihr das gestanden. Wie er sagte, war es nicht seine Gewohnheit, Mädchen aufzureißen. Aber da saß er nun wie zufällig neben ihr, und sie fand, daß man sich sehr ungezwungen mit ihm unterhalten konnte. Sie behauptete, daß dies bei den meisten Männern nicht der Fall wäre. Meistens führten sie eine einseitige Unterhaltung: über sich, nicht über sie, und ihre Rolle dabei war, sich sofort zu äußern oder Stichworte zu geben, zu lächeln und interessiert dreinzublicken oder beeindruckt oder beides. Gut, sie gab zu, daß für jemanden, der immer hinterm Ofen saß, die Sprüche eines weltgewandten Mannes oft interessant und beeindruckend waren, doch je mehr man selber in der Welt herumkam, desto weniger interessant und beeindrukkend wirkten sie. Und Isabel konnte wahrlich von sich behaupten, die Welt gesehen zu haben.

Doch Homer war ein Mann für sich. Er schuf eine Atmosphäre der Vertrautheit, auf die sie reagierte. Er wollte wissen, was sie fühlte, was sie dachte, wo sie gewesen war, wohin sie gehen würde. Er war auf den ersten Blick halb in sie verliebt, ängstlich und angenehm besitzergreifend und besorgt, und sie vertraute ihm. Die Liebe zu Dandy war etwas ganz anderes gewesen: zwanghaft und obsessiv. Im Vergleich dazu war diese Beziehung gewöhnlich, zivilisiert und unter den Umständen wunderbar tröstend.

Sie erzählte ihm nicht, wo sie gewesen war, wie sie zu dem Flug gekommen war oder wie sehr sie sich fürchtete.

Die meisten Frauen, die vor der Liebe eines Mannes oder dem Schutz eines ehelichen Daches fliehen, sind ängstlich. Sie fürchten sich sogar vor dem friedlichsten und mildesten Liebhaber oder Ehemann, als ob sie sie durch Zurückweisung zu Ungeheuern machen würden. Frauen, die weglaufen, fürchten sich vor Bestrafung, Schlägen, aufgeschnittenen Kehlen – im schlimmsten Fall – gebrochenen Knochen und eingeschlagenen Zähnen. Die Tatsache, daß sie Dandy weggerannt war, schuf genug Schrecken in Isabels Herz, hinzu kamen Pete und Joe – und sie war erfüllt von panischer Angst und Vorsicht.

Sie erzählte Homer, sie sei in Alabama einer Geschichte nachgegangen, über die sie einen Artikel schreiben wollte, und der Bus, in dem sie gefahren war, hatte Feuer gefangen. Sie sei mit knapper Not mit dem Leben davongekommen, habe ihr ganzes Gepäck bei dem Feuer verloren, schreckliche Szenen erlebt. In einem Hotel konnte sie sich ein paar Dinge besorgen und kehrte jetzt zerrüttet und ramponiert heim – das heißt, da sie kein Heim besaß, kehrte sie in die verhältnismäßige geistige Gesundheit, Mittelmäßigkeit und Freundlichkeit Englands zurück.

Auch Homer flog nach London, aus verschiedenen Gründen, die mit der Liebenswürdigkeit der Gesellschaft und dem literarischen und linguistischen Erbe zusammenhingen.

Homer bot ihr ein Zimmer in dem Apartment an, das er in Hampstead mieten wollte, bis sie wieder auf eigenen Füßen stehen konnte. Nähe, Zuneigung, gesunder Menschenverstand und gegenseitiges Vertrauen bewogen sie bald, den Raum zu teilen.

»Bald?« bemerkte ich. »Was heißt bald?«

»Ein Tag«, erwiderte Isabel. »Ich wollte jetzt vorsichtiger sein, da ich mehr zu verlieren hatte. Ich begab mich sofort in die Klinik und ließ mir ein Diaphragma einsetzen.«

Zuerst fand ich es komisch, daß sie das extra erwähnte.

»Ich erkannte, daß dies eine Langzeit-Angelegenheit sein würde«, erklärte sie vage. »Daß Homer sowohl ein Freund als auch ein Liebhaber sein würde. Er würde mir lebenslänglich gehören und ich ihm, welchen Grad der Intimität wir auch wählen würden. Du kannst dir nicht vorstellen, wie tröstlich das war.«

»Ehemann, Liebhaber, Freund, Vater, alles in einem«, sagte ich.

»Genau«, erwiderte sie.

Kein Wunder, wir alle in der Wincaster-Straße beneideten sie.

17

»Sie bricht zusammen«, sagte Joe, und studierte die letzten Ausdrucke. »Ich habe es dir ja gesagt.«

»Es war unvermeidlich«, sagte Pete.

»Man kann einer Hure nicht trauen«, sagte Joe. »Und eine, die sich für nichts ausgibt, ist die schlimmste von allen.«

»Sie war keine Hure«, sagte Pete, »sie nahm kein Geld.«

»Das tat sie verdammt nochmal sehr wohl«, sagte Joe. »Sie nahm das ganze Geld aus Dandys Brieftasche an sich.«

»Nur deshalb, weil wir sie ihr vor die Nase gelegt haben«, erwiderte Pete.
»Sie war eine Hure«, sagte Joe. »Sie nutzte ihn aus, wie es Huren machen. Sie war scharf darauf, soviel wie möglich abzusahnen.«
Beide Männer genehmigten sich einen Veuve Clicquot on the rocks, um Dandys Sieg in den Vorwahlen zu feiern. Er war jetzt der einzige, der echte, der eigentliche demokratische Kandidat. Die Party dauerte tagelang. Joe und Pete waren bis jetzt nüchtern geblieben. Während die anderen lachten, sangen, Fahnen schwenkten, Luftschlangen warfen und hocherhobenen Hauptes durch die Straßen marschierten, hielten sich Joe und Pete an ihre Pistolen, ihre Pflicht und ihr Mineralwasser. Pippa Dee war auch nüchtern geblieben und ging jeden Abend früh zu Bett, da sie demnächst ein großes Turnier hatte.
Jetzt hatten sich der Tumult und die Freude gelegt, und Joe und Pete genehmigten sich eine kleine Erholung. Sie hatten die Beine auf den Schreibtisch gelegt. Joes Frau hatte sich mit Freundinnen verabredet, und Petes Frau meldete sich für einen weiteren Abendkurs an.
Pete und Joe beschlossen, unbedingt das Mädchen mit den schmutzigen Fußnägeln aufzusuchen. Sie fuhren in die Innenstadt und folgten ihr von dem Nightclub – The Lousy Buck –, in dem sie arbeitete, bis zu ihrer Wohnung. Wie sie vermutet und befürchtet hatten, war dies eine internationale Siedlung von Teepee-Leuten, einem weißen Volk aus Europa, das in Nachahmung der Indianer in Nylon-Wigwams lebte und sich

gerade versammelt hatte, um seinen Jahresausflug zum Potomac zu machen.
Die Kinder waren ungestüm, schmutzig, schlecht ernährt und von Geschwüren bedeckt.
»Heilige Mutter Gottes«, stöhnte Joe, als seine glänzenden Schuhe auf Schlamm und Steine traten. »Jetzt verstehe ich, warum ihre Füße so schmutzig sind.«
Gelber Schlamm quoll durch die Zwischenräume von Veras Zehen. Sie tauschte ihre Berufsgarderobe gegen ein besticktes Kleid, das Schmutz- und Fettflecken aufwies, rieb ihr Haar mit Öl ein und band es im Nakken zusammen. Sie war ganz allein im Zelt, und ihre Augen brannten vom Waldrauch.
»Halte dich von dem Rauch fern«, flüsterte Pete Joe zu, »er ist krebserregend, ist für die Lungen noch viel gefährlicher als der Tabak.«
Sie beobachteten Vera durch einen Schlitz im Zelt. Hinter ihnen rauschte der Fluß. Die Lichter von Washington ließen den Himmel gelblich erscheinen, so daß die Sterne blaß wirkten. Die Teepee-Leute, die nicht von der Arbeit verschmutzt waren, versammelten sich um ein Waldfeuer, sangen düstere Weisen und aßen gegrillte Hühnerschenkel. Die Kinder und Hunde bekamen das, was sie erhaschen konnten. Das war Tradition.
Pete und Joe, deren eigene Kinder ausgewogene Kost erhielten und zusätzlich Vitamine, waren bekümmert, dies zu sehen. Vera beruhigte sich mit ein paar Zügen Marihuana, schluckte ein paar Pillen und ging hinaus, um sich zu den anderen zu gesellen. Sie war die Squaw von Smoky Al, der 72 und impotent war. Sie teilte

sich die Position mit ihrer Schwester Marielle. Sie waren Holländerinnen, die vor ihren bürgerlichen Eltern, die sie unterdrückten, geflohen waren. Vera war 24, Marielle 22.

Pete und Joe schnappten Vera im Schatten des Feuers und zerrten sie zu ihrem Auto. Die Überraschung und die Kraft von Pete und Joe machten einen Widerstand unmöglich. Niemand merkte die Entführung.

»Wir wollen Ihnen nichts tun«, sagte Pete, wobei er log, »wir wollen Ihnen nur ein paar Fragen stellen.«

»Heiliger Bimbam, wie sie stinkt«, sagte Pete, und drückte aufs Gaspedal.

»Das ist Moschus«, erklärte sie, als ob sie Beleidigungen, egal welcher Art, nicht berühren würden. »Ich würde mich häufiger waschen, aber wir haben kein fließendes Wasser. Im übrigen braucht man sich nicht zu schämen, wenn ein Körper riecht.«

Pete und Joe waren nicht davon überzeugt. Sie brachten sie in eine Wohnung, die sie von früher kannten, wo keine Fragen gestellt wurden, außer von ihnen, und wo sie aus alter Freundschaft jederzeit willkommen waren. Dort, im hellen Licht, quetschten sie sie aus.

Sie überzeugten sich, daß sie für niemanden arbeitete, weder für Gaddafi, den KGB, noch den amerikanischen Geheimdienst. Sie hatte mit Dandy geschlafen, weil er sie darum gebeten hatte.

»Tun Sie es immer dann, wenn Sie darum gebeten werden?«

»Ja«, erwiderte sie.

Sie hatten sie geschlagen und gedemütigt, ihr die Kleider vom Leib gerissen, sie verspottet, hielten aber kurz vor der Notzucht inne. Sie hielt sie für verrückt, dachte, das sei die Folge ihres Lebensstils. Pete erinnerte sie an ihren Vater. Sie war nicht eigentlich ängstlich. Sie hatte schon so viele Trips hinter sich, mit allen möglichen Drogen, daß sie bei einem harmlosen Zug an einer Zigarette genauso ausflippen konnte wie bei sonst etwas. Sie ängstigte sich mehr vor ihren eigenen Gedanken als vor Pistolen, Drohungen und Schlägen. Warum sie sich so benahmen, beunruhigte sie, nicht was die beiden Männer taten. Smoky Al hatte auch irgendwie mächtigen Spaß am Schlagen und Zwicken.

»Hört zu, Jungs«, sagte sie, »ich sage euch alles, was ihr wissen wollt, gebt mir nur Zeit zum Sprechen.«

Sie hörten auf, sie zu bedrohen, und hörten zu.

Sie erzählte ihnen, sie habe Dandy zu den Teepees gebracht. Sie war verrückt nach ihm. Sie wollte nicht sein Geld, sondern seinen Körper. Oder vielmehr Smoky Al begehrte ihn, über sie. Smoky Al mochte es, wenn sie mit jüngeren Männern ausging. Er dachte, das erhalte ihn männlich. So war die Unsterblichkeit garantiert. Sie konnte im Lousy Buck immer irgendwelche jungen Männer auftreiben, sie von der Garderobe aus ins Auge fassen.

»Heilige Maria Mutter Gottes«, sagte Joe, entsetzt über die Vorstellung, wie Dandys Männlichkeit mißbraucht worden war.

Doch sie sagte ihnen, die Episode habe nicht so geendet, wie sie erwartet hatte. Trotz seiner Energie und seines guten Aussehens war es Dandy nicht gelungen –

um es unverblümt zu sagen –, es zu bringen. Sie hatte ihr Bestes gegeben, doch es endete damit, daß er über ihr zu heulen anfing und von einem rothaarigen australischen Mädchen faselte, das er geliebt und verloren habe.
»Heutzutage sind viele Jungs so«, beklagte sie sich. »Sexuelle Nieten. Bei Smoky Al weiß man wenigstens, woran man ist.«
Joe und Pete gingen ins Badezimmer, um zu diskutieren, was als nächstes zu tun sei. Es war ein schmutziger Ort. Seit Monaten hatte hier niemand sauber gemacht. Irgend jemand hatte Blut ins Becken gespuckt. Die Sicherheit verlangte es, daß keine Frauen hierherkamen – zumindest nicht aus eigenem Antrieb – und die Männer, die hierherkamen, waren der Meinung, Putzen sei Frauenarbeit. Aus dem Wasserhahn, den Joe aufgedreht hatte, um ihre Unterhaltung unhörbar zu machen, floß Rostwasser.
Ihre Unterhaltung war kurz.
»Du oder ich?« fragte Joe.
»Du«, sagte Pete freundlich.
»Sicher«, erwiderte Joe, »es ist schrecklich für einen Mann, eine Ausbildung genossen zu haben und sie nicht ausnutzen zu können. So bietet sich endlich die Gelegenheit.«
Joe erschoß sie, und sein Mantel schwang ordnungsgemäß nach hinten, da ja seine Frau das Blei in den Saum genäht hatte, was ihm volle Bewegungsfreiheit garantierte. Sie starb sauber und sanft, schneuzte ihr Leben aus. Die Waffe, ein Geschenk seiner Frau, erwies sich als so wirksam und gut, wie er es nicht anders

erwartet hatte. Nach der Tat schien Joe unruhig und nicht erfüllt von der Ruhe, die nach einem Koitus eintritt und die er sich erhofft hatte. Pete bemerkte, daß sie es nicht hätten zulassen können, daß Vera in Washington herumlief und behauptete, der demokratische Präsidentschaftskandidat sei impotent. Wenn sie ihre Worte sorgfältiger gewählt hätte, Verstand oder Selbstbeherrschung gezeigt oder eine entsprechende Ehrfurcht allem gegenüber bewiesen hätte, könnte sie noch am Leben sein. Sie hätten sie einschüchtern, auf sie einwirken können, sogar ihre Erinnerung an das Ereignis umfunktionieren können, wenn das Geld, der Wille und die Zeit verfügbar gewesen wären. Sie hätten ihr mit allen Mitteln den Mund gestopft. Aber es schien leichter, freundlicher und ehrenhafter, ihr Leben auszulöschen, sie von dem Elend eines verpfuschten, erniedrigten Daseins zu befreien. Es wäre ihr nie gelungen, den steilen, ermüdenden, hygienischen Weg zur Ehefrau und Mutter, zu Freiheit und Glück zu erklimmen. Der Schmutz zwischen ihren Zehen war für immer hier eingegraben.

Die ehemaligen Kollegen hatten telefonisch einen Krankenwagen bestellt, der kam und die Leiche mitnahm. Niemand würde sie vermissen. Herumwandernde Mädchen ohne Ehering und Besitz, die von ihren Familien ausgestoßen und deren Freunde zu zerstreut oder zu high waren, um befragt zu werden, verschwinden täglich aus unbedeutenderen Gründen.

Auf dem Rückweg zum Büro brummelte Joe ein Ave Maria vor sich hin. Seine Unruhe war verflogen, doch er beklagte sich, daß er sich jetzt, nachdem er ein Menschenleben ausgelöscht hatte, auch nicht anders fühlte.

»Es war ein sehr unbedeutendes Leben«, versicherte ihm Pete.

»Vielleicht deshalb.«

Sie vereinbarten, daß sie es Dandy stecken würden, daß ein für allemal mit dem Mädchenaufreißen Schluß sein müßte. Das tat ihm und ihnen nicht gut – natürlich würden sie nicht erwähnen, inwieweit nicht.

»Lektion eins, zwei, drei aus dem Watergate-Skandal«, sagte Pete.

»Laß die Leute da oben aus dem Spiel.«

Als sie den Krankenwagen riefen, hatten sie McSwains Namen genannt. Inzwischen würde er genug von den Ereignissen erfahren haben, um noch mehr wissen zu wollen. Daß einer neuen Flußufer-Jezebel die Hände von Hunden abgebissen worden waren. Nun speisten sie den Computer mit Isabel Rusts Code und waren nicht glücklich über das Ergebnis. Denn Isabel hatte das getan, was sie nicht für möglich gehalten hatten – sie hatte den glitschigen Pfad des Ekels vor sich selbst und der Erniedrigung verlassen und hatte die Höhen der Geachtetheit erklommen. Ja, sie verkehrte mit einflußreichen, berühmten Leuten.

»Wir müssen die Dame unterschätzt haben«, sagte Pete vorsichtig. »Anscheinend hat sie doch Klasse.«

»Wir befinden uns hier auf hochexplosivem Gebiet«, stimmte Joe zu. »Wir müssen uns etwas ausdenken.«

Sie arbeiteten eine Sammlung von Drehbüchern für

die Zukunft aus. Dandy löste seine Verlobung mit Pippa Dee, Homer ließ sich von Isabel scheiden, als Ergebnis einer Liaison mit Sandy Elphick, Jason wurde von dem Präsidenten als dessen Sohn anerkannt, Dandy und Isabel heirateten, und Isabel Rust zog als First Lady ins Weiße Haus ein, was eine Verbesserung der Handelsbeziehungen mit Australien zur Folge haben würde. Das brachte sie zum Lachen. Der einzige Haken war nur, daß sie die erste Präsidentin werden müßte, denn er würde mit größter Sicherheit nicht der nächste Präsident sein.

Gegen Mitternacht fühlten sich Joe und Pete gestärkt und fröhlich. Die Pistole in Joes Schulterhalfter fühlte sich am Griff warm und mächtig an, was vorher nie der Fall gewesen war. Er traute sich nicht, dies Pete gegenüber zu erwähnen, sprach aber insgeheim ein Dankgebet zur Heiligen Mutter Maria, der reinen Lilie.

Pete legte das einzige Bild von Isabel, Homer und Jason, das sie besaßen, auf den Aktenschrank. Dort war es vor Dandys Augen sicher. Wenn er das Evans-Gebäude aufsuchte, was selten genug vorkam, fuhr er mit dem VIP-Aufzug direkt zum Penthaus hinauf und hielt sich nicht in den unteren Etagen auf.

»Der Junge braucht einen Haarschnitt«, sagte Pete über Jason.

»O Gott«, sagte Joe, »wenn dieser Junge einen Haarschnitt hätte, würden wir nicht reden, sondern handeln und zwar schnell.« Er deckte Jasons Haare mit einem Stück Pappe zu und die Ähnlichkeit mit Dandy war verblüffend.

»Selbst wenn«, sagte Pete, »ich möchte nicht, daß sie einen Waschlappen aus ihm macht.«
»Die Schwulen sind in San Francisco«, sagte Joe.
»Wir sind hier in Washington«, erwiderte Pete, »und ich danke dem Himmel dafür.«
Auf die eine oder andere Art zitierten sie immer wieder die Heilige Familie: es besteht ein menschliches Bedürfnis, höhere Autoritäten anzurufen, da sich die irdischen zu oft als fehlbar erwiesen haben.
»Lektion vier, fünf und sechs aus Watergate. Traue Gott und nicht dem Menschen«, wie Joe bemerkte.
Pete äußerte Joe gegenüber seine Bedenken über die Möglichkeit, daß auch Vera, genau wie Isabel, ihren Weg aus dem Sumpf gefunden hätte, wenn sie allein gewesen wäre. Joe glaubte nicht daran: sie hatte nicht den Verstand dazu. Und Isabel war schon damals ganz schön helle gewesen. Vera war schon zu tief gesunken, wie ein Stück Stoff, das schon so durchgescheuert war, daß man es nicht mehr flicken konnte. In bezug auf Vera hatten sie richtig gehandelt, zu deren eigenem Wohl, zu ihrem, dem ihres Kandidaten, zum Wohle Gottes, Jesus', Marias und Amerikas.
Am nächsten Tag schlug Pippa Dee ihre Gegnerin vernichtend: 6:2, 6:2, Spiel, Satz, Match. Sie gewann fair oder so fair, wie eben ein Match gewonnen werden kann, wenn eine der Spielerinnen dazu bestimmt zu sein scheint, als First Lady ins Weiße Haus zu ziehen und ein Tenniskleid von Dior trägt und die andere ein ehemaliges Cheerleader-Mädchen ist, ganz normal und vernünftig von Adidas eingekleidet und der die Menge jedesmal applaudiert, wenn sie einen Punkt verliert.

18

»Ich weiß nicht, warum andere Leute Babies haben«, sagte Isabel zu Dr. Gregory, als sie ihn in der folgenden Woche aufsuchte, »doch ich weiß, weshalb ich eines hatte. Ich versuchte, mich damit festzulegen, mich nicht mehr weitertreiben zu lassen, mir ein Ziel zu setzen, eine Verpflichtung. Oder lassen Sie es mich anders erklären. Ich hatte das Gefühl, ich polierte mit der abschleifendsten Stahlwolle, die es gab, an der leicht versilberten Oberfläche meines Lebens: unkoordiniertes Gefühl, Kummer, Sex, jagender Puls und unruhiger Geist, alles roh und grob zusammengebunden. Ich hatte solange poliert, bis ich auf Blech, Rost und eine Unebenheit oder mehrere stieß, bis ich zu dem Loch gelangte, dem schwarzen Nichts. Ich mußte mich vom Mittelpunkt aus auffüllen. Ich wußte es. Ich mußte stabil werden; ganz allmählich ersetzen, was ich wegpoliert hatte. Wissen Sie, wie man eine Wunde im Hospital behandelt? Verbandsmull wird Schicht um Schicht aufgelegt, damit sich kein Schorf bilden kann und das Fleisch von unten her heilt. Täglich wird der Verband erneuert und ein neuer aufgelegt, jeden Tag etwas weniger, bis sich schließlich die Wunde geschlossen hat und sich der Schorf bilden kann. Das ist ein sehr langwieriger und sehr schmerzlicher Prozeß. Ich glaube, im allgemeinen ist das jede Heilung. Von nichts kommt nichts.«
Dr. Gregory hatte Isabel an zwei aufeinanderfolgenden Tagen auf fünf Uhr bestellt. Das hatte ihren Plan

mit Homer etwas durcheinandergebracht, doch sie hatten das Problem gelöst. Jasons Termin beim Friseur mußte verschoben werden. Homer und Isabel mochten die derzeitige Länge, doch Mrs. Pelotti hatte gesagt: »Ich vermute, Ihnen ist es egal, ob Jason ein Junge oder ein Mädchen ist, doch ich wage zu sagen, daß er gerne ein Junge wäre. Tun Sie ihm einen Gefallen und lassen Sie ihm die Haare schneiden.«

Doch Homer und Isabel waren sich darin einig, daß Mrs. Pelotti ihr Leben nicht völlig bestimmen konnte. Und da Jason darauf bestand, daß Isabel und nicht Homer, mit ihm zum Friseur gehe, mußten halt seine Haare noch eine Weile so lang bleiben, bis Isabel Dr. Gregory konsultiert und über sich, Homer und Jason gesprochen hatte.

»Es erscheint mir lächerlich, wegen der Karriere auf ein Kind zu verzichten. Genauso lächerlich finde ich es, in einem Kind Erfüllung zu suchen. Die Karriere kann eine Art schwächlichen Status vermitteln, und Freizeit kann eine angenehme Erfahrung sein, doch das Glück wird im allgemeinen nicht denen zuteil, die glauben, sie könnten es organisieren. Und das Kind ist, sobald es geboren ist, ein eigenständiges Wesen und bedeutet viel Mühe, und kann seinen Eltern sowohl zur Schande als auch zur Ehre gereichen. Je mehr man versucht, aus dem Kind ein Ebenbild zu machen, desto schwerer faßbar wird es.

Ich habe eine Nachbarin namens Hilary. Sie ist Feministin und hat eine kleine Tochter mit drei Jahren, die, wenn wir sie nur einen Augenblick unbeaufsichtigt lassen, in mein Schlafzimmer kriecht und meine

Kosmetika benutzt. Sie schleicht sich an die Männer ran und reibt sich an ihren Beinen, wie eine kleine Katze. Nichts ist so, wie man's erwartet.«

»Wir reden von Ihnen«, unterbrach sie Dr. Gregory, »nicht von den Nachbarn.«

»In Ordnung«, sagte Isabel. »Lassen Sie mich eine nüchterne Einzelheit erwähnen. Als ich Homer im Flugzeug kennenlernte, war meine Periode eine Woche zu spät dran. Vielleicht, weil ich schwanger war oder weil mein Monatszyklus in Unordnung geraten war. Natürlich können auch psychische Gründe dafür verantwortlich sein. Ein paar Tage, nachdem ich Homer kennengelernt hatte, schlief ich mit ihm. Vier Wochen später hatte ich immer noch keine Periode und ich schloß daraus, was mir ein Arzt bestätigte, daß ich schwanger war.

Nun, das Baby konnte von Dandy oder von Homer sein. Die meisten jungen Frauen meiner Klasse und Art hätten, selbst wenn sie sich ein Baby wünschten, aber so unsicher über den Erzeuger waren wie ich, die Schwangerschaft abgebrochen und von vorne angefangen, mit einem Baby, dessen Vater eindeutig feststand. Nein, ich hatte nichts gegen Abtreibung. Eine Frau entscheidet im Laufe ihres Lebens, von den ungefähr zwanzig Schwangerschaften, mit denen sie bei einem regen Sexualverkehr rechnen kann, nur zwei oder drei durchzumachen. Im allgemeinen ist die Methode, mit der sie diese Babies wählt, traumatisch und immer unnatürlich, sei es durch Festhalten an der Jungfräulichkeit oder sexuell abweichendes Verhalten, Empfängnisverhütung oder Abtreibung. Ich wußte, daß der Abortus eine erbärmliche Sache war, doch mein Leben war erbärmlich genug gewesen. Nach meiner Rückkehr aus Amerika schlich ich durch Homers Apartment, als ob ich fürchtete, mein Fuß könne zu stark auf den Teppich drücken und ich würde getadelt werden. Ich fühlte mich von großen Wellen des Glücks und des Zufalls angeschwemmt: eine Art ausgebleichtes Triftholz, fühlte mich wie eine glücklose Prostituierte, die sich angeboten hat und keine Freier findet.

Und jetzt war ich schwanger – zu etwas nutze –, und eine Art perverse Erregung erfaßte mich. Dandys Baby. O ja, natürlich Dandys Baby. Der Verstand sagte mir, es könne auch Homers Baby sein, aber inzwischen kannte ich den Gang der Welt, die vom Schicksal gemachten Muster. Dandys Baby. Der Teil von ihm, der mich liebte, der Teil von mir, der ihn liebte, hatte Fleisch angenommen.

Haben Sie als Kind geklaut? Erinnern Sie sich an die Mischung aus Erregung, Schadenfreude, Angst und erschreckendem Triumph, als sie bei Woolworth eine Handvoll Süßigkeiten vom Ladentisch klauten? Genauso empfand ich Dandys Baby! Gestohlen, unter den Augen von Pete und Joe entführt. Ein geheimer Sieg, von dem niemand je erfahren würde.

Es war nicht schwer, Homer einzureden, daß es sein Baby wäre. Ich redete es mir selbst ein und glaubte mehr oder weniger daran. Es fiel mir nicht schwer, wenn ich den schützenden, liebevollen Arm um meine Schultern fühlte, wenn ich würgte oder stöhnte, zu glauben, daß dieser Mann, den ich liebte, der echte, geistige Vater meines Kindes war.

Doch jetzt sind zwei Dinge passiert: Jason ist unglücklich und unruhig. Die Mutter vergißt so leicht, daß das Baby nicht die Ausgeburt ihrer Fantasie, das Ergebnis ihrer Liebe und Sorge ist, sondern eine eigenständige Person, der Mittelpunkt seiner eigenen Welt, nicht peripher zu ihrer. Wenn das Baby heranwächst und zu groß geworden ist, um herumgetragen zu werden, muß sie das zugeben. Auch Jason hat bei dieser Angelegenheit Rechte. Und zudem: Wenn das Kind älter wird, wird die Ähnlichkeit mit seinem Vater immer größer und bald wird es sogar Homer auffallen oder er wird darauf aufmerksam gemacht.
Außerdem ist zu überlegen, daß ich zu Millionen Menschen spreche und ihre Gedanken und Gefühle über das Fernsehen aufnehme. Sollte ich da nicht eine gewisse Integrität besitzen? Sollte ich nicht selbst eine Dienerin der Wahrheit sein?
Dr. Gregory, Sie sehen verblüfft aus, doch die Medien stellen die neue Priesterschaft dar, und hinter Homers, Jasons und meinen eigenen Schwierigkeiten steht eine größere Aufgabe und eine größere Pflicht.
Nun, eines nach dem anderen. Und genau das habe ich getan. Der erste Schritt auf dem Weg zu diesem erschreckenden und drohenden Berg war die Geburt des Babys. Meine Gründe waren gemischt, ja, das waren sie, eine Vermengung von Dummheit, Ernsthaftigkeit, Boshaftigkeit und Herrlichkeit. Doch die Sorge um ein Baby, das ermüdende, sich wiederholende, zweckdienliche Wesen der Aufgabe ist ein großes reinigendes Mittel. Das Schlechte wird ausgeschieden, das Gute zurückbehalten. Der zweite Schritt war der

Erwerb eines Hauses und Heimes: sogar eine Angelegenheit wie das Bezahlen von Raten ist eine Anerkennung der Gemeinschaft und die Pflicht ihr gegenüber. Der dritte Schritt, der noch gemacht werden muß, besteht darin, Homer die Wahrheit zu sagen.«

Im Raum herrschte Schweigen. Der Feigenbaum streifte immer noch das Fenster.

»Ich verstehe«, sagte Dr. Gregory schließlich. »Das wird die Bestrafung Ihres Mannes für das, was Sie als das Heruntergekommensein Ihres Vaters ansehen, sein.«

Isabel lachte.

»Sie können nicht gewinnen, oder?« bemerkte sie.

»Nein«, erwiderte er, »insofern, da es keine Schlacht ist, sondern ein Bürgerkrieg, der sich innerhalb des Ego abspielt und bei dem es keine Sieger geben kann.«

»Sie raten mir also, Homer nichts zu sagen?«

»Es entspräche nicht meinem Beruf, Ihnen das eine oder andere zu raten. Ich kann Ihnen nur helfen, Ihre Motive zu verstehen.«

»Doch Sie raten mir zu schweigen.«

Er sagte nichts und sie faßte das als Zustimmung auf.

19

Die Zeitung wird jeden Morgen zwischen sieben und sieben Uhr fünfzehn durch den Briefschlitz geschoben. Die Post kommt etwas später. Ein Quietschen von Metall, wenn die Klappe geöffnet wird, das dumpfe Kratzen von Papier, das festgeklemmt ist und von den scharfen Ecken des Briefschlitzes aufgerissen wird – ein dumpfer Aufschlag und ein Plumps und siehe, da kommt die Außenwelt hereingepurzelt und diejenigen, die Augen haben zu sehen, sollen daraus machen, was sie wollen.

Jeden Tag der Woche weckt mich der Briefträger. Das heißt, die Beschaffenheit meiner Krankheit verändert sich. Rechnungen. Laurence liest sie mir laut vor, seufzend und stöhnend, aber ich weiß, im geheimen ist er stolz auf die riesigen Summen, die gefordert werden, und die Tatsache, daß er sie zahlen kann, und darauf, daß die drohende, zermürbende finanzielle Angst, die den Beginn unserer Ehe beherrschte, vorüber ist. Rückblickend weiß ich nicht, worüber wir uns eigentlich Sorgen machten. Wir waren jung, hatten zu essen, schliefen, trugen Schuhe und hatten immerhin ein Dach über dem Kopf. Und wir sahen, wir sahen alles. Wenn der Strom gesperrt war, konnten wir improvisieren. Wenn die Gerichtsvollzieher unser Hab und Gut pfändeten, konnten wir Neues erwerben. Ich glaube, wenn wir alt sind, kehrt die Angst zurück und dieses Mal ist sie berechtigter. Wenn man sein Dach über dem Kopf nicht mehr bezahlen kann, tut es je-

mand anders, ungern und kärglich. Man erwartet von den Alten, wie von verlassenen Frauen, daß sie sich mit dem zweitbesten zufriedengeben, als Lohn für ihr Pech.
Isabel beichtete Homer. Sie beichtete ihm an einem Sonntagabend. Die meisten Familienmorde geschehen am Wochenende. Die Statistik zeigt, daß es in einigen Städten der USA für eine Frau, die sich um ihr Leben ängstigt, sicherer ist, während der Woche zu Hause zu bleiben und am Wochenende auf die Straße zu gehen.
Natürlich hat Homer Isabel nicht ermordet, doch früh am Montagmorgen schlich sie wie ein Geist in mein Haus. Heute bekam ich nur einen Brief. Die Montage sind für den Briefträger Erholungstage. Da über das Wochenende die Büros geschlossen sind, werden keine Rechnungen abgeschickt. Zu Beginn der Woche geht die Arbeit wieder von neuem los. Laurences Telefon läuft meistens am Dienstag und Mittwoch heiß. Am Freitagnachmittag tut sich kaum was. Die Leute sind müde.

20

Stellen Sie sich die Szene vor! Es ist Nacht. Der Ehemann liegt auf weichen Daunen und schläft den Schlaf des Gerechten und Rechtschaffenen. Vertraute Bilder schmücken die Wand: Landschaften, an denen die Blicke unzählige Male hingen. Eingerahmte Kinder-

bilder stehen auf dem Kaminsims: das neugeborene Baby, das strahlende Kleinkind, der ernste Schuljunge mit den großen Augen.
Die Nachttischlampe brennt: ein sanftes Licht, besser geeignet, die Fantasie eines Liebhabers zu entzünden, als die Zeitungslektüre an einem düsteren Wintermorgen zu erhellen. Im Aschenbecher liegt eine fast ungerauchte Zigarette, die ausgedrückt wurde.
Die Ehefrau geht auf und ab. Die Ereignisse der Welt drängten vorwärts. Die Vergangenheit brach herein, überrollte die Gegenwart: es ist Nacht. Ängste und Fantasievorstellungen bemächtigen sich sogar der Wachenden, wie sich der Alptraum bemerkbar macht, an die Grenzen des Bewußtseins dringt, unfähig, seinen eigenen Eintritt ins Traumreich zu vollziehen. Angenommen, sie wissen, denkt Isabel... Angenommen, ich werde überwacht? Ich bedeute doch sicherlich eine Gefahr für sie. Angenommen, sie entführen Jason? Töten mich? Ihr Verstand weigert sich, die noch ernstere Tatsache ins Auge zu fassen, daß Jason, der Thronerbe, durch das Vorrecht, aber nicht durch die Zweckdienlichkeit, besser tot wäre. Angenommen, sie stehen draußen unter den Lampen der Wincaster-Straße und beobachten, wie ich es in Filmen gesehen und in Büchern gelesen habe. Vielleicht sind die ganzen Thrillerfantasien Wirklichkeit: vielleicht ist das ganze gemütliche Leben im trauten Heim nur durch freundliche Genehmigung möglich, nicht weil es einem zusteht? Wird nur deshalb gewährt, weil die Augen des Mächtigen in eine andere Richtung schauen, mit flüchtiger, kurzlebiger Freundlichkeit.

Isabel zieht die Vorhänge auf und blickt auf die Straße.
Niemand.
Homer atmet tief durch. Sie lauscht, zählt: jeder siebte Atemzug ihres schlafenden Mannes ist tiefer als die anderen, wie jede siebte Welle – wie sich die Erbauer von Sandburgen erzählen – stärker, höher als die anderen ist: sie ist es, auf die man in Furcht und Hochstimmung wartet.
Das Gefühl der Bedrohung, der Furcht verstärkt sich und gleichzeitig entsteht eine Art Argwohn. Das Gefühl ist so stark, da ja durchaus ein realer Hintergrund besteht, daß es sogar in diesem Raum, wo nichts geschieht, vorhanden ist. Hier atmet nur der schlafende Ehemann, oben schläft das Kind. Die Atmosphäre des Hauses ist darauf abgestimmt, frühere Bilder von Erdbeben sind vom Summen des Staubsaugers verwischt, dem Klicken der Tür, dem Summen des schlecht funktionierenden Kühlschranks, den Tönen und Gewohnheiten des Alltags. Sicherlich kann alles so sein, wird es so sein wie es war?
Nein. Hört die Worte. Das Wesentliche von dem, was gesagt wurde, das Wesentliche des Streits; der Kern der harten Nuß der Veränderung.
»Homer«, sagt Isabel und weckt ihren Mann. »Ich muß dir etwas sagen. Ich brauche deinen Rat. Ich habe Angst. Da ist etwas, das wir zusammen verkraften müssen. Dr. Gregory sagt, ich solle es dir nicht sagen, doch er erwartet eine Stärke von mir, die ich nicht besitze. Ich habe Grund, anzunehmen, daß Jason nicht dein Sohn, sondern der von Dandy Ivel ist. Des Mannes, der aller

Voraussicht nach bald Präsident der Vereinigten Staaten sein wird. Deines Landes«, fügte sie hinzu, als ob sie den Schock abfangen könnte, indem sie zumindest einen Teil der Schuld ihrem Mann zuschob.

»Isabel«, sagte Homer und setzte sich auf. »Was phantasierst du da? Wenn ich in deiner fiebrigen Phantasie als Jasons Vater nicht gut genug bin und du dir einen besseren aussuchen möchtest, wie wäre es dann mit Prinz Charles? Zumindest ist er in der Nähe.« Er legte sich wieder zurück und schloß die Augen.

»Homer«, fuhr Isabel fort, »er sieht aus wie Dandy Ivel, nicht wie Prinz Charles.«

»Seit du zu Dr. Gregory gehst«, bemerkte Homer, die Augen immer noch geschlossen, »bist du sehr seltsam.«

»Es war deine Idee, daß ich ihn aufsuche«, erwiderte Isabel. Sie befand sich jetzt in einem normalen Wachzustand, fing an, ihre Ängste zu verlieren und wünschte sich, sie hätte nie zu sprechen angefangen.

»O vergiß es«, sagte sie, »schlaf weiter.«

Doch Homer konnte nicht automatisch wieder einschlafen. Als sie im Bett war, stand er auf und fing an, sich anzuziehen.

»Wohin gehst du?« fragte sie.

»Ich sehe nicht ein, warum ich mir das gefallen lassen soll«, sagte er. »Ich betrachte es als Beleidigung. Ich möchte nicht der Blitzableiter deiner Neurosen sein. Wenn ich diese Art Vater wäre, die ihr Kind ignoriert und alles der Mutter überläßt, und du würdest in der gehässigen Absicht zu mir sprechen, mich zurückzuweisen, könnte ich das vielleicht verstehen und verzeihen, aber das trifft auf mich nicht zu, und ich kann es nicht. Jason ist genauso mein Kind wie deines.«

»Homer«, sagte Isabel, »ich hatte, bevor ich dich kennenlernte, eine Affäre mit Dandy Ivel.«

»Du bist bemitleidenswert«, fuhr er fort. »Ist denn dein Leben so hohl und sinnlos, daß du dir eine Liaison mit einem großen, berühmten Mann ausdenken mußt?«

»Homer, wohin gehst du?«

»Ich gehe weg«, antwortete er. »Ich kann nicht unter dem gleichen Dach mit dir leben. Ich möchte es nicht. Wie vielen anderen Leuten erzählst du die gleiche Geschichte? Ist dir eigentlich klar, wie beleidigend du mir gegenüber bist? Wie sehr du dem kleinen Jason schadest?«

»Ich habe es niemandem erzählt«, log sie.

»Isabel, ich habe lange genug mit dir zusammengelebt, um zu erkennen, wann du lügst«, sagte er.

»Homer«, sagte Isabel, »ich muß doch morgen arbeiten, und wenn du nicht hier bist, wie ist das dann mit Jason?«

»Du hättest früher daran denken sollen«, sagte er mit zusammengepreßten Lippen. »Warum fragst du nicht Dandy Ivel?«

Isabel versuchte, sich zwischen Homer und die Tür zu stellen. Sie konnte sich nicht vorstellen, daß ihr Mann nicht plötzlich verstehen, verzeihen und ihr helfen würde. Sie war nachlässig und müde geworden, wie ein Wachtposten, der zu lange einen langweiligen Posten bewachen mußte, der zu viele Zweige hat knakken hören, um zu glauben, daß es Schritte sein könn-

ten. Sie war schon zu lange Ehefrau, hatte geglaubt, sie und Homer seien eins: Apfelzweig aufgepfropft auf Birnenzweig, aber trotzdem gut und echt miteinander verwachsen, mit gemeinsamen Interessen.
Doch es war nicht so.
Als ob er ihre völlige Getrenntheit noch bekräftigen wollte, schlug Homer Isabel. Sie hatte ihn am linken Arm festgehalten, um ihn zurückzuhalten, und dabei schwang sein rechter Arm automatisch nach hinten und nach vorn, so daß er ihr eine Ohrfeige versetzte.
In Isabels Welt schlugen die Männer die Frauen nicht. Die Foster's-Männer, die aus dem Hinterland nach Hause zurückkehrten, die rotgesichtigen, wettergegerbten, sonnenverbrannten Männer, die Blumen niedertrampelten und ihren Hunden einen Tritt versetzten und ihre Mutter betrogen – sie schlugen die Frauen und glaubten, die Frauen liebten die Schläge und bräuchten sie. Sie prügelten sich auch untereinander und vielleicht dachten sie, sie wären nur echt, wenn sie Schmerzen litten. Aber Homer?
Homer selbst schien verblüfft. Zu ihrer Überraschung entdeckte sie Tränen in seinen Augen. Er blickte sie an und schüttelte den Kopf, als ob er andeuten wollte, daß ihm die Worte fehlten, und ging hinaus. Sie hielt sich das schmerzende Gesicht: Ihr Kiefer fing wieder an zu schmerzen, wie vor so vielen Jahren, als das Pferd ihrer Mutter ihr einen Tritt versetzt hatte, und sie fing an zu weinen – wegen des Vorfalls, der sich soeben ereignet hatte und wegen des vergangenen Traumas. Sie hörte, wie er ins Badezimmer ging, dann hinunter in die Diele, um sich den Mantel zu holen. Dann

öffnete er die Haustür und ging hinaus. Sie blieb allein zurück, voller Verzweiflung.
Später ging sie ins Badezimmer und entdeckte, daß er seine Zahnbürste und Zahnseide mitgenommen hatte, woraus sie schloß, daß er zumindest über Nacht wegbleiben würde.
Sie nahm an, er würde bald zurückkehren, genauso wie sie annahm, niemand würde Jason töten – da es zu schrecklich war, sich das Gegenteil vorzustellen.
Sie betrachtete sich im Spiegel – die vollkommenen, großen Augen und die Augenbrauen, die ziemlich strenge Nase, den deformierten Kiefer, und sah sich als Zufallsprodukt. Den Spiegel hatte Homer in einem Trödlerladen gekauft. Er war mindestens fünfzig Jahre alt, ganz im Stil der damaligen Zeit: helles Glas mit abgeschrägten Kanten und auf jeder Seite ein Glasbördelrand, so daß das ganze Gesicht in voller Unschuld reflektiert wurde und die Seitenansicht wie ein Ball hin- und hergeworfen wurde, von einer Widerspiegelung zur anderen, bis sie ins Unendliche verschwand. »Ich wollte nur die Wahrheit sagen«, sagte sie laut zu ihrem einfachen, einzigen Spiegelbild und wußte noch während des Sprechens, daß sie log und daß dies nicht alles war. Doch die Seitenansichten des Spiegels schienen den Sinn ihrer Worte zu erfassen und ließen ihn auf- und zurückprallen, zurück in den Winkel der Unendlichkeit, als ob sie, ungewollt, aufgehört hätte, ein nebensächliches Geschöpf zu sein, schlecht konzipiert, eine Mißgeburt, sondern sinnvoll und bedeutungsvoll war.
Oben fing Jason an zu heulen. Der Morgen dämmerte:

ein kaltes Licht stahl sich durch die geschlossenen Vorhänge. Sie dachte, daß sie keine Sekunde geschlafen hatte. Sie ging hinauf zu Jason; er war halbwach und wimmerte.

»Ist ja gut. Was hast du?«

»Ich träumte, da war ein weißes Licht und es tat einen Knall und als ich schaute, war alles weg und ich konnte dich nicht sehen. Ich schaute und schaute, doch du warst nirgends und ich hatte keine Hände, sondern Schnüre.«

»Ist ja gut«, beruhigte ihn Isabel, »ist ja gut.« Doch sie wußte, nichts war gut. Sie wußte, es war ein zweigeteilter Traum, der aus den Geschehnissen der Vergangenheit und den derzeitigen Ängsten herrührte, daß die ganze Welt auf Zehenspitzen ging, den Atem anhielt, aus Angst, der Traum könnte durch ein Husten oder Schneuzen Wirklichkeit werden. Daß dann die Wände als solche, das Mobile über dem Bett des Kindes, die Bücher auf den Regalen, die Menschen, die liebten, kämpften und stritten in ihrer Suche nach Vollkommenheit, alle schneller als ein Traum verblassen würden und alles Streben zunichte gemacht wäre, der Geist sich in Luft aufgelöst und das Fleisch sich in Fasern verwandelt hätte.

Jason setzte sich auf. Der Traum hatte sich in nichts aufgelöst. Schließlich bestimmte immer noch seine Mutter seine Welt. Was Isabel sagte, war wirklich.

»Es war nur ein Traum«, sagte er, wieder selbstsicher. »Es war ja nicht wirklich so.«

»Es war nicht wirklich so«, wiederholte sie.

»Ist es Zeit aufzuwachen?« fragte er.

»Nein. Schlaf weiter«, sagte sie. Und er gehorchte ihr und schlief friedlich weiter, bis es Zeit wurde, daß er aufwachte. Er bekam noch fünf Minuten Gnadenfrist, und dann begann die übliche Geschäftigkeit seines Tages.

21

»Die Wahrheit?« Elphick schien verblüfft. Isabel war verschlafen, verzweifelt und weniger konzentriert als sonst. Sie saßen zusammen im Fernsehraum, zwei Kameraden mit gemeinsamen Interessen, Schwierigkeiten, was sogar aus den unterschiedlichsten Menschen Kameraden macht. Sie betrachteten Ausschnitte, die eine Überschwemmung, schwärmende Bienen und wimmelnde Ameisen zeigten. »Das Fernsehen ist ein eigenartiger Platz, um die Wahrheit zu suchen, geschweige sie vorzutragen.«

In dem Programm trat auch ein Wissenschaftler auf, der glaubte, der Themse-Damm sei mehr dazu geeignet, ganz London unter Wasser zu setzen statt es vor einer Überschwemmung zu bewahren, und konnte dies auch beweisen; dann eine Frau, die durch die Beobachtung des Verhaltens der Ameisen wahrsagte und ein Mann, der seinen Bienen Farbstoff gab und dadurch gefärbten Honig bekam. Es waren zu viele Insekten im Programm – eine ganz eindeutige Tatsache, die jedoch Alice, der verantwortlichen Redakteurin, völlig entgangen zu sein schien. Elphicks Frau hatte ihn verlassen, und seit diesem Ereignis blieb er ihr treu, wie er es nie gewesen war, als sie noch bei ihm war. Auf jeden Fall nahm er Alice nicht in seine Londoner Wohnung mit. Ihre Beziehung, die offiziell nie anerkannt worden war, verlief im Sande. Alice war bestürzt, konnte sich nicht auf ihre Arbeit konzentrieren. Alle hatten Mitleid mit ihr, außer Elphick.

»Wenn sie so weitermacht«, sagte er zu Isabel, »muß sie zur Produzentin gemacht werden. Sie können sie aufgrund ihres Vertrages nicht kündigen und wir können sie so nicht hinnehmen, also muß man sie befördern. Auf diese Weise kommen die Leute zu den Spitzenpositionen: der Abschaum wird nach oben gewirbelt.«

Er sprach ruhig, ohne Feindseligkeit. Alice war verbannt worden, wie es Isabel schien, in die brodelnden Reihen des Feindes, die Elphicks Absichten verdrehten und seine Vorsätze durcheinanderbrachten.

»Hast du ein blaues Auge?« fragte er und betrachtete sie aus der Nähe.

»Ja«, erwiderte Isabel.

»Wer?« fragte Elphick.

»Mein Mann.«

»Wie interessant«, bemerkte er. »Wenn du zu unserer Visagistin gehst, wird sie es etwas überschminken und du wirst unter dem Team weniger Bestürzung und Ratlosigkeit hervorrufen. Das Wochenprogramm ist, auch ohne dein Zutun, brisant genug.« Er wandte sich wieder der Leinwand zu. Die Ameisen streckten ihm ihre Kinnladen entgegen.

»Ich glaube, dein Wahrheitsbedürfnis hält sich in Grenzen«, sagte er. »Das ist bei den meisten Leuten so. Wir alle schweben in angenehmen Vorstellungen – daß wir geliebt, gemocht, gebraucht werden.«

»Du bist verbittert«, erwiderte sie, »weil dich deine Frau verlassen hat.«

»Und du möchtest im Fernsehen die Wahrheit sagen, weil dein Mann dir ein Veilchen verpaßt hat. Welche Art Wahrheit meinst du denn, Isabel?«

»Millionen hören mir zu«, sagte sie. »Ich brauche mich nur an sie zu wenden und die Wahrheit zu sagen.«

Er lachte.

»Kannst du eine Verschwörung aufdecken? Ist der Premierminister ein KGB-Agent? Wird die BBC von der Chinesischen Dreierbande unterwandert? Das Land hat die Nase voll von Enthüllungen. Du würdest nur deinen Job und die Achtung von Millionen Menschen verlieren. Man würde dich wunderlich und hysterisch finden, annehmen, du seist auf einem Ego-Trip.«

»Elphick, du weißt ja gar nicht, was ich sagen möchte.«

»Das Wort verbreitet sich«, sagte er und wollte nicht weiter darüber diskutieren. Er fügte nur noch hinzu, wenn sie vorhabe, an die Tierliebhaber zu appellieren, den Themse-Damm niederzureißen, so gebe er ihr grünes Licht dafür. Hunde und Katzen wären heftig betroffen von der Flut und die Hysterie in dieser Hinsicht eine der wenigen gesellschaftlich akzeptablen Formen dieses Umstands.

Eine Biene richtete ihr Facettenauge auf Isabel. Eine

Mikrofotografie zeigte in Nahaufnahme, daß die lidlosen Augenränder von kleinen, durchsichtigen, weißen Parasiten angefressen wurden, die ihre winzigen Glieder hin und her bewegten und sich ihres Lebens zu freuen schienen.
»Widerlich«, sagte Elphick. »Alice muß wirklich gehen.«
Beim Essen in der Kantine wurde über Dandy Ivel diskutiert. Isabel hatte das unangenehme Gefühl, man beobachte sie, um ihre Reaktion zu sehen, doch sie schalt sich, daß sie sich das nur einbildete. Sie war müde, deprimiert, litt unter Schlafmangel und dem blauen Auge, war nur allzu bereit, sich in etwas hineinzusteigern.
Dandridge Ivel hatte dem »Playboy« unerschrocken ein Interview gegeben. Wenn ihn die Wahrheit ruinierte, wie sie Jimmy Carter ruiniert hatte, um so schlimmer, sagte Dandy. Ja, es stimmte, er begehrte die Frauen mit seinem Herzen und auch mit seinem Körper. Was die Unverheirateten und Kinderlosen einander oder miteinander taten, ging nur sie etwas an. Doch die Ehe war ein Sakrament, genauso wie die Zeugung von Kindern; die Zeugung von Kindern und der Sexualakt konnten nicht getrennt werden.
»Du lieber Himmel«, rief Elphick voller Bewunderung. »Er bekommt die Stimmen der Libertins und gleichzeitig die der Katholiken.«
Isabels Auge konnte nicht mehr als blau bezeichnet werden. Die Haut um das Auge hatte sich von einer gräulichen, fleckigen Farbe mit dünnen grünen Streifen in ein Bräunlich-Blau verwandelt. Ein geschicktes

Make-up machte es fast unsichtbar. Heute war Probe und Isabels Aussehen unwichtig. Doch zwei Tage später, wenn die Show in Millionen Haushalten ausstrahlte, würde es durchaus von Bedeutung sein.

»Vielleicht kannst du nicht weitermachen«, sagte Elphick.

»Das ist lächerlich«, erwiderte Isabel. »Als ob ich gegen eine Wand rennen würde.«

»Niemand glaubt solche Geschichten, auch wenn sie noch so wahr sind. Im übrigen bist du in einer eigenartigen Stimmung. Vielleicht kommst du vom Text ab oder liest falsch vor und bringst uns damit alle in Mißkredit. Mal sehn, wie du am Donnerstag beieinander bist.«

So verblaßte ihr Entschluß, dachte Isabel, vor der Gewohnheit, der Erschöpfung, dem physischen Unbehagen, dem Spott der anderen und der klaren Begrenzung des Wortes, das Unbestimmtes und Großes auf Sicheres und Kleines reduziert. Später rief sie Dr. Gregory an und sagte ihren Termin ab. Sie hatte das Gefühl, sie hatte ihm nichts zu sagen: die Gegenwart dominierte im Augenblick so sehr über die Vergangenheit, daß sie sich den Luxus eines nostalgischen Gefühls nicht leisten konnte. Sie rief in Homers Büro an und gab sich als Alice aus. Man sagte ihr, Homer sei in New York, würde aber Ende der Woche zurückerwartet.

»Diese Reise erfolgte aber sehr plötzlich«, sagte Isabel. »Ich habe erst gestern mit ihm gesprochen und er erwähnte seine Reise mit keinem Wort.«

»Ja, das stimmt«, erwiderte das Mädchen kurzangebunden und legte den Hörer auf. Isabel hatte das Gefühl, man hatte sie erkannt, und sie litt. Ihr Auge war inzwischen tief violett und fühlte sich hart an, wirkte aber eigenartig tröstend auf sie, als ob Homer bei ihr wäre.

Die Proben liefen schlecht, die Wahrsagerin beklagte sich, daß die Scheinwerfer die Ameisen nervös machten und die Vorhersage erschwerten. Der Honigmacher entdeckte unerwartet einen Giftgehalt in dem Färbemittel, in das er seine Rasterbilder tauchte. Der Wasser-Ingenieur hatte eine unangenehme Fistelstimme. In einem der anderen Studios gab es Ärger mit der Gewerkschaft, und das Kamerateam war nervös. Zwei der Kameras fielen gleichzeitig aus, mußten unbedingt ersetzt werden, zumindest behauptete das Elphick, der zu diesem Zeitpunkt außer sich war – und die Probe wurde auf den folgenden Morgen verschoben.

Elphick war ohne Wagen gekommen, und Alice bot ihm an, ihn nach Hause zu fahren.

»Gib dir keine Mühe«, sagte er. »Isabel fährt mich heim, nicht wahr, Isabel?«

»Natürlich«, erwiderte Isabel.

Doch sie erstarrte, als sie die Verzweiflung in Alices Gesicht sah. Elphicks Frau war weggerannt und da war eine Lücke, die gefüllt werden mußte, und Alice durfte sie nicht füllen. Ihr Leben war zerstört, war sinnlos, wie es oft Frauen passiert, die ihre Gefühle und ihre Zukunft verheirateten Männern in Gewahrsam geben. Auch wenn Isabel, die Anspruch auf ein schwesterliches Verhältnis erhob, geschockt war, ging sie trotzdem mit Elphick frohlockend an der ängstli-

chen Alice vorbei und empfand ein seltsames Vergnügen, an Alices Schmerz mit schuld zu sein.
Als sie im Wagen saß, zitterte sie, schämte sich, doch sie hatte getan, was sie wollte. In der Reue lag keine Tugend. Sie wollte mit Elphick schlafen und er, das war ziemlich eindeutig, mit ihr. Alice mußte schauen, wo sie blieb.
Sie fuhren schweigend zu seiner Wohnung. Die Narben, die sein Gesicht durchliefen, waren blaß, die Haut darum glatt. Sie erinnerte sich an den Apfelkuchen, den ihre Mutter immer am Sonntagmorgen machte – ein roter Apfel, der mit hellen Blätterteigstreifen belegt war, immer etwas zu wenig gebacken. Sie lachte, konnte aber Elphick nicht erklären, warum.
Der Verkehr bewegte sich langsam vorwärts. Es war Stoßzeit. Sie fühlte sich ohne Schuld und kindisch glücklich und fragte sich, warum. Sie erinnerte sich, daß sie Jennifer gebeten hatte, Jason von der Schule abzuholen und sich um ihn zu kümmern, bis sie von der Arbeit zurückkehrte. Sie hatte sich so an Homers Hilfe gewöhnt, oder vielmehr an seine bestimmte, durchorganisierte Aufteilung, daß sie bis jetzt ganz vergessen hatte, daß es ja noch Nachbarn und Freunde gab, Babysitter und praktische Gönner – das Sicherheitsnetz, das sich die Mütter von Kleinkindern selber knüpfen, mit unterschiedlicher Geschicklichkeit. Sie hatte es versäumt, sich eines zu knüpfen.
»Es ist grün«, bemerkte Elphick. Hinter ihr hupte es. Sie fuhr zur nächsten Kreuzung.
Mit Homer in einem Haus zu leben, überlegte Isabel,

war, als ob man in einem Haus lebte, das durch eine mächtige Eiche, die vor der Haustür gepflanzt war, überschattet wurde. Wenn man die Tür öffnete, verdeckte der Baum das Licht. Und jetzt gab es keinen Baum mehr. Er war im Zorn entwurzelt worden. Wenn sie die Tür öffnete, sah sie das schreckliche Loch, offen, klaffend und schmerzlich, unendlich tief und ungeordnet, doch auf der anderen Seite davon entdeckte sie eine weite, freundliche Landschaft, die so weit wie das Auge reichte. Und wenn sich das Loch erst einmal schließen, heilen würde, könnte sie nach Gutdünken durch diese Landschaft gehen, Hand in Hand mit Jason, der nur noch ihr Sohn war, nicht mehr ihr gemeinsamer. Und andere Leute, andere Frauen würden ihre Häuser verlassen und zu den Hügeln hochsteigen, und sie würden einander zuwinken, und die Kinder würden spielen, und es gäbe nur noch Lachen und Frieden.

Sie lachte über diese kindliche Vorstellung des Paradieses. Wie ein Kinderbild war es fehlerhaft und unmöglich naiv.

»Isabel«, sagte Elphick, »konzentrier dich. Du bist ja noch schlimmer als Alice. Liegt das an mir?«

»Das glaube ich nicht«, erwiderte sie und fuhr weiter. Es heißt allgemein, daß Frauen auch Menschen sind, und zweifellos wie Eichen vor den Türen der Männer stehen und genauso das Licht aussperren. Auch war das Spiel der Kinder keine Angelegenheit des Lachens und des Friedens, sondern das Erproben der ausgefeiltesten und oft unangenehmen Erwachsenenriten. Und die Gesellschaft der Frauen war besser, das stimmte, als die der Männer, aber im allgemeinen nur dann, wenn diese Frauen Männer hatten, zu denen sie nach Hause gehen konnten. So hatten die Männer zweifellos über die Gesellschaft der anderen Männer gedacht. Alles veränderte sich, doch nicht unbedingt zum Besseren.

»Lachst du immer beim Fahren?« erkundigte sich Elphick. »Mir passiert das selten. Ich schreie im allgemeinen.«

»Tut mir leid«, sagte sie. Als sie startete, knirschte das Getriebe. Er runzelte die Stirn, verkniff sich aber eine Bemerkung. Sie bemerkte, daß seine blasse, knochige, lange Hand auf ihrem Schenkel ruhte. Sie wußte nicht, wann er sie dorthin gelegt hatte, nahm es als eine Selbstverständlichkeit hin. Der Druck seines Zeigefingers verstärkte sich, war eindeutig eine sexuelle Aufforderung.

»Ich liebe Homer nicht«, sagte Isabel zu ihrer eigenen Überraschung. »Ich bin froh, daß er weg ist, und bedauere heute schon, wenn er zurückkehrt.«

»Wenn erst mal dein Veilchen am Auge verblaßt ist«, sagte Elphick, »denkst du anders darüber. Die Liebe ist sehr schwer zu definieren. Vielleicht ist das nicht der richtige Augenblick, nach einer Definition zu suchen.«

»Ich bin genesen, das ist alles«, sagte Isabel. »Von meiner Kindheit und meiner Jugend. Und dann hatte ich diesen wirklich schlimmen Liebesschock...«

»Laß uns nicht über Liebe sprechen«, sagte Elphick. »Laß uns die Situation nicht komplizierter machen als unbedingt erforderlich. Und sprechen wir nicht über

Ehemänner und Ehefrauen, suchen wir nicht Entschuldigungen für unser Verhalten. Laß uns einfach akzeptieren, daß wir elende Sünder sind, und es genießen.«
Wie durch ein Wunder fand sie einen Parkplatz direkt vor Elphicks Tür.
Seine Wohnung demonstrierte den unangenehmen Reichtum, der eigentlich mehr bei Film- als bei Fernsehleuten zu finden war, gab Zeugnis von harten Zeiten, die durch ungeheuer gute Zeiten verdrängt wurden. Verschlissene Sofas und ein Braque-Gemälde; wackelige Eßstühle und ein Couchtisch aus Onyx. Im Bücherschrank standen die vergilbten Taschenbücher seiner Jugend: The Catcher in the Rye, A Certain Smile, Lucky Jim, Koestler, Eliot und Auden – The Making of the English Working Class. Isabel empfand Mitleid mit ihm, was fast einem Gernhaben gleichkam.
Er sah, wie sie die Titel studierte.
»Die Lektüre der Jugend«, sagte er. »Traurig. So viele Ziele.«
»Was hattest du denn für welche?«
»Ich wollte die Welt retten, wie alle anderen auch. Nun bin ich der Produzent einer mittelmäßigen Talk-Show, mit einer Frau, die mich verlassen hat, und Kindern, die sich mir entfremdet haben. Es ist mir nichts geblieben als der langsame Abstieg zum Überflüssigsein und zum Tod.«
In einer so gedrückten Atmosphäre hatte das sexuelle Verlangen keine Chance.
»Vielleicht sollte ich gehen«, schlug sie vor.
»Siehst du«, sagte er, »ich wirke deprimierend auf

dich. Die einzige Person, auf die ich nicht deprimierend wirke, ist Alice, und zwar aus dem Grund, weil sie noch bedrückter ist als ich. Isabel, ich dachte, du könntest mich ändern. Du wirkst so heiter und positiv, sogar mit dem blauen Auge.«
Er reichte ihr einen Spiegel, der aussah wie der, den Pan der nackten Venus reichte: mit langem Griff und goldverziert. Sie betrachtete ihr dunkel umrandetes Auge, und das Verlangen kehrte zurück.
»Ach weißt du, Elphick«, sagte sie, »ich verstehe mich ja selbst nicht.«
Er sah, wie sich der Ausdruck ihres Gesichts veränderte, wie sich die Meeresoberfläche verändert, wenn der Wind darüber hinwegbläst, sich von friedlich in bedrohlich verwandelt und umgekehrt, wenn der Wind wieder nachläßt.
»Quälen wir uns nicht mit dem ganzen psychologischen Kram«, sagte er, und tat Zweifel, Gegenbeschuldigung, Grund und Zweck – die ihr Leben mit Homer geprägt hatten – mit einer typisch männlichen Handbewegung ab, so daß sie sich erinnerte, weshalb er so mir nichts dir nichts Anspruch auf sie erhoben hatte.
»Das ist alles unbedeutend. Rache ist ein hervorragendes Aphrodisiakum.«
»Ja, aber Elphick«, protestierte sie, als seine Hände sie von hinten umfaßten, ihr den Spiegel aus der Hand nahmen und ihre Bluse aufknöpften. Dann vergrub er seinen Kopf in ihrem Nacken.
»Es ist töricht. Wir sind doch Kollegen.«
»Du bist die Moderatorin«, sagte er, »ich der Produ-

zent. Wenn ich gewollt hätte, hätte ich dich aus dem Programm streichen können. Das ist auch ein Aphrodisiakum.«

Und das schien es wohl zu sein.

»Ja, aber Elphick«, sagte sie, als sie nackt auf seinem Bett lag. »Wie geht's weiter? Siehst du in mir eine zweite Alice?«

»Nein, keineswegs«, sagte er, »ich habe keine Pläne für danach.«

Trotzdem verstand sie eines nicht.

»Weißt du, Elphick«, beklagte sie sich, bevor die Benommenheit der Befriedigung sie gänzlich zum Schweigen brachte, da es ja schon so lange her war, daß ihr Körper ihren Geist lahmgelegt hatte, »ich verstehe deine Gründe nicht.«

Er bemühte sich nicht, darauf zu antworten, es schien ihm keineswegs angebracht, doch die Frage stand zwischen ihnen, als sie sich später wieder ankleideten, Kaffee tranken und sie sich anschickte, nach Hause zu fahren. In ihrer Begegnung lag etwas Berechnendes, Verlockendes, und Isabel war sich nicht ganz im klaren, ging es von ihr aus oder von ihm.

Sie holte Jason bei Jennifer ab und entschuldigte sich, weil sie sich verspätet hatte.

»Wo ist Homer?« fragte Jason im Bad. »Wo ist Daddy?«

»Er mußte für ein, zwei Tage verreisen«, erwiderte sie.

Die Erklärung schien ihm zu genügen. Er fragte nicht nach Einzelheiten.

»Es hat mir bei Jennifer gefallen«, erzählte er. »Wir

haben weißes Brot mit Butter gegessen und kleine Kuchen mit grünem Zuckerguß.«
Grünem Zuckerguß! Lebensmittelfarben waren verdächtig krebserregend. Zu Hause aß Jason nur superblasse Nahrungsmittel. Plötzlich vermißte Isabel Homer aufs heftigste. Sie empfand ihren harten, angenehm stimulierten Unterleib als einzigen Vorwurf, der stärker war als ihr malträtiertes Auge. Natürlich war Jason Homers Kind, von Rechts wegen und durch Zustimmung, wenn auch nicht aufgrund seiner Geburt. Es war lächerlich, etwas anderes zu vermuten, unverzeihlich für sie, ihre Zweifel ausgesprochen zu haben.
Sie saß an Jasons Bett, als er einschlief. Sie erinnerte sich an die Zeiten, als sie von einem reichen Mann an den nächsten weitergereicht worden war, als Leihgabe, im Vertrauen oder als Zeichen der Freundschaft, und dachte, das waren vielleicht noch einfachere Zeiten als heute. Sie sehnte sich nach Homers Rückkehr, nach seiner Verzeihung, sehnte sich danach, daß er ihre Liebe zu ihm erneuerte, die eingerissenen Ecken ihres Lebens reparierte, Vergangenheit, Gegenwart und Zukunft ordentlich, sauber und sicher einhüllte.

22

»Ich wußte, daß sie mit einem Mann zusammen war«, sagte Jennifer. »Man merkt es immer, wenn eine Mutter etwas im Schilde führt. Sie halsen einem ihr Kind auf, holen es später als verabredet ab und begrüßen es dann mit überströmender Zärtlichkeit.«

Splitsch, splatsch. Es hat wieder angefangen zu regnen. Ein paar von uns hier in der Wincaster-Straße passen nicht zusammen, würden, wenn sie könnten, mit jemand anderem neu anfangen, doch aus Gründen der Anständigkeit, der Treue, der Gewohnheit und der Trägheit bleiben sie, wo sie sind und wer sie sind. Außerdem sind die Kinder zu berücksichtigen, und in der Wincaster-Straße spielen die Kinder eine große Rolle. Sogar Hilary nimmt auf ihre Weise Rücksicht auf sie und glaubt, ihnen zu helfen, indem sie versucht, die Vaterschaft abzuschaffen. Hope sagt, sie möchte keine Kinder. Sie wäre eine Rabenmutter, und dadurch, daß sie sie nicht bekommt, wahrt sie ihre Interessen. Ihre Einstellung bringt Jennifer in Rage, die die Frau als Vor-Mutter, Mutter oder Ex-Mutter definiert. Hope sagt, das Leben müsse doch noch einen anderen Sinn haben, als einfach Leben weiterzugeben, und Jennifer antwortet unverblümt mit nein.

Hilary, die den männlichen Sex als Angriff betrachtet, ist der Ansicht, sie habe ein Recht, den Geschlechtsverkehr mit den Männern zu genießen, und ärgert sich, wenn dies nicht der Fall ist. Sie beklagt sich sehr über Männer, die sie bei den Wincaster-Straßenparties, sonntäglichen Drinks und Barbecues betätscheln, doch Jennifer schwört, das seien Ausgeburten von Hilarys Fantasie. Sie hat sie scharf beobachtet und keine einzige Männerhand griff nach Hilarys Busen oder kniff sie in ihr Hinterteil. Doch hat Jennifer sie die ganze Zeit beobachtet? Das wissen wir nicht genau. Vielleicht berühren die Männer Hilary in der Art, wie Katzen sich auf den Schoß derer setzen, die sie zumindest mögen. Andererseits sagt Hope, sie möge es, wenn die Männer sie berühren. Jennifer behauptet, ihr Mann brauche sie nur zu berühren und schon sei sie schwanger. Es ist erstaunlich, daß wir alle so gut miteinander auskommen, da doch unsere Erfahrung ein und desselben Ereignisses nicht nur so unterschiedlich ist, sondern auch so verschiedene Reaktionen hervorruft.

Was die eheliche Untreue anbetrifft, sagt Jennifer, sie würde sie pflegen, wenn sie könnte, wenn nicht die Zeit, die Gesundheit und Gelegenheit dem entgegenwirken würden. Hilary sagt, ihre eigene Ehe zähle nicht, aber sie würde sich, ihrer Schwester zuliebe, nie mit einem verheirateten Mann einlassen. Aber wenn die Männer doch so wenig Wert haben, wirft Jennifer ein, würdest du dann nicht ihren Frauen einen Gefallen erweisen? Hilary wird rot vor Wut. Hope sagt, sie schlafe gern mit verheirateten Männern – das sei aufregender und man brauche nicht eine dauernde, langweilige Beziehung zu befürchten. Sie findet, die Freiheit, Unzucht zu treiben, sei die größte Freiheit von allen, und sie wäre Trotzkistin oder Maoistin oder sogar Stalinistin, wenn deren Ansichten über sexuelle Moral nicht so altmodisch und streng wären.

»Aber hast du denn keine Schuldgefühle?« fragt Jennifer hochrot. Aber nein, Hope hat keine. Ihr Verlangen ist wie ein mächtiger, sich dahinschlängelnder Fluß – der anscheinend wie durch Zufall schweigend durch Dschungelland fließt und durch nichts eingedämmt werden kann.

Als ich noch im Besitz meines Augenlichts war, war ich Laurence untreu. Wie altmodisch sich das jetzt anhört. Aber schließlich war er viel unterwegs, und unsere Beziehung schien mehr dazu bestimmt zu sein, daß ich ihn mit sauberen Hemden versorgte, als daß ich mich um die Dauerhaftigkeit und Vervollkommnung unserer Liebe kümmerte, was für die Jugend natürlich ist und vielleicht eine Definition der Unschuld darstellt. Ich finde es jetzt, da ich ihm nicht mehr in die Augen sehen kann, viel schwieriger, ihn zu hintergehen. Die Treue scheint jetzt, da sie nicht länger einem Objekt, das gesehen werden kann, einem menschlichen Wesen, geschuldet wird, erstrebenswert. Sie besteht jetzt für sich, im Kopf. Ich pflege diese neue helle Blindenvorstellung, wie ein Mädchen mit Schürze wohl einen Automaten bedient. Ich gebe die rohen Zutaten ein – Integrität, Abhängigkeit und Vertrauen – und Treue sprudelt heraus, heiß, dampfend und reichlich und Laurence umarmt mich und ich ihn und mehr brauchen wir beide nicht.

Splitsch, splatsch. Angenommen, eines Tages sehe ich wieder? Die Ärzte sagen, das könne durchaus möglich sein. Aber was dann? Ich fühle mich der Verantwortung, vollständig und vollkommen zu sein, nicht gewachsen. Man kann im Besitz seiner Sehkraft einsa-

mer sein, als wenn man in der Dunkelheit herumtappt.
Splitsch, splatsch.

23

»Ich glaube nicht, daß es sich hierbei um ein größeres Problem handelt«, sagte Harry McSwain zu Pete und Joe. »Bis der Ehemann zurückkehrt, hat sie ihre Lektion gelernt. Wegzugehen war das Beste, was er hat tun können. Eine Frau beichtet; ein Mann reagiert schlecht darauf. Sie hat gelernt, ihren Mund zu halten: bald nehmen die beiden ihr normales Leben wieder auf. Was sagte Tennyson zu diesem Thema?«
Und er blätterte in seinem kleinen, roteingebundenen Band der Hauptwerke Tennysons, und Pete und Joe wunderten sich über den Charakter und die Macht derer, die in der Welt Macht und Einfluß ausübten. Petes Frau, die jetzt Literaturkurse besuchte, hatte vor kurzem versucht, dies ihrem Mann zu erklären.
»Das ist Absicht, Pete«, hatte sie gesagt. »Alles ist Absicht. Man behauptet jetzt sogar, die Bibel sei nicht Gottes Gesetz, sondern nur eine Gedichtsammlung.«
Er nickte höflich, ungläubig und wünschte sich, sie möge ihn öfter »Katerchen« nennen und ihre Literaturkurse aufgeben. Er fand, daß sie dadurch beeinflußt wurde, ihre persönliche Attraktivität zu vernachlässigen. Sie schien nicht mehr in die Filmwelt einzutau-

chen, eingerahmt zwischen kostbaren Stoffen; sie existierte auch, wenn er nicht hinsah. Sie trug lange Hemden, gegen seinen ausdrücklichen Wunsch, und manchmal war sie sogar leicht hippiemäßig aufgemacht und erinnerte ihn an Vera. Arme, schwache, hochgeschossene, schmutzige Vera, die verschwinden mußte.

»Sir«, protestierte Pete, »bei allem Respekt, ich wiederhole, wir haben hier ein schwerwiegendes Problem. Wir wissen dank moderner Überwachungstechniken genau, was sich in diesem Haushalt abspielt und wir haben getan, was wir konnten, doch das reicht nicht. Wir können mit Anzüglichkeiten fertig werden – und sind in der Tat mit einer ziemlich ernsten Bedrohung dieser Richtung fertig geworden, doch hierbei handelt es sich um eine Tatsache.«

»Ah ja«, sagte McSwain. »Das Mädchen, das behauptete, der Kandidat sei impotent. Wenn man Dandy kennt, kann man sich das kaum vorstellen.«

»Sie küßte und hat den Mund zu voll genommen«, sagte Joe mit einer gewissen Befriedigung.

»Eines wollen wir klarstellen«, sagte McSwain. »Was ihr Jungs macht, um unseren Kandidaten zu schützen, ist euer Bier. Wir haben eine Menge Geld investiert. Und nicht nur Geld, das versteht sich von selbst, sondern auch die Hoffnungen und Erwartungen des größten Teils der Amerikaner, die in Würde, Wohlstand und Freiheit leben möchten und an die Integrität ihrer Führer glauben wollen. Manchmal müssen wir dabei etwas hart vorgehen. Aus diesem Grunde seid ihr Jungs ja engagiert, und ich versichere euch, ihr bekommt jegliche Unterstützung, die ihr braucht. Doch ich muß euch darauf aufmerksam machen, daß wir in bezug auf Mrs. Rust in einer sehr schwierigen Lage sind, und ich benötige noch mehr Beweise, um festzustellen, ob eure Behauptungen richtig sind.«

»Sir«, sagte Pete, »wir waren in ständigem Kontakt mit dem IFPC-Psychologen-Team. Sie sind der Meinung, daß Mrs. Rust in einem labilen psychischen Zustand ist, der bald seinen Höhepunkt erreichen wird. Ich wiederhole: Anspielungen und Tatsachen sind zweierlei. Wir können keine Frau brauchen, die in aller Öffentlichkeit behauptet, daß ihr Kind der Sohn des Präsidenten der Vereinigten Staaten sei.«

»Laßt mich nochmal das Foto ansehen«, sagte McSwain, und er betrachtete durch ein Vergrößerungsglas Jasons Schulfoto. Mrs. Pelotti strahlte im Hintergrund. Jason stand neben ihr. »Warum legt ihm diese Frau den Arm um die Schulter?« fragte er.

»Sir, er ist ganz schön störrisch«, sagte Joe, »wie sein Papa.« Sie lächelten alle.

»Wenn sie sich dazu entschließt, es zu sagen«, sagte McSwain, »muß ich zustimmen. Niemand wird es bestreiten. Kein Zweifel, die Ähnlichkeit ist stark ausgeprägt.«

»Sir«, sagte Pete im völlig unpassenden Moment, »wenn das Kind aus dem Weg wäre, könnten wir die Mutter vergessen. Kindern können doch alle möglichen Unfälle zustoßen.«

»Das möchte ich nicht gehört haben«, sagte McSwain, als er seinen Zorn hinuntergeschluckt hatte. »Die IAPW führt keinen Krieg gegen Kinder. Und immerhin ist es der Präsidentensohn, von dem ihr sprecht. Ein Prinz unter den Menschen.«

Er bemerkte, daß dieses Argument, das ihm selber sehr einleuchtend schien, Pete und Joe wenig beeindruckte. Sie jagten ihm Furcht ein. Er überlegte sich, ob vielleicht Frankenstein ein Zwillingsmonster geschaffen hatte. Es hätte andere Methoden gegeben, Vera zum Schweigen zu bringen: die Männer konnten sich auf vielerlei Weise die Ergebenheit der Frauen sichern. Sie hatten den Tod gewählt, da sie es wollten.

»Es mag die Zeit kommen, da das Kind von Nutzen ist«, sagte er, und sie verstanden, was er damit meinte.

»Sir«, sagte Pete, »ich erbitte Ihre Erlaubnis, in bezug auf die Mutter schnell zu handeln. Bald wird sie merken, daß sie sich in echter physischer Gefahr befindet. Da sie das Kind und sich selbst schützen möchte, wird sie aller Welt die Wahrheit sagen, oder zumindest den Engländern, und das wird Schlagzeilen in der ganzen Welt nach sich ziehen.«

»Martha Mitchell versuchte das vor Watergate«, sagte McSwain. »Martha der Mund. Niemand hörte ihr zu. Man sperrte sie in eine Entzugsanstalt.«

»Liddy pumpte sie mit Barbituraten voll«, sagte Pete, »damit sie 24 Stunden lang im Koma lag. Das war alles, was sie tun konnten.«

»Vergessene Heldinnen der Frauenbewegung«, sagte Joe.

»Sir«, sagte Pete, »wir haben eine Verpflichtung Pippa gegenüber, müssen dafür sorgen, daß diese Art von Unannehmlichkeit nicht vorkommt. Ein Mann muß frei sein, um in einer Welt leben zu können, in der ihm seine Vergangenheit nicht entgegengehalten wird. Das erscheint mir als ein Grundrecht.«

Er dachte, McSwain würde das verstehen, und tatsächlich flüchtete McSwain in die Poesie, wie er es oft zu tun pflegte, wenn er das Gefühl hatte, daß er einen Punkt verloren hatte.

»Arme Mrs. Rust«, sagte er. »Ich glaube, sie liebte ihn. Welchen Wert hat das Leben für eine Frau, wenn die Liebe gestorben ist? Wenn die Liebe eines Mannes sie im Stich ließ?

Ihre Tränen fielen mit dem Tau am Abend;
Ihre Tränen fielen, bevor der Tau trocknete;
Sie konnte nicht zum lieblichen Himmel aufsehen,
Weder am Morgen, noch am Abend...
Sie sagte nur: Die Nacht ist düster,
Er kommt nicht, sagte sie;
Sie sagte: Ich bin furchtsam, furchtsam,
ich wünschte, ich wäre tot.«

Daraus schlossen Pete und Joe, daß sie ihre Ansicht durchgesetzt und die Erlaubnis hatten, das zu machen, was sie für richtig hielten, und sie waren befriedigt.

Doch zufällig hörte Dandy, der in seinem Penthaus Tonbänder abspulte, an einem verbotenen Bourbon mit Wasser nippte und Salzgebäck knabberte (ein doppeltes Verbrechen, weil dadurch sowohl die Natrium- als auch die Kalorienzufuhr erhöht wurde), das Gespräch. Er mißachtete die Sicherheit (eine Wirkung des Alkohols), nahm den Hörer ab, wählte die Nummer von McSwains Büro und fragte: »Was, zum Teufel, geht hier vor?«

24

Isabel durchwanderte ihr leeres Haus. Natürlich lag die Leere in ihr und nicht in dem Haus, das wie immer voller Topfpflanzen und Gummistiefel war. Sie war auch nicht allein. Jason war da, sang und blies auf einer Trompete, die ihm die Humbles aus Wales, deren kleine Töchter Jason geärgert hatte, unfreundlicherweise zum Geburtstag geschenkt hatten. Doch die Anwesenheit des Kindes konnte, auch wenn sie noch so geräuschvoll war, nicht als Gesellschaft für eine verzweifelte Mutter angesehen werden. Nur nachts, wenn die Mutter den warmen Körper des Kindes neben sich spürt, wirkt er tröstlich, tröstlicher als der des Gatten, der, obwohl er frühere Rechte hat, nur als erster eingeladen worden war, aus einer kalten, erregenden, ehemannslosen Vergangenheit heraus – als ein Akt des Willens und nicht des Schicksals.

Doch bei Tage bedeutet das Kind für die ärgerliche und schmollende Mutter eine zusätzliche Quelle der Verstimmung; nimmt ihr die Kraft und verschafft ihr keine Erleichterung. Die Mutter keift, das Kind heult: für keinen von beiden gibt es Hilfe.

»Verdammt nochmal«, schrie die reizende, freundliche, intelligente Isabel, die hundert Eierschachteln gebastelt und die Wände mit kindlichen Motiven geschmückt hatte: »Jason, halt den Mund!«

»Halt du den Mund«, konterte der Junge. »Ich hasse dich. Ich murkse dich ab und werfe dich in den Müll. Dann bringen sie dich weg, und ich sehe dich nie wieder.«

Und das Überwachungsgerät an der Küchendecke hörte alles, nahm alles auf – ungefähr in der gleichen Weise wie einst das allessehende Auge Gottes, das in die tiefsten Winkel des menschlichen Herzens blickt, insbesondere in das der Frau, alles im großen Strafgerichtsregister verzeichnet, um es beim Jüngsten Gericht dem Sünder vorzuhalten.

Isabel betrachtete Jason und hinterging ihn in ihrem Herzen, indem sie dachte: »Wenn du nicht geboren wärst, hätte ich jetzt nicht diese Probleme. Ich hätte meinen Mann und meine Selbstachtung und die Freiheit, meinen eigenen Wünschen zu entsprechen.«

Sie bedachte nicht und konnte es auch nicht, daß diese Wünsche und Bedürfnisse widersprüchlich waren. Ängstlichkeit, Leidenschaft und Ärger zehrten sie auf und die Überzeugung, die allem Anschein nach ungerechtfertigt war und zweifellos das Ergebnis innerer Projektion – was ich mache, machst auch du –, daß Homer mit einer anderen Frau durchgebrannt war und im Augenblick in irgendeinem gemütlichen Bett lag. Das Bett, das sie sich vorstellte, glich verblüffend dem, das sie vor kurzem mit Elphick geteilt hatte.

Isabel brachte Jason zur Schule.

»Warum nicht Homer?« erkundigte sich Mrs. Pelotti.

»Er ist geschäftlich unterwegs«, erwiderte Isabel. »Eine Nachbarin holt ihn wieder ab.«

»Gut, daß wir das wissen«, sagte Mrs. Pelotti. »Wir übergeben nämlich unsere Kinder keinen Fremden. Sie haben ja ein böses blaues Auge.«

»Tatsächlich?« fragte Isabel.

Ich hätte, überlegte Isabel, als sie durch schmutzige Straßen nach Hause ging, das tun sollen, was jede vernünftige Frau getan hätte: Ich hätte Dandys Kind nicht zur Welt bringen sollen. Und vielleicht hatte ich in dem unterdrückten Ärger von gestern recht. Vielleicht liebte sie Homer nicht, hatte ihn nie geliebt; vielleicht hatte sie Notwendigkeit und Verzweiflung für Liebe gehalten. Und wenn sie Homer nicht liebte, ihren Mann nicht liebte, dann eröffnete sich ihr, wie sie gestern flüchtig erlebt hatte, als der nackte Elphick sie umarmte, eine neue wunderbare Welt, in der die Erlaubnis zu lieben nicht absorbiert, sondern im Gegenteil erweitert worden war, ein glänzender Strom von Gefühl, Lust und Erregung. Aber wenn sie Homer nicht liebte, warum empfand sie dann diesen ärgerlichen, hungrigen, nagenden Schmerz, einfach, weil er nicht da war, ohne Erlaubnis gegangen war? Warum war der Strom der Freiheit so eisig kalt?

Isabel rief Dr. Gregory an.

»Es ist besser, wenn Sie zehn Minuten vor der Stunde und zur vollen Stunde anrufen«, sagte er. »Sonst habe ich gerade einen Patienten da und kann nicht antworten. Zum Glück hatte ich eine Absage und bin aus diesem Grunde ans Telefon gegangen. Gibt's etwas?«

»Ja«, erwiderte Isabel.

»Sie hatten den letzten Termin abgesagt«, sagte er besorgt.

»Tut mir leid«, sagte sie, was ihn zu befriedigen schien, als ob Ausdrücke des Bedauerns bei seinen Patienten nicht oft vorkamen. Er war einverstanden, sie am nächsten Morgen in seiner Sprechstunde in der Harley Street zu empfangen.

»Ich hoffe, es hat Zeit bis zehn«, sagte er.

»Vielleicht bin ich bis dahin tot«, erwiderte Isabel.

»Soll das eine Selbstmorddrohung sein?« fragte er.

»Nein«, erwiderte sie.

»Nun, ich hoffe, wenn nicht gerade jemand vorhat, Sie zu ermorden, werden Sie bis morgen durchhalten.«

Mord!

Isabel ging schnell zu Maia, ihrer Nachbarin. Ihr innerer Aufruhr legte sich wie ein sprudelnder Milchtopf, in den man einen Löffel kalten Wassers gegeben hat. Ihr Kopf hatte – ein Zeichen der Gefahr – rücksichtslos alle Herzensangelegenheiten beiseite geschoben, als ob persönliche Verzweiflung, Verwirrung und ein Verlustgefühl reiner Luxus wären, gut in Friedenszeiten, doch schlecht im Krieg.

»Maia«, sagte Isabel. »Mir fällt da etwas ein. Das Schicksal der Geliebten von Präsident Sukarno. Die einen sagen, sie sei Klavierlehrerin gewesen, die anderen, sie sei in einem Nightclub aufgetreten. Sie hatte nicht nur ein Kind vom Präsidenten, sondern lebte auch in Manila. Doch als der Junge sechs war, fing sie an um Geld zu bitten; um Anerkennung für sich und ihr Kind. Bei einem Autounfall wurden Mutter und Kind getötet. Pro forma wurden natürlich Fragen über den Unfall gestellt. Die Männer des Präsidenten versuchten, ihren Bruder, der immer mehr wußte, als er eigentlich sollte, in Schach zu halten. Doch es gelang dem Bruder, die Presse zu informieren, und das bedeutete seine Rettung. Der Präsident wurde, wahrscheinlich zufällig, ermordet, aber davon hatten weder Mutter noch Kind etwas. Sie waren tot. Was für eine Lehre ziehen wir daraus, Maia?«

»Daß es besser ist, im Westen als im Osten zu leben«, sagte Maia.
»Es könnte sein«, sagte Isabel, »daß das Leben und das Glück der Frauen und Kinder bedeutungslos sind, wenn die Macht und das Ansehen der Männer auf dem Spiel stehen. Die Frauen müssen lernen, Bomben, Napalmbomben auszuweichen und mit ihrem Alltag zurechtzukommen. Das erscheint mir nicht gut genug.«
»Sie hätte sich ja ruhig verhalten können«, sagte Maia.
»Wenn sie sich nicht durchgesetzt hätte, wäre sie heute noch am Leben.«
»Und ich muß in meiner Sendung den Mund halten«, sagte Isabel. »Ich muß über farbigen Honig und Flutschranken reden, während die Welt um uns herum bröckelt. Ich bin eine gezähmte Frau, Maia. Ein ausgehaltenes weibliches Haustier: ich öffne meinen Mund und sage, was am meisten gefällt und am wenigsten Anstoß erregt.«
»Es ist nicht dein Programm«, betonte Maia, »sondern ihres. Du bist nur aus Gefallen dabei.«
»Natürlich, da sie als Nightclubtänzerin dargestellt wurde, wandte sich die Welt von ihr ab, denn das bedeutete, daß sie eine Prostituierte war, und Prostituierte ähneln mehr einem Tier als einem Menschen; sie können ungestraft abgeschlachtet werden. Sie werden bei lebendigem Leib verzehrt; das ist alles. Nur hatte sie eben das Kind des Präsidenten und konnte nicht einfach abgetan werden. Sie hatte einen Schoß, und er funktionierte, und sie trug die Kraft des Präsidenten in sich und brachte sie zur Welt, und es ging so-

gar das Gerücht, daß sie Klavierspielen lehrte – so geduldig und ruhig machte sie die Welt erträglicher. Und das verwirrte alle so sehr, daß sie gehen mußte.«

»Ich kann mir vorstellen, daß sie politisch ungelegen war«, sagte Maia.

»Es war mehr als das«, sagte Isabel.

»Oder vielleicht verlangte sie zuviel Geld. Das werden wir nie erfahren. Zweifellos erschien es damals allen für wichtig. Doch nun ist Sukarnos Regierungszeit vorbei, im guten und im schlechten, und niemand erinnert sich daran.«

»Ich erinnere mich an sie«, bemerkte Isabel. »Und an das Kind des Präsidenten. Die Hoffnung der Gegenwart und der Zukunft.« Sie warf einen Blick auf ihre Uhr.

»Ich muß Jennifer bitten, Jason abzuholen«, sagte sie. »Noch einmal. Heute wäre eigentlich Homer dran, doch wo ist er? Es ist schwer, Fairneß und Gleichheit in der Ehe zu erreichen. An einem vernünftigen Tag funktioniert das, aber es gibt so wenige.«

»Das Wichtigste ist«, sagte Maia, »am Leben zu bleiben.«

»Ich weiß«, sagte Isabel, und lächelte ihr trauriges Lächeln, wobei ihr blaues Auge funkelte. »Ich arbeite daran.«

25

Dandy Ivel ging hin und her, hatte die Hände hinter dem Rücken verschränkt, ließ die Schultern hängen und reckte den Kopf nach vorn. Genauso ging der kleine Jason. In London ging Jason hin und her und sah sich im Fernsehen Popeya an. Dandy sah andere flimmernde Bilder auf der Leinwand – Elphick und Isabel beim Koitus. Der Film lief zu schnell ab, karikierte die Situation. Als Isabel einen Schrei ausstieß, litt Dandy, da nicht er es war, der sie dazu gebracht hatte.

»Wir haben genug gesehen«, sagte McSwain. Dandy war rot und transpirierte. McSwain sorgte sich um Dandys Blutdruck; der Präsidentschaftskandidat neigte zu erhöhtem Blutdruck, und obwohl normaler Sexualverkehr ihm immer wieder Gesundheit zu verschaffen schien, verschlimmerte sexuelle Aktivität in Verbindung mit emotionalem Kummer die Sache nur. Dandys Herz raste, der Blutdruck stieg, die Arterien wehrten sich; die Kämpfe des Geistes, der große Krieg zwischen Ausführung und Leistung fanden ihre Verbündeten jeweils im Körper, richteten schließlich seine Zerstörung an. Für McSwain war die Entscheidung schwierig: Er mußte wählen zwischen dem, was Dandy wissen mußte, und dem, was Dandy besser nicht wußte. Es war einfacher, wenn sich Dandy ganz raushielt und keine Entscheidungen traf, doch die Zeit war noch nicht reif dafür. Und der Bluthochdruck war noch nicht ernst genug, um eine physische Bedrohung darzustellen; lediglich eine politische, wenn dies allge-

mein publik wurde. Er achtete darauf, das Problem herunterzuspielen, selbst Pete und Joe gegenüber.
»Wir haben genug gesehen«, wiederholte McSwain, doch niemand befahl dem Vorführer, innezuhalten. Die Bilder faszinierten. Elphick blieb auf der Leinwand; begann von neuem.
»Warum zeigt ihr mir das?« fragte Dandy. »Wofür soll das gut sein? Es steht im Widerspruch zu den Grundrechten des Menschen auf Wahrung der Intimsphäre und eines anständigen Lebens.«
»Sir«, sagte Pete, »a) weder sind sie Amerikaner, noch b) führt sie ein anständiges Leben, wie wir unbestreitbar vor uns sehen.«
»Ich nehme an, sie lebt genauso wie die anderen«, sagte Dandy.
»Nicht wie die Mehrheit amerikanischer Mütter und Töchter, Sir, die auf Sie setzen«, sagte Pete.
McSwain gab Pete ein Zeichen, der daraufhin schwieg.
Isabel lag auf Elphick und warf den Kopf in den Nakken. Dandy erkannte genau, was ihm sein Team demonstrieren wollte. Sie wollten Isabel aus seinem Herzen reißen, wie sie sie aus seinem Gedächtnis gestrichen hatten. Er hatte sie einem Wunschbild zuliebe gehen lassen, an dem sie keinen Anteil hatte. Nun mußte er sie vergessen und damit die Vorstellung, daß Liebe und Macht, Mann und Frau, Erde und Feuer irgendwie in Einklang gebracht werden können. Er mußte Pippa Dee aus ihrer Form lösen, strahlend, neu und künstlich, mußte sie entstauben und sich damit abfinden. Wenn er jetzt Isabel betrachtete, bestand

kein Grund zu der Annahme, daß er für sie genauso wichtig gewesen war, wie sie für ihn.

»Auf alle Fälle«, sagte er vor sich hin, »behielt sie das Baby, hat es nicht abgetrieben.«

»Sie behielt es, um einen Mann festzunageln«, sagte Joe, »soweit sie betroffen war – der Himmel möge ihr das verzeihen.«

»Das Kind wurde den Nachbarn aufgehalst«, sagte Pete. »Ich hätte nie gedacht, daß sie so tief sinken würde.«

Dandy stöhnte. Superman und Lois, die durch den Weltraum schweben, zur Musik des Kosmos, wo sind sie gelandet? »Macht, was ihr wollt«, sagte er. »Tut, was ihr tun müßt.«

»So Gott will«, sagte McSwain, nachdem Dandy gegangen war, »müssen wir keine drastischen Maßnahmen ergreifen. Doch wir müssen darauf vorbereitet sein, wenn es erforderlich werden sollte.«

»Das ist auch meine Meinung«, stimmte ihm Pete zu.

Dandy begab sich geradewegs zum Vorführraum und machte sich an die Freundin des Vorführers ran, die ganz heiß vor Verlangen war. Es war die Art von dringender, automatischer Lust, die durch pornografische Bilder erzeugt wird und die zu befriedigen ihr Freund, der auf jeden Fall unempfindlicher dagegen war als sie, zu beschäftigt und zu stolz war.

Dandy führte sie zur Damentoilette und verbarrikadierte die Tür, indem er einen verblichenen Brokatstuhl davorstellte. Sie hatte nichts dagegen, sondern zog sich voller Begeisterung aus. Sie fühlte sich geschmeichelt. Ihr Freund hatte nichts unternommen;

schließlich war es der Präsidentschaftskandidat und er wurde durch einen Stellvertreter geehrt. Dandy legte sie auf den verblaßten Nylonteppich zwischen glitzernde spiegelverzierte Wände und verdrängte schließlich Isabels Geist. Sex war 'ne feine Sache, und die Mädchen waren fabelhaft und das Vergessen erstrebenswert. Er strich Isabel aus seinem Geist, wie eine nervöse Tippse einen Fehler auslöscht, immer wieder, noch lange, nachdem das Bedürfnis gestillt und der ursprüngliche Fehler vergessen war, und überließ sie ihrem Schicksal.

»Wir haben da ein Problem«, sagte Pete zu Joe, der draußen wartete. Er war verlegen, da Mitglieder des IAPW-Teams, darunter auch ältere, den Gang unnötigerweise auf und ab schritten. Einige von ihnen lachten oder grinsten. Erstaunlich, wie schnell sich Gerüchte verbreiten.

»Da hast du recht«, erwiderte Joe.

26

Schnief, schnief. Bevor ich mein Augenlicht verlor, habe ich auch geschnieft, weinte mir die Wincaster-Straße rauf und runter die Augen aus, bat um Rat, brachte meinen Ärger zum Ausdruck, hatte rotgeweinte Augen und zerfloß vor Selbstmitleid wegen einer Kränkung, die mir Laurence zugefügt hatte. Ich beanspruchte die Gesellschaft oder Hilfe der Nachbarn als mein gutes Recht. »Ich wäre froh, wenn du es nicht tätest«, sagte Laurence, wenn der Frieden und die Freundlichkeit wiederhergestellt waren. »Meine Mutter tat das nie. Sie behielt ihre Probleme für sich, hatte ihren Stolz. Sie war ihrem Mann treu ergeben, egal, wie er sich benahm.«

»Sie starb an Krebs. Er fraß sie innerlich auf.«

»Es gibt keinen Beweis, daß Krebs und Diskretion in Zusammenhang stehen«, sagte er von oben herab, »das ist eine Theorie unter vielen.«

Seltsam, jetzt, da ich mein Augenlicht verloren habe, präsentiere ich mein Leben nicht mehr den Freunden und Nachbarn. Sie kommen jetzt zu mir. Ich habe an Würde gewonnen, oder vielleicht liegt es daran, daß sie für mich nicht das tun können, was ich für sie tun kann – die Dunkelheit der Verzweiflung mit Lichtstrahlen zu durchdringen. Ich kann nicht mehr ihre mit Röte überzogenen Wangen, verquollenen Augen und laufenden Nasen sehen. Doch ich höre ihre Stimmen – eine Flut von Geräuschen, die in die Lebensfabrik der Wincaster-Straße rein- und rausströmen, durch die Fuchsienbüsche dringen, die sich innerhalb und außerhalb des Gemeindegartens an den Zäunen hochranken, sich mit Gelächter und Koseworten vermischen.

Oh, bedauert mich, helft mir, kümmert euch um mich. Ich bin nur ein Kind, kann nicht auf eigenen Füßen stehen! Niemand versteht mich. Jeder behandelt mich schlecht. Besonders er, besonders sie; der einzige auf der Welt, den ich für vollkommen hielt, der einzige, dem ich traute. Nun sehe ich, was er angerichtet hat, höre auf das, was sie sagte. Gibt es da ein Verzeihen? Wie kann man von mir erwarten, daß ich mit solchen Beleidigungen in solch einer Atmosphäre lebe? Er hat meine Hochzeitsbilder zerrissen. Sie hat einen Liebhaber. Sie hetzt die Kinder gegen mich auf. Er besticht sie, liebt sie nicht wirklich. Und wir hatten so große Hoffnungen: für uns, und doch ist alles ganz anders gelaufen.

Ja, und auch für mich. Schnief, schnief in der Dunkelheit, wo niemand mich erreichen kann, nicht einmal Laurence. Es ruht irgendwo zu tief in meinem Wesen, als daß er es erreichen könnte.

Schnief, schnief. Oliver hat eine Erkältung. Ich höre ihn niesen, noch bevor ich seine Schritte höre. Oliver, der Architekt von Nr. 13. Seine Frau Anna nimmt die Kinder übers Wochenende zu sich. Er versorgt sie während der Woche. Sie ist nur vorübergehend weg, zumindest sagt sie das. Anna hat sich verliebt. Sie möchte sich im Bett ihres Liebhabers austoben, während Oliver den Frühstücksporridge macht und unter den Betten der Jungs graue Schulsocken hervorfischt und die Schulkrawatten hinter den Bücherregalen. Er bezahlt das Schulgeld – Anna sagt, nachdem ihr Familienleben so zerrüttet ist, müßten sie wenigstens sonst alle Chancen haben.

»Es ist richtig, daß er sich um sie kümmert«, behauptet Hilary. »Sie sind genausogut seine Kinder wie ihre. Wenn er nicht gewillt ist, sich um sie zu kümmern, hätte er sie erst gar nicht in die Welt zu setzen brauchen.«

Es ist nicht unüblich, daß Oliver erkältet ist. Er weint

mit der Nase statt mit den Augen. Er liebt seine Frau, die sich überlegt, ob sie ihn liebt – wahrscheinlich nicht – und niest und putzt sich die Nase. Schnief, schnief.

»Als wir es gerade so gemütlich hatten«, beklagt sich Hilary, »kam ein Mann daher und machte alles kaputt.«

»Ein Mann kommt daher! Hilarys Urgroßvater schlug ihre Urgroßmutter mit einem Feuerhaken und tötete sie. Hilarys Großmama war dabei. Nun, das war ein Ereignis – ein großer Felsbrocken, der in den Fluß der Zeit fiel und die Strömung in ungünstigere und durchschnittlichere Kanäle umleitete. Solche Ereignisse benötigen Generationen, bis sie verwischt, vergessen sind. Ein Mann kommt daher! Sie hatte zehn Kinder, wollte kein elftes mehr. Wenn sie nur neun gehabt hätte, gäbe es Hilary nicht.

Die ganze Wincaster-Straße hinauf und hinunter wägen wir diese Tatsache ab und schütteln die Köpfe darüber, fragen uns, wie wir uns wünschen können, nicht zu existieren, da unser ureigenstes Sein auf soviel Sünde und Sorgen beruht und all den Dingen, die wir, wenn wir könnten, gern beiseite schieben würden.

»Oliver, setz dich ruhig hin und hör zu«, sagt Jennifer, »komm uns aber nicht zu nahe, damit wir nicht deine Erkältung bekommen.«

»Es ist eine psychosomatische Erkältung«, sagt Oliver, »also nicht ansteckend. Worum geht's?«

»Um Maias Hirngespinste wegen Homer und Isabel von Nr. 3«, sagt Hope.

»Da war mal 'ne Geschichte«, bemerkte Oliver, »daß

das Kind nicht von Homer, sondern von Dandy Ivel sei.«

»Maia«, sagt Hope überrascht. »Stimmt denn das nicht?«

»Doch«, erwidere ich.

Schnief, schnief. Es wird unglaublich schwer sein, Oliver von seiner Frau und ihrem Liebhaber abzulenken. Wenn sie am Sonntag die Kinder nimmt, plaziert sie sie vor das Videogerät und zieht sich mit ihrem Liebhaber ins Schlafzimmer zurück. Je schlechter sie die Jungs behandelt, beklagt sich Oliver, desto mehr scheinen sie sie zu lieben. Es gibt keine Gerechtigkeit auf der Welt.

27

Isabel legte sich, wie ihr Dr. Gregory befohlen hatte, auf eine glänzende Ledercouch. Unten auf der Harley Street brauste der Verkehr vorbei. Sie mochte seine Zimmer im St. John's Wood lieber. Dort konnte sie sich interessant und angenehm neurotisch fühlen, hier war sie nur eine Patientin, die behandelt werden mußte.

»Ich würde lieber sitzen«, sagte sie. »Warum soll ich mich hinlegen? Soll das meine Unterwerfung symbolisieren?«

»Warum legen Sie sich nicht gerne hin?« Es war seine Gewohnheit, Fragen zu beantworten, indem er eine

Gegenfrage stellte. Sein Stuhl stand am Kopfende der Couch, so daß sie ihn nicht sehen konnte.
»Vielleicht greifen Sie mich an.«
»Haben Sie oft Angst vor Angriffen?«
»Ja.«
»Nur von mir oder von allen Seiten?«
»Von allen Seiten. Soll das heißen, daß ich mich schuldig fühle?«
»Fühlen Sie sich schuldig?«
»Ja.«
»Warum?«
»Weil ich Ehebruch beging. Hört sich das dramatisch an? Tut mir leid. Zumindest bezeichnete meine Mutter das, was mein Vater tat, so. Ihr Vater? Oh, er beging Ehebruch. Als ob ihn das endgültig verworfen machen würde.«
»Dann sind Sie also jetzt auch verworfen?«
»Nein, ich habe ein recht gutes Gefühl in dieser Hinsicht.«
»Warum erschien es Ihnen so dringend, mit mir Kontakt aufzunehmen? Sie können mich nur zwischen zehn Minuten vor der Stunde und der vollen Stunde anrufen. Ich glaube, ich sagte das schon.«
»Irgend etwas stimmt nicht und ich weiß nicht, was. Mein Haus kommt mir nicht mehr wie mein Haus vor und Homer nicht mehr wie mein Mann.«
»Doch Jason ist nach wie vor Ihr Kind?«
»Meines und Dandys.«
Sie spürte, wie er lächelte.
»Glauben Sie, ich habe das erfunden?« Sie war ärgerlich.

»Nachdem wir noch einige Sitzungen hinter uns gebracht haben, sollten Sie damit anfangen, ein ruhigeres Leben zu führen. Wenn Sie irgendwelche Hirngespinste über den Vater Ihres Kindes haben, behalten Sie sie für sich. Lassen Sie sich auch nicht mit Ihren Kollegen ein, wenn das möglich ist. Schenken Sie Ihren Gefühlen der Allmacht keinen Glauben – daß die Welt Ihnen gehört und Sie sie retten müssen. Das stimmt nicht. Die Psychotherapie wühlt viele Dinge auf: das ist ja ihre Aufgabe. Bei neurotischen Patienten sind Emotionen und Abwehrmaßnahmen falsch gelagert, wie beim Muster eines gefliesten Bodens, das falsch verlegt ist. Die Fliesen müssen herausgenommen und neu angeordnet werden, nach dem richtigen Muster. Solange der Boden offen ist, muß man sachte auftreten. Das ist die Kunst! Mrs. Rust, Ihrem Gang nach zu schließen, sind Sie in ziemlich großen Stiefeln herumgetrampelt.«

Isabel schwieg.

Dr. Gregory respektierte das Schweigen.

»Es ist so«, fuhr sie dann fort, »ich hatte von klein auf kein eigentliches Heim, so fühle ich mich auch jetzt nicht berechtigt, eines zu haben. Ich hatte nie einen Vater, so ist ein Teil von mir der Ansicht, daß ich auch keinen Mann haben sollte. Das ist auch der Grund, weshalb sie nicht real erscheinen. Unbewußt versuche ich, Homer loszuwerden. Ich bin ihm gegenüber zwiespältig. Ein Teil von mir sagt, ich sei zu gut für ihn. Ich bin eifrig damit beschäftigt, ihn abzulehnen, möchte nicht, daß er Jasons Vater ist. Also habe ich die ganze Dandy-Geschichte erfunden. Ich liege hier auf der Couch eines Psychiaters in der Harley Street und bin total verrückt.«

»Verrückt ist wohl übertrieben«, sagte er freundlich.

»Homer versuchte, mir das zu erklären, doch ich wollte nicht hören. Ich war darauf aus, einen anderen Vater zu suchen, und Dandy Ivel paßte mir da sehr gut.«

»Okay.« Dr. Gregory gab so etwas wie ein Lachen von sich, eine Art Gackern.

»Und was geschieht jetzt? Verfliegt die Illusion? Sehe ich, wenn ich Jason ansehe, Homer in seinen Augen und nicht Dandy? Wenn sich Homers kalter Körper mit meinem vereint, vergesse ich dann Dandys warmen Körper?«

»Sie empfinden Homer als kalt?« Das schien ihn zu interessieren.

»Wenn ich es gesagt habe, ich es wohl auch so.«

»Die Körpertemperatur unterscheidet sich von Mann zu Mann kaum. Armer Homer.«

»Ja«, erwiderte Isabel, »armer Homer.«

»Wenn Sie fühlen, wie die Paranoia Sie erfaßt«, sagte Dr. Gregory, »denn das ist die Krankheit, an der Sie leiden und die zudem sehr unangenehm ist, dann behandeln Sie die Symptome, wie Sie sie bei einem körperlichen Schmerz behandeln würden: warten Sie, bis sie vorüber sind, denn sie werden vorübergehen.«

»Ich bin fast davon überzeugt«, sagte Isabel. »Es ist nur so, daß andere Leute eine Ähnlichkeit zwischen Jason und Dandy Ivel festgestellt haben. Wie steht's damit? Ich habe Stimmen gehört, die das sagten.«

»Sie glauben, Sie haben sie gehört«, sagte er. »Vielleicht war es nur Ihre eigene Stimme.«
»Habe ich ein blaues Auge oder habe ich keines?« fragte sie.
»Das kann man wohl sagen«, erwiderte er und ließ wieder sein gackerndes Lachen hören.
»Und es stammt von Homer?«
»Das nehme ich doch an. Ich glaube, unter solchen Umständen hätte ich Sie auch verprügelt.«
»Das bedeutet, daß ich morgen nicht im Fernsehen auftreten kann.«
»Ich glaube«, sagte Dr. Gregory kalt, »das sollte Ihre geringste Sorge sein.«
Als sie Jason von der Schule abholte, war sie zu spät dran. Nur noch wenige Kinder, die sich verbummelt hatten, kamen ihr mit ihren Müttern entgegen. Als sie das Schulgebäude betrat, konnte sie Jason nirgendwo finden, weder in seiner Klasse noch in der Garderobe. Sie rief seinen Namen durch die leeren Korridore und Klassenzimmer und geriet immer mehr in Panik. »Jason, Jason.« Ein Eisenring legte sich um ihr Herz. Die Wände waren mit Kinderbildern geschmückt, die Pulte mit unfertigen Rechenaufgaben verschmiert. In einem Raum schnuffelte ein Meerschweinchen, das zu einem »Lern-zu-lieben-Programm« gehörte. »Jason, Jason.«
Mrs. Pelotti fegte in einem orangefarbenen Mantel und wehenden Haaren den Gang entlang.
»Mrs. Rust, was tun Sie da? Die Schule ist schon längst aus.«
»Ich habe Jason verloren und kann ihn nicht finden.«

»Ihre Nachbarin hat ihn abgeholt. Heute morgen sagten Sie mir, daß sie es tun würde. Was ist los mit Ihnen?«

Sie holte für Isabel einen Sherry aus dem Medikamentenschrank. »Auf alle Fälle«, sagte Mrs. Pelotti, »waren Sie zu spät dran. Ich wäre sehr ungehalten gewesen, wenn der arme kleine Jason hätte warten müssen. Aber so ist ja alles in Ordnung.«

»Ich hoffe, Sie führen mich nicht in Jasons Unterlagen als neurotische Mutter?« erkundigte sich Isabel.

»Wenn ja«, erwiderte Mrs. Pelotti, »dann geschähe es zum Wohle von Jason, nicht als Rüge Ihnen gegenüber. Ich habe heute viel Mitgefühl mit den Müttern. Sie haben ihre Kinder an das nationale Erziehungssystem verloren. Oft beobachte ich sie, wie sie durch die Schule streifen und Kinder suchen, von denen sie glauben, sie haben sie verloren, und dabei befinden sich diese an einem anderen Ort in Sicherheit. Doch ich bin sehr müde und ziemlich wunderlich.«

Isabel fand Jason bei Jennifer. Er saß vor dem Fernseher. »Ich brachte ihn dazu, sich zu setzen und in die Röhre zu schauen«, sagte Jennifer, »statt wie üblich auf und ab zu gehen. Ich weiß, das ärgert dich immer; aber ich verstehe nicht ganz, wieso.«

28

Pete suchte einen gewissen Dr. Alcott auf, der in einem hübschen Haus in Georgetown wohnte. Dr. Alcott war ein ausgewanderter Engländer. Er schrieb populärwissenschaftliche Bücher über Psychiatrie und befand sich in einem dauernden Kriegszustand mit der Ärzteschaft, der er starres, überholtes Denken und Feigheit in bezug auf die Chemotherapie vorwarf. Dr. Alcott hatte eine dröhnende Stimme; die Nachbarn konnten seine Anschuldigungen durch die Wand hören; die Bilder an seinen Wänden wackelten. Meistens waren Elefanten darauf abgebildet, für die er eine Vorliebe hatte: langsame, sensible Tiere.

Pete verkleidete sich als Journalist. Das heißt, er nahm seine Krawatte ab und knöpfte sein Hemd auf. Er lieh sich die Schuhe seines Schwagers, die aus Wildleder waren, rasierte sich nicht und manikürte auch nicht die Nägel.

»Es wäre schön, wenn du öfter so aussehen würdest«, sagte seine Frau, als er das Haus verließ. Das ärgerte ihn. Ihre Haare waren kurz geschnitten und standen borstig vom Kopf ab. Früher hatte sie glänzende Haare, trug hübsche Frisuren, obwohl er jetzt auch nicht in der Lage gewesen wäre, sie zu beschreiben. Doch die Haare hatten ihm damals gefallen, so wie sie sie jetzt trug, mochte er sie nicht.

»O Pete«, hatte sie gesagt. »Du siehst nie das, was dir als normal erscheint, sondern nur das, was du anomal findest. Und du bist nicht im Gleichklang mit der übrigen Welt. Wenn du das nur begreifen würdest. Kannst du nicht einen anderen Job bekommen?«

Das half auch nicht. Er hatte sich immer für einen glücklich verheirateten Mann gehalten.

Pete erzählte Dr. Alcott, er schreibe einen Artikel über Sexualtäter in der modernen Gesellschaft. Er bot Dr. Alcott ein Honorar an, doch dieser lehnte ab.

»Das Wissen ist gratis«, schrie der Arzt. »Ich akzeptiere eine Bezahlung, um die Kranken gesund zu machen, denn Geld beschleunigt den Heilungsprozeß. Das ist ungefähr der einzige Punkt, in dem ich dem Wiener Arzt recht geben muß.«

»Dem Wiener Arzt?«

»Freud.«

»Ich verstehe.«

»Denn Freud las Fraud! Ein Haufen europäischer Dummköpfe. Heute sind sie auch nicht besser. Sie glauben, sie haben die Depression gepachtet. Sie stellen die Indoleamin-Hypothese auf: sie glauben, die Wurzel allen Übels sei, daß zuviel Tryptophan im Gehirn herumschwirre. Dabei ist es das Norepinephrin – ein Zusammenbruch von Tyrosin. Verstehen Sie? Sie geben ihren Depressiven die gleichen Medikamente wie Verrückten. Können Sie mir folgen?«

»Sicher, sicher«, sagte Pete und schrieb eifrig auf einen Journalistenblock, den er sich von seiner Frau geliehen hatte.

»Nehmen Sie ein gesundes, normales Tier wie den Elefanten. Warum ist er so gesund? Aufgrund seines Gehirns. Die Gehirne von Elefanten produzieren kein Morephrin. Und man kann nicht behaupten, die Elefanten vermehrten sich wie die Kaninchen. Verstehen Sie?«

»Sicher. Was also heilt sexuelle Manie? Tricyclics? Stellen sie die ideale Behandlungsmethode dar?«

»Ja. Desipramin, Imipramin und Nortriptylin.«

»Unverständliche Begriffe«, bemerkte Pete.

»Das dient zur Beruhigung der Angehörigen. Welche Hoffnung haben sie? Sie sind normale Menschen, keine Apotheker. Heutzutage stellt jeder Patient ein lebendes Kliniklabor dar. Und warum auch nicht? Verrückte sind keine Menschen. Die Angehörigen vergessen das.«

»Nun erzählen Sie mir«, sagte Pete, »wie die staatlichen Strafanstalten Sexualtäter bestrafen.«

»Mit Neuroleptika«, sagte Dr. Alcott. »Das sind die Haupttranquilizer. Chloropramzin wird hauptsächlich dazu verwendet, den Phallus zu beruhigen. Genauso Halperidol. Ich selbst mag Halperidol.«

»Gegenanzeigen?« fragte Pete.

»Sie können, wenn der Patient unter niedrigem Blutdruck leidet, diesen noch weiter nach unten treiben. Die Folge davon ist Benommenheit, Schwindelgefühl, Ohnmacht. Ich gebe gerne Halperidol in Verbindung mit Lithium, das den Blutdruck wieder nach oben treibt.«

»Lithium?«

»Lithium-Karbonat. Die Wunderdroge. Ist nicht mehr beliebt. Alle haben die Nase voll davon. Der Name ist zu einfach.«

»Ist es sicher?«

»Natürlich. Für jeden vitalen Amerikaner, der nach

oben strebt und der zwei- oder dreimal zu oft, nach dem Geschmack seiner Frau, seine Männlichkeit beweist. Schmeckt ganz gut. Sie sollte es in die Suppe geben. Manchmal vermute ich, daß meine Frau mir Tricyclik gibt. Ich bekomme Kopfweh – fühle mich benommen – habe Hörschwierigkeiten. Schreie ich?«
»Wie hoch ist die Dosierung?«
»Von was? Von Halperidol?«
»Mit Lithium?«
»Dreihundert Milligramm pro Tag. Von jedem. Das nehme ich auch. Wissen Sie, meine Frau mag keinen Sex.«
Seine Stimme erhob sich, damit die anderen mithören konnten. »Natürlich werfe ich ihr das nicht vor«, fügte er sanfter hinzu. »Schauen Sie mich an!«
Sein Bauch schwabbelte, sein Gesicht war aufgedunsen.
»Keine Beeinträchtigung der intellektuellen Fähigkeiten?« erkundigte sich Pete.
»Du lieber Himmel, nein! Sehen Sie mich an!« Seine Hände zitterten, als er die Tür mit einer unnatürlich ruckartigen Bewegung öffnete.
Wahrscheinlich eine zu hohe Dosis, überlegte Pete. Wenn Dandy damit anfängt, müssen wir die Dosis verringern.
Joe nahm Kontakt mit einem Apotheker auf, der Halperidol und Lithium zu Brausetabletten verarbeitete, die im Geschmack und Aussehen mehr den Vitamin-C-Tabletten ähnelten, die Dandy morgens und abends zu sich nahm. Pippa Dee hatte ihn dazu überredet. Dandy achtete und bewunderte Pippa, doch er liebte

sie nicht, begehrte sie nicht. Sie brauchte sich nicht vor seiner Satyriasis zu fürchten. Joe und Pete glaubten, Pippa wäre auf ihrer Seite. Dandy hatte Pippa zuliebe seine Trinkerei reduziert, nicht weil die IAPW es ihm befohlen hatte.

Wenn er Präsident sein würde, würden sie heiraten. Es wäre dann wie bei Prinz Charles und Lady Di und eine zweite, dritte und vierte Amtsperiode unerläßlich. Und danach die Monarchie: eine Nachfolge.

Außer Dandy rechnete niemand mit einem Scheitern.

Jetzt war McSwain ungeduldig.

»Ihr müßt unbedingt über den Atlantik reisen«, sagte er, »um herauszufinden, was los ist. Hier und dort stecken zu viele Leute wegen dieser Sache für nichts und wieder nichts Geld ein.«

Pete und Joe flogen mit der Concorde. McSwain hatte es ihnen gestattet, da er sagte, die Zeit sei kostbar, und das behagte ihnen. Ihre Waffen, die auf ihre Sicherheit geprüft wurden, reisten mit getrenntem Gepäck, im Laderaum. Dadurch kamen sie sich eigenartig nackt vor.

29

Hört! Ein Blatt raschelt in der Dunkelheit, ein Zweig bricht ab. Irgend etwas schleicht da draußen im Wald herum. Trippel, trappel. Es ist ein Säbeltiger, kein Zweifel. Das Feuer vor dem Eingang der Höhle erlischt. Kinder schlafen aufeinandergestapelt in der Asche – verstümmelt, schmutzig und wild. Die Frauen rücken zusammen, zittern vor Furcht. Wo sind die Männer?

»Ich sage dir, wo die Männer sind«, sagt Hilary. »Sie sind alle völlig betäubt vom Kauen der Betelnuß oder sie sind draußen und verleihen sich Steinstücke für Tapferkeit gegenüber dem Mammut oder töten in der nächsten Höhle die Frauen und Kinder der anderen Männer.«

»Schaut her«, sagt Oliver. »Ich bin ein Mann. Ich töte keine Frauen und Kinder.«

»Bis auf ein oder zwei Männer«, fügt Hilary unfreundlich hinzu. »Du bist zu sehr durch Liebe oder Lust behindert, um dich der Gang anzuschließen.«

Splitsch, splatsch. Gefahr ist im Anzug. Auch das ist wirklich. Das ist kein Spiel mehr: Hand auf Hand, wie es die Kinder gern vor dem Feuer spielen, deine Hand, meine Hand, schneller und schneller, Frauen und Männer, dein Punkt, mein Punkt. Draußen ist es dunkel und kalt; so kalt, daß man sich den Tod holt. Die Hände der Männer sind größer, stärker.

Peng! Dein Finger ist gebrochen.

»Ich frage mich, was die Höhlenfrauen machten,

wenn sie ihre Periode hatten«, sagt Jennifer. »Bitte, Oliver, entschuldige solche Frauengespräche.«
»Entschuldige dich nicht dafür, Jennifer«, sagt Hilary wütend. »Sei nicht so zimperlich.«
»Nichts«, beantwortet Hope die Frage. »Sie taten das, was die Mädchen in unserem Land machen, wenn sie im Gefängnis stecken oder in Nervenheilanstalten. Sie durchtränken alles mit Blut. Stell dir vor, du trägst ein steifes Baumwollhemd und nichts darunter, bist vierundzwanzig Stunden pro Tag in deiner Zelle. Es gibt außer dir nichts in der Zelle – nur eine Kloschüssel ohne Deckel. Kein Toilettenpapier. Dreimal pro Tag wird das Essen durch ein Loch in der Tür durchgeschoben. Einmal in der Woche wirst du ins Bad gebracht. Wenn du inzwischen deine Blutung bekommst, kannst du nichts machen. Außer dir weiß es niemand. Du kannst gegen die Tür trommeln und schlagen, so lange du willst. Die Folge ist nur, daß du länger bleiben mußt. Also machst du es so, wie es die Höhlenfrauen taten. Du läßt das Blut einfach fließen, deine Beine runter, über den Fußboden.«
Wir wenden uns alle Hope zu, voller Erstaunen. Sie lächelt strahlend, lacht unbekümmert.
»Ich war in einer«, sagt sie. »Als ich fünfzehn war, habe ich gestohlen und Männer aufgelesen. Ich wurde in Verwahrsam genommen, versuchte, zu entkommen, versuchte die Mauern zu erklimmen, erntete Schläge und es dauerte sechs Monate, bis meine Eltern mich herausbekamen. Ich verbrachte sechs Wochen in einer Strafzelle und hatte in dieser Zeit zwei Perioden.«

Oliver bricht das Schweigen.
»Aber in den Männergefängnissen sind die Bedingungen die gleichen«, sagt er.
»Ich glaube, in den Ruhezellen haben sie Toilettenpapier«, sagt Hope. »Wie hübsch sich das anhört, Ruhezellen.«
Splitsch, splatsch. Die Gefahr schleicht herum. Leben ist ruiniert. Hope plaudert über die Oberflächlichkeit ihres Lebens, mit großen Augen, mit stürmischem Herzen, und geht dabei kein Risiko ein.
»Ich glaube, deine Vorstellung von quatschenden, ängstlichen Frauen ist falsch«, sagt Jennifer lebhaft. »Sie hätten Brennholz gesammelt und wenn sie einen Säbeltiger gehört hätten, hätten sie lediglich das Holz noch weiter aufgeschichtet. Andere hätten Pfähle geschärft, um sie dem Tiger, wenn er springen würde, ins Auge zu rammen. Die Kinder würden nicht schmutzig in der Asche herumliegen, sondern auf sauberen Betten aus Moos und Stroh ruhen, nebeneinander in den Höhlen, mit sauberen Gesichtern und Händen.«
Splitsch, splatsch. Hört! Jennifer befindet sich im Belagerungszustand. Sie schichtet das Feuer auf, schärft die Pfähle, um sich auf die Gefahr vorzubereiten. Sie bringt ihre Kinder auf Vordermann, wie eine gute Katzenmutter ihre Kätzchen. Mach dies, mach das! Sei vorsichtig, wenn du über die Straße gehst, laß dich nicht von fremden Männern ansprechen, nimm deine Fluortabletten, damit deine Zähne keine Löcher bekommen. Jeden Tag einen Apfel, eine Orange und ein Ei für jedes Kind, das macht starke Knochen, festes Fleisch und eine weiche Haut. In ihrem Haushalt le-

ben acht Kinder. Eine Orange pro Tag und pro Kopf und das über sagen wir mal fünfzehn Jahre. Das macht ungefähr vierzigtausend Orangen, die gekauft, heimgetragen, vorbereitet, geschält, weggeräumt werden müssen und deren Schale beseitigt werden muß. Alles auf der Suche nach Vitamin C.
Splitsch, splatsch. Wenn sonst nichts für die Kinder zu befürchten ist, bleibt da immer noch die Erkältung.
Ich habe keine Kinder, aber auch ich leide unter Angst. Ich schrecke nachts hoch, glaube, es ist jemand oder etwas im Zimmer. Und ich kann nicht einmal das Licht anmachen. Also bitte ich die Angst herein, spreche zu ihr: ich sage, erklär mir, warum du so viel größer bist, als jegliches persönliche Schicksal es verdienen würde – und sie erwidert: da ich alle eure Ängste verkörpere; ihr alle eins seid, nicht so viele seid, wie ihr glaubt, müßt ihr lernen, mich zu teilen. Der Verlust, den eine Frau erlitten hat, ist der Verlust aller Frauen. Die Stimme der Angst hallt wider in der Dunkelheit, und ich umschlinge sie, und sie schmilzt in mir und ist ein Teil von mir und ist verschwunden, und ich versinke wieder in Schlaf, gleite von der Dunkelheit in die tiefere Dunkelheit.
Ich glaube auch nicht, daß das Geräusch des Plätscherns je aufhört: die sanfte Beharrlichkeit der Angst außerhalb des Feuerscheins – ich schlafe lediglich von Zeit zu Zeit ein und kann es nicht länger hören.

30

Wie alle vorhersagten, einschließlich Elphick, Maia, Jennifer, Hope, Pete und Joe, kehrte Homer bald wieder nach Hause zurück. Schließlich hatte er nicht, wie nur Hilary angenommen hatte, die weinende Isabel in den großen wogenden Malstrom der einsamen Frauen gestoßen. Nein. Homer kehrte zurück, als Isabel schlief, Jason neben sich, holte sie aus dem seltsamen Neuland der Angst und Selbstbestimmung mit seinen behutsamen, männlichen Fingern heraus und versetzte sie wieder in den Stand ehelicher Achtbarkeit, stellte sie auf das Podest seiner Wertschätzung und der der Gesellschaft. Von diesem Aussichtspunkt ist die Sicht klar und hell und die Sonne scheint in gutgemeinter Dauerhaftigkeit auf die Berggipfel guten Verhaltens und konventioneller Moral.

Kein Wunder, daß so viele dort verweilen wollen und darum kämpfen, um über den aufwühlenden Rudern des Aufruhrs, der Revolution und des Opfers zu bleiben.

Isabel schlief den Schlaf der emotional und sexuell Erschöpften, einen tiefen, erholsamen Schlaf, der kein Versprechen für den nächsten Tag beinhaltete, sondern nur eine Reaktion auf Vorhergegangenes war. Homer mußte ihr übers Haar streichen, ihren Namen flüstern, sie schütteln, bevor sie bereit war, aufzuwachen.

»Wenn ich ein Einbrecher wäre«, sagte Homer vorwurfsvoll, »hättest du keine Chance gehabt.«

Es war fast ein Uhr morgens.
»Man hat mir gesagt, du seist in New York«, sagte Isabel.
»Das stimmt«, erwiderte er. »Doch ich hab' dich vermißt und bin heimgekommen.«
»Weck Jason nicht auf«, bat ihn Isabel. Sie setzte sich auf, noch warm vom Schlaf. Er legte seine Arme um sie. Er roch nach Flugzeug: ein Gemisch aus Schweiß und Körperpflege, Parfüm und Triebwerk. Flüchtig dachte sie an Dandy. Homer hatte sich nicht rasiert, sein Kinn war stoppelig.
»Sechs Jahre alte Jungs sollten nicht bei ihrer Mutter schlafen«, bemerkte Homer. »Was würde Dr. Gregory dazu sagen?«
»Ich weiß es nicht, und es ist mir auch egal«, sagte Isabel, obwohl das nicht stimmte. Sie wußte genau, was Dr. Gregory sagen würde, da er immer die unangenehmsten und schwierigsten Thesen vorbrachte; daß sie ihre Mutterrolle verrate, eher Trost empfing, als selber welchen zu geben vermochte und ihn somit verwirrte. »Doch, wenn du es wünschst, frage ich ihn morgen. In deiner Abwesenheit hat Jason nicht ins Bett gemacht und auch nicht gebissen. So wäre es vielleicht sinnvoller, wenn du ihn morgen aufsuchen würdest und nicht ich.«
Homer lachte.
»Isabel, bring ihn uns allen zuliebe dazu, deine Fantasien zu vertreiben. Ich habe Schwierigkeiten mit der Zeitverschiebung.«
»Warum bist du so fröhlich?« fragte sie. »Ich hatte eine schreckliche Zeit.«

»Ich glaube, weil es einfach lustig ist. Plötzlich teilst du mir mit, Jason sei nicht mein Sohn und dabei ist er es ganz offensichtlich. Ich hätte das nie ernst nehmen sollen. Er sieht mir ähnlich, denkt wie ich, fühlt wie ich. Er glaubt bestimmt, daß er mein Sohn ist, und weißt du, Isabel, das Ganze wäre dann nicht mehr lustig, wenn Jason etwas Gegenteiliges erfahren würde, das ihn aus der Fassung bringen würde.«
»Natürlich«, sagte Isabel. Die Zeit verging, das Kind wuchs heran, verwob die Lebensstränge zu einem neuen, unerwarteten Muster. Die Farben wurden leuchtender, während das Leben der Mutter verblaßte, dünner wurde. Sie fügte sich. »Natürlich«, sagte Isabel, »ist er dein Kind.«
Homer nahm das Kind mit seinen dünnen, doch stählernen Armen hoch und trug es hinweg von der Verwirrung des mütterlichen Bettes in die Ordentlichkeit seines eigenen. Jason stöhnte und wehrte sich etwas, wachte aber nicht richtig auf.
»Er ist schwer«, sagte Homer.
Isabel unterdrückte den Gedanken, daß auch Dandy schwer gewesen war, schwer auf ihr gelastet hatte, als Beherrscher. Homer als Partner lastete leicht auf ihr.
Homer entkleidete sich und schlüpfte in das Bett neben ihr. Er streifte ihr Nachthemd ab und tastete nach ihren Brüsten. Sie lag still da, nachgiebig und seltsam wachsam, als ob eine brüske Bewegung ihn gefährlich machte, seine Finger sie dann kneifen und zwicken würden, statt zu liebkosen. Die Hammerschläge seines Körpers in ihrem könnten außer Kontrolle geraten, würden so gewaltsam auf sie einwirken, als ob sie

sie zerstören wollten. Sie begriff jetzt, daß sie von seinem Wohlwollen abhing und das war unheimlich und prekär.
»Entspanne dich«, sagte er. »Es ist alles in Ordnung. Alles läuft wieder normal. Dr. Gregory hat zuviel in dir aufgewühlt, das ist alles. Das legt sich wieder.«
Er redet zuviel, dachte sie, für jemanden, der voller Leidenschaft ist. Und ich bin auch kalt. Warum?
»Was ist los?« beharrte er.
»Ich bin so hilflos«, sagte sie. »Du könntest mich verletzen.«
»Du mußt dich sehr schuldig fühlen«, sagte er. »Du könntest mich auch verletzen, wenn ich mich so vor dir öffne, doch du tust es nicht. Natürlich tust du es nicht. Isabel, ich bin Homer.«
Sie dachte an die Liste an der Küchenwand: die Einteilung des Lebens, der Zeit und der Hausarbeit. Die gemeinsame Entscheidung, fair und gleich miteinander zu leben. Homer. Sie wollte ihn nicht. Er war ein Bruder, mit dem sie nicht einmal besonders gut auskam: sie kannte ihn zu gut, um erregt auf ihn reagieren zu können.
»Du hast dich verändert«, sagte er. »Etwas hat sich geändert.«
Sie dachte an Elphick. Elphick hatte sich in der Stellung befunden, in der sich jetzt Homer befand. Sie hatte kein Schuldgefühl, lediglich ihre Wachsamkeit verstärkte sich.
»Nichts hat sich geändert«, sagte sie. Doch es stimmte nicht. Homers Gesicht war jetzt über ihr. Erst nah, dann entfernt. Sie mußte ein Lachen unterdrücken.

Wenn er nah war, wollte sie, daß er fern wäre, wenn er fern war, hatte sie schreckliche Angst, er könne nicht zurückkehren. Ihr Körper reagierte automatisch und für einen Augenblick ließ sie den Verstand außer acht. Er war nicht Homer, nicht Elphick, auch nicht Dandy, oder Grimble oder einer der Männer, an die sie sich kaum erinnern konnte: er war sie alle und würde es tun.

Homer schlief, ordentlich und ruhig. Isabel lag wach und beneidete zum ersten Mal ihre Mutter und begriff, warum sie den schmerzlichen und verstörten Teil an sich hatte verkümmern lassen und wie sie für immer leben konnte, ausgetrocknet von dem heißen gelben Sand, wobei sie aus sicherem Abstand das Wirken Gottes beobachtete, während ihre Tochter sich im Morast ihrer eigenen Gefühle, Ambitionen und Ängste abzappelte und abrackerte.

Nebenan ging bei Maia das Licht an. Vielleicht kann sie nicht schlafen, dachte Isabel. Dann überlegte sie, daß es Laurence sein mußte und nicht Maia, denn diese würde ja kein Licht anmachen. Maia lebte im Licht ihres eigenen Geistes, da das alles war, was sie hatte. Einen Augenblick empfand Isabel so etwas wie Dankbarkeit und schlief ein.

31

Homer brachte Jason mit dem Rad zur Schule. Jason saß auf dem Rücksitz.

»Schau, daß du nicht zu spät kommst«, ermahnte ihn Isabel. »Mrs. Pelotti wird sonst fuchsteufelswild.«

»Schau, daß du nicht zu spät dran bist, wenn du ihn abholst«, sagte Homer liebenswürdig, als sie in den leichten Nebel eintauchten. Jason lachte seiner Mutter über die Schulter zu. Er hatte seine kleinen Arme um Homers Brust geschlungen. Homers Sohn. Isabel winkte ihnen zu und ging ins Haus zurück. Heute war Sendetag. Sie würde von zwölf Uhr bis drei Uhr proben, dann nach Hause zurückkehren, Jason um vier von der Schule abholen und um sieben zur Show gehen. Bis dahin wäre Homer auch zu Hause und würde sich um Jason kümmern.

Alles lief wieder normal. Sogar ihr Auge sah schon viel besser aus, weniger geschwollen, allerdings noch mit allen Regenbogenfarben geschmückt.

»O Gott, das tut mir leid«, hatte Homer dazu bemerkt, »das habe ich wirklich nicht gewollt.«

Als sie die Tür ins Schloß fallen ließ, läutete das Telefon. Es war Doreen Humble aus Wales.

»Isabel«, sagte Doreen, und Isabel glaubte, sie konnte im Hintergrund das Geräusch schnüffelnder Tiere und hustender Kinder hören. »Ich wollte nur wissen«, fuhr Doreen fort, »ob es dir gut geht, ob du etwas brauchst. Du kannst jederzeit hierher kommen und dich verstecken, bis alles vorüber ist.«

»Das ist sehr lieb von dir, Doreen. Bis was vorüber ist?«
»Die Wahl.«
»Was für eine Wahl?«
»Natürlich die Präsidentschaftswahl.«
»Was hat das mit mir zu tun, Doreen?«
»Soll das heißen, du hast es nicht gelesen?«
»Was?«
»Cosmopolitan.«
»Ich lese keine Cosmopolitan, hätte auch nicht gedacht, daß das dein Stil sei.«
»Es wäre besser, du hättest sie gelesen«, sagte Doreen mit leichtem Vorwurf. »Da ist ein Beitrag über Paare, die im Mediensektor beschäftigt sind. Du bist mit Homer und Jason abgebildet. Danach kommt eine Doppelseite über Dandy Ivel, den amerikanischen Präsidentschaftskandidaten und seine Ähnlichkeit mit Jason ist verblüffend, ist höchst bedauerlich. Hätten sie das nicht lassen können? Isabel, ist das nicht gefährlich? Ich glaube nicht, daß du darüber sprechen möchtest, auch wenn es alle Welt tut. Ich kann nur sagen: Wenn du dich irgendwo verstecken möchtest, komm zu uns. Ich vermute, dein Telefon wird abgehört – nun, wahrscheinlich jedermanns Telefon, es ist wohl nicht gut, was ich gesagt habe.«
»Doreen«, sagte Isabel vorsichtig. »Du sagst, alle sprechen darüber. Wen meinst du damit? Und worüber reden sie?«
»Grimble spricht darüber, geht damit in allen Bars entlang der Fleet Street hausieren. Er redet über dich und deine Affäre mit Dandy Ivel und daß Jason sein

Sohn sei. Du hast beim Jungfernflug der Concorde seinen Platz eingenommen, und das hat er dir nie verziehen. Die Zeitung hatte alles mögliche versucht, ihn neben Dandy zu plazieren. Und du hast das ganze erfundene Zeug über Alabama zurückgeschickt, während du dich mit Dandy in dem Hotel verschanzt hast. Ich frage dich nicht, wie es war, denn das wäre vulgär. Doch es heißt, er gebe sich alle Mühe, sei aber nicht sehr gut. Niemand kann behaupten, wir seien hier in Wales abseits vom großen Geschehen, wir wissen vielleicht sogar mehr Bescheid als ihr Städter. Ich frage mich, ob die Cosmopolitan diese Bilder irrtümlich nebeneinander abbildete, oder sollte es ein Scherz sein?«

»Doreen, ich rufe dich zurück«, sagte Isabel. »Da ist jemand an der Tür.«

Natürlich war da niemand, doch sie hatte das Bedürfnis, sich zu setzen. Dann rief sie Dr. Gregory zu Hause an. Eine Frau, wahrscheinlich seine Frau, teilte ihr mit, er sei gerade in Richtung Harley Street losgefahren.

»Bitte richten Sie ihm etwas aus«, sagte Isabel. »Nur weil man denkt, man wird verfolgt, muß es noch nicht so sein.«

»Gut«, sagte Mrs. Gregory zweifelnd. »Warten Sie, ich schreibe es auf.« Und dann wiederholte sie: »Nur weil man denkt, man wird verfolgt, muß es noch nicht so sein.«

»Genau«, sagte Isabel. »Bitte sagen Sie ihm das. Ich werde ihn sobald wie möglich aufsuchen.«

Zu ihrem Gefühl der Furcht und Angst kam nun das Hochgefühl der Rehabilitation. Sie hatte recht gehabt, er unrecht. Sie litt nicht an Schuldgefühlen, Paranoia,

Stress, sexuellen Fantasien oder Manien; sie war mehr als das bloße Produkt einer gestörten Vergangenheit, mehr als ein kläglicher Haufen von Neurosen, besessen von Vortäuschung, erbärmlichen und anmaßenden Erinnerungen, eine Quelle der Gefahr und des Kummers für ihr Kind und ihren Mann – sie war die Mutter von Dandys Sohn. Sie hatte Dandy in Wirklichkeit und in der Fantasie geliebt.

Ein Schlüssel drehte sich in der Haustür. Sie hatte Angst. Sie und Homer besaßen als einzige einen Schlüssel zum Haus – außer Jennifer, die einen für den Notfall aufbewahrte. Doch Jennifer würde läuten, klopfen oder rufen.

»Isabel.« Es war Homer, der mit Jason zurückkehrte. »Ich hatte einen Platten. Das verstehe ich nicht, dabei hatte ich neue Reifen. Vielleicht ist es Sabotage.«

»Jetzt kommt Jason zu spät.«

»Ich auch.« Er war ärgerlich. »Ruf die Schule an und sag, er sei auf dem Weg. Sie können nichts dagegen einwenden. Ruf mir ein Taxi. Es wäre besser, du würdest ihn zur Schule bringen.«

Isabel erledigte die Anrufe und machte sich mit Jason auf den Weg zur Schule: sie nahm den kürzesten, aber nicht den sichersten Weg. Mrs. Pelotti würde ungehalten sein, erklärte ihr Jason. Sie hielt seine Hand. Plötzlich fühlte sie auch, daß Jason eine besondere Bedeutung zukam: sie war sowohl seine Mutter als auch seine Beschützerin. Im Laufe des Tages würde sie herausfinden, was sie tun konnte, was am besten wäre. Vielleicht sollte sie sich mit Dandy persönlich in Verbindung setzen und ihn ihrer Verschwiegenheit und

Diskretion versichern? Grimble einfach zu vergessen – wenn sie konnten oder wollten. Das war die naheliegende, weibliche und feige Entscheidung. Sich passiv zu verhalten, unsichtbar und gefügig zu sein. So konnten sie und Jason weiterleben. Sie näherte sich der großem Camden-Road-Kreuzung, wo die Schwerlaster von einer Fernverkehrsstraße in eine Stadtstraße einschwenkten, die für sie zu klein war. Ein Fußgängerüberweg war vorgesehen und eine zufällige Lücke im Verkehr für die Fußgänger, die schnell genug waren, von einer Seite zur anderen zu eilen. In der Mitte der Straße befand sich eine kleine Insel, mit einem gelben Blinklicht, das von den Fußgängern benutzt werden konnte, die hier festgehalten wurden, bevor der Verkehr weiterfloß. Ein Schritt zurück und Wagen, die nach Norden fuhren, würden einen umreißen, ein Schritt nach vorne und Wagen, die nach Süden fuhren, würden das gleiche tun. Heute waren Isabel und Jason auf der Insel gefangen. In ihrer Eile, ihn schnellstens zur Schule zu bringen, hatte sie sich in der Zeit, die zum Überqueren der Straße zur Verfügung stand, verkalkuliert. Sie hielt seine Hand fest umklammert. Außer ihnen war eine Frau mit einem Kinderwagen auf der Insel. Sie mußte ihn seitlich stellen, um ihn in Sicherheit zu bringen. Auch ein Mann mit Hut und gutem Anzug befand sich auf der Insel. Sie bemerkte den Hut, denn Hüte waren selten. Der Mann glaubte, eine Lücke entdeckt zu haben und spurtete nach vorn, um die Straße zu überqueren, doch dann überlegte er es sich anders: er trat wieder auf die sichere Insel zurück und stieß Isabel auf die Straße hinter ihr. Instinktiv ließ sie Jasons Hand los.

Der Lastwagen, der auf sie zufuhr, als sie auf die Straße taumelte, ließ die Bremsen quietschen, wich seitlich aus. Die Fahrer überschütteten ihn mit Beschimpfungen, Hupen tönten. Sie war erschreckt, aber nicht verletzt. Der Mann mit dem Hut hob ihn auf und lächelte sie an. »Tut mir leid, Ma'am.«
Es war eine amerikanische Stimme. Das Gesicht kam ihr vertraut vor. Es war der dunkeläugige, dunkelhäutige, furchteinflößende Joe. Er lächelte und schlängelte sich durch den Verkehr, geschickt und sicher.
Die Frau mit dem Kinderwagen blickte sie mit demütigen, ehrlichen Augen an. Sie war Inderin und trug einen Sari und fühlte sich in einem fremden, gefährlichen Land verloren, wo ein Schritt nach vorne oder nach hinten den Tod bedeutete. Als sich eine Lücke im Verkehr auftat, half Isabel ihr hinüber.
»Das war wohl ein Fall von ›mit knapper Not entrinnen, ist immerhin entrinnen‹«, sagte Jason.
»Das nehme ich an«, erwiderte Isabel.
»Was wäre mit mir, wenn du sterben würdest?«
»Daddy würde sich um dich kümmern oder Freunde; irgendeinen gibt es immer.«
»In Ordnung«, sagte Jason gelassen.
»Mrs. Pelotti«, sagte Isabel, »bitte versprechen Sie mir, daß Sie niemand anderen als Homer und mich Jason abholen lassen.«
»Natürlich nicht«, erwiderte Mrs. Pelotti. »Das Problem, wenn man Berühmtheiten in der Schule hat, besteht darin, daß man Angst vor Kidnapping haben muß, als ob die Wegnahme der Aufsicht nicht schon schlimm genug wäre.«

»Ich bin keineswegs so eine Berühmtheit«, sagte Isabel.
»Schlimm genug«, erwiderte Mrs. Pelotti. »Natürlich sind alle Mütter für ihre Kinder Berühmtheiten und vice versa. Auf jeden Fall im Mittelstand. Mrs. Rust, versuchen Sie, ihn rechtzeitig abzuholen. Sind Sie heute dran?«
»Natürlich.«
»Ich dachte, vielleicht haben Sie getauscht. Eigentlich wäre doch heute sein Vater dran, ihn in die Schule zu bringen und statt dessen kommen Sie.«
»Er hatte einen platten Reifen. Mrs. Pelotti, so funktioniert das System nicht. Ich hole ihn auch wieder ab.«
»Ich werde versuchen, daran zu denken.«
Kleine Kinder arbeiteten fleißig in ordentlichen Klassenzimmern und pfiffen hübsche Melodien vor sich hin. Noch lange hörte sie den munteren Rhythmus, als sie die Schule verlassen hatte. Niemand folgte ihr. Warum auch? Jeder wußte genau, wo sie hingehen würde und wie unmöglich es für sie wäre, es nicht zu tun. Und vielleicht war es doch nicht Joe gewesen, der sie um ein Haar umgebracht hatte. Unter den Umständen war es nur zu verständlich, daß sie sich einbildete, in jedem Amerikaner Pete oder Joe zu sehen und in jedem unglücklichen Vorfall deren Machenschaft.
Sie rief Dr. Gregory an und hinterließ die Nachricht, daß sie um fünf Uhr in seine Sprechstunde kommen würde. Sie wollte, daß er ihr ihren gesunden Verstand bestätigte und ihr sagte, was zu tun sei. Eine Entscheidung, die nur sie betraf, war leicht zu treffen, doch

eine, die auch Mann und Kind mit einschloß, war schwierig. Sie erkannte, daß dies ein Argument gegen den Ehestand und die Mutterschaft war, das endlose Balancieren zwischen Gut und Böse, Glück und Unglück; indem das eine etwas höher auf die Wippe ihres Lebens gehoben, das andere etwas zurückgezogen wurde, so daß die unvermeidlichen Unebenheiten und Zacken so weich und schmerzlos wie möglich gemacht wurden. Frauenarbeit. Dieses Mal würde der Schock, was immer sie auch täte, groß sein, und sie konnten froh sein, wenn sie mit dem Leben davonkamen, denn der Spielplatz wurde plötzlich gefährlich – rissig durch Kräfte, über die man seit Jahren gesprochen hatte, aber die niemand wirklich ernst genommen hatte.

»Sagen Sie Dr. Gregory«, trug sie Mrs. Gregory auf, »auch wenn man weiß, daß ein Komplott gegen einen im Gange ist, fällt es schwer, sich damit abzufinden.«

»Einen Augenblick«, sagte Mrs. Gregory, »ich muß mir nur einen Stift holen.«

»Oh, machen Sie sich keine Mühe«, sagte Isabel und legte den Hörer auf.

32

Joe und Pete suchten Elphick auf. Zuerst begaben sie sich zu dem BBC-Fernsehzentrum in der Wood Lane, wurden aber von dem Torhüter abgewiesen. Sie trugen einen guten Anzug, Krawatte und polierte Schuhe, doch irgend etwas in ihrem Benehmen jagte ehrlichen Menschen Angst ein. Sie hatten es nicht von Anfang an; sie hatten es sich zugelegt. »Ihr Aktenmenschen kennt komische Leute«, sagte der Torhüter am Telefon, »doch diese beiden müssen erst auf Herz und Nieren geprüft werden, bevor ich sie einlasse.«

»Ich bin gerade mit Special Features beschäftigt«, sagte Elphick, »doch ich komme runter.«

»Sir, ich lasse sie nicht durch, bevor sie nicht durchsucht worden sind. Sie müssen ihnen das erklären.«

Es erschien Elphick einfacher, sie mit in seine Wohnung zu nehmen, als sich mit dem Torhüter herumzustreiten.

»Sagen Sie, was Sie zu sagen haben«, forderte er sie auf, »und gehen Sie dann wieder.« Sie hatten, Gott sei Dank, auf den wackligen Stühlen Platz genommen und nicht auf der Samtcouch von Harrods. Er hatte ihnen Champagner mit Eiswürfeln gereicht.

»Sagen Sie Ihren Text und verlassen Sie die Bühne.«

Sie sagten ihn. Sie betrachteten den Braque und den Onyx-Tisch und die Alabasterlampe und gratulierten ihm zu seiner Auswahl von Stücken, die sich gut zum Wiederverkauf eigneten, warnten ihn aber auch, daß sie nicht immer für Nachschub sorgen würden. »Es ist schon lange her, daß ich irgendwelche Forderungen an Sie gestellt habe«, sagte Elphick. »Heutzutage hat die kommunistische Bedrohung, die von so großer Bedeutung schien, ihre Wichtigkeit verloren. Das einzige starke Argument, das Sie dagegen anführen können, ist, daß sie ihre Schriftsteller ins Gefängnis bringt. Seit wir alle zusammen begonnen haben, habe ich mit einer Menge Schriftsteller zusammengearbeitet und bin der Meinung, daß noch einige mehr ins Gefängnis gehörten.« Er lachte. Es war ein halber Scherz. Pete und Joe sahen grenzenlos schockiert aus.

»Was Ihre Art von Freiheit anbetrifft«, sagte er, »so scheint sie nur in dem Recht zu bestehen, einander auf gut Glück und nach Belieben niederzuschießen.«

Pete, Joe, Kitten und Hot Potato fühlten ihre Waffen warm und wuchtig unter ihrer Achselhöhle. Elphick wußte genau, daß sie sich dort befanden, schien sich aber nicht darum zu kümmern.

»Vor drei Tagen haben Sie von uns fünftausend Dollar erhalten«, bemerkte Pete, »und kamen an die Waren.«

»Natürlich«, sagte Elphick. »Ihre Interessen und meine trafen sich. Warum auch nicht. Doch was wollen Sie heute?«

»Wir wollen nicht, daß sie heute abend auftritt.«

»Und nächste oder übernächste Woche?«

»Das überlegen wir uns noch. Erst mal geht's um heute abend.«

»Ich möchte nicht, daß ihr etwas geschieht«, sagte Elphick. »Das Fernsehen braucht gute Leute.«

»Natürlich«, erwiderte Pete.

»Wir führen keinen Krieg gegen Frauen«, sagte Joe.
»Wieviel?« fragte Elphick.
»Zehntausend«, erwiderte Pete.
»Dollar oder Pfund?«
»Pfund«, sagte Pete, nach kurzem Zögern.
Elphick grübelte.
»Wir haben hier ein interessantes Foto von Ihnen und Miss Rust«, sagte Joe, der die Geduld verlor.
»Beim Jupiter, das hätte ich mir denken können«, sagte Elphick. »Wanzen und Geheimkameras. Ich hoffe, Sie haben sich gut amüsiert.«
»Ihre Frau interessiert sich bestimmt dafür«, sagte Joe.
»Ex-Frau«, erwiderte Elphick.
»Dann Ihre Arbeitgeber.« Joes Stimme hatte einen flehenden Unterton.
»Eröffnen Sie ein Besichtigungstheater«, sagte Elphick. »Ich kassiere an der Tür.«
Pete gab Joe durch einen Blick zu verstehen, daß er schweigen solle.
»Ein Mann muß die Gesellschaft aufbauen, in der seine Kinder leben sollen«, sagte Pete, »und darum kämpfen. Er kann nicht hinter dem Ofen sitzen.«
»Ich schon«, sagte Elphick. »Wieviel haben Sie gesagt?«
»Fünfzehntausend Pfund«, sagte Pete.
»Das ist nicht viel«, sagte Elphick, »bei einer Inflationsrate von 15%.« Doch als Pete die Scheine aus seiner Brieftasche blätterte, nahm er sie an.
Dann wies er ihnen die Tür.
»Ich hätte sie sowieso nicht auftreten lassen«, sagte er.

»Sie hat ein gräßliches blaues Auge. Es geht nicht an, daß die Zuschauer erkennen, daß ihre Stars auch aus Fleisch und Blut sind. Und wie immer will ich nur ihr Bestes. Aber trotzdem danke schön.«

Als Pete und Joe auf der Straße standen, schauten sie sich an.

»Diese verdammten europäischen Dummköpfe«, sagte Pete. Er war sehr ärgerlich.

33

Hört! Hier drinnen in der Dunkelheit ist es friedlich. Kommt herein! Löscht euer Augenlicht mit einem Feuerhaken – gesellt euch zu mir! Nein, ich meine es ernst. Es lohnt sich. Das Erbarmen eurer Mitmenschen wird euch forsche und wachsame Sehende erstaunen – sie helfen euch auf der Straße, schneiden das Fleisch für euch. Die Männer bieten euch ihre sexuellen Geschenke an; die Frauen richten eure Haare. Sie retten euch als erste vom sinkenden Schiff, lassen euch als erste hinaus, wenn das Heim für Behinderte abbrennt. Ihr könnt nicht lesen, doch ihr könnt reden. Ihr habt keine große Auswahl an Beschäftigung, das stimmt, aber verhältnismäßig wenig Verpflichtungen. Ihr habt niemanden, über den ihr euch Gedanken zu machen braucht, außer über euch selbst.

Und überlegt, was euch alles erspart bleibt. Ihr hört, wie die Mutter das Kind anschreit, doch ihr müßt nicht sehen, wie sie es schlägt, müßt nicht ins Gesicht des Kindes sehen – braucht nicht Zeuge zerstörter Hoffnung werden. Ihr braucht nicht zu sehen, welchen Blick euer Liebhaber einer anderen Frau zuwirft; das höhnische Lächeln des Obers bleibt euch erspart. Ihr braucht nicht das graue Haar bei eurer besten Freundin zu entdecken oder die zunehmende Elephantiasis am Bein des Großvaters. Wenn ihr in der U-Bahn fahrt, seht ihr nicht die Fixer, weinenden Frauen, betrunkenen Männer, Huren, Zuhälter und die Verpackung verdorbener Nahrung, das Gemisch von Erbrochenem und Urin und Ruß, das sich in den Ecken sammelt. Ihr seht nicht das Ausmaß der Depression und die Todessehnsucht, die in unseren Straßen zu finden sind. Ihr lebt dank der Freundlichkeit der Sozialarbeiter – das heißt, zwischen dem Mittelstand und seiner Freundlichkeit. Ihr bedeutet keine Bedrohung für sie. Sie können freundlich sein und sind es. Mein Großvater hatte achtzig gesunde Jahre verbracht. Nur einer der freundlichen Menschen hat sein Bein übel zugerichtet. Man könnte sagen, das war ein achtprozentiges Unglück, kein ganzes. Der Fixer war ein hübscher, sanfter Junge. Sein Ende ist nicht hübsch, doch sein Anfang war es. Nicht alles ist schlecht, das verspreche ich euch. Ich weiß es. Ich tänzle um die großen lodernden Leuchtfeuer des Mißgeschicks, das unser aller Leben erhellt. Da ich nicht sehen kann, kann ich auch nicht durch das Licht geblendet werden. Ich finde meinen Weg.

Natürlich kann ich nicht sehen. Ich möchte auch nicht sehen. Und ihr?

34

»Isabel«, sagte Elphick, als sie im Make-up-Raum saß und zwei grelle Lampen auf ihr Auge gerichtet waren, um zu testen, wie das dick aufgetragene Make-up, das nun Wange und Braue bedeckte, auf den Betrachter wirken würde – »du kannst nicht auftreten.«

»Ich muß«, sagte Isabel. »Wer sonst macht es?«

»Alice«, sagte Elphick, und Alice wurde hereingeführt. Sie lächelte siegessicher, floß über vor Energie, Liebe und Selbstbewußtsein nach Jahren des Kampfes und der Opfer.

»Isabel, es macht dir doch nichts aus«, sagte Alice. »Ist ja schließlich nur ein Programm«, doch Isabel wußte, sie würde bald von Alice ganz ausgestochen werden oder von jemandem wie ihr, und ihre fleischliche Liaison mit Elphick würde ihr dabei nichts nützen, im Gegenteil. Sie war jetzt in Elphicks Augen auf einer Stufe mit Alice: Fleisch und Blut, kein geheimnisvolles Geschöpf mehr.

»Der eigentliche Grund ist nicht mein blaues Auge, nicht wahr?« fragte sie ihn in der Box, denn er wollte sie neben sich haben.

»Es kommen einige Dinge zusammen«, sagte er. »Du bist zu klug für das Programm, es ist unter deiner Würde, aber gerade das richtige für Alice, die ebenso dumm ist wie die Leute, die sie interviewt.«

»Willst du mich feuern?« fragte sie.

»Nur in deinem eigenen Interesse«, erwiderte er. »Ich glaube, du solltest eine Zeitlang kurz treten und so wenig wie möglich mit irgend jemandem reden.«

Und er wandte sich um und lächelte sie an, wie ihr schien, voll echter Zuneigung und Besorgnis.
»Du kannst die Welt nicht retten«, sagte er. »Es wäre besser, du versuchtest, deine eigene Haut zu retten, wie ich es mache.« Dann blitzten die Lichter auf, Monitore surrten, Kopfhörer summten und sie waren zu beschäftigt, um reden zu können. Alice machte sich hervorragend, darin waren sich alle einig, und Isabel wurde dazu gezwungen, länger als sonst dazubleiben, zum Kaffee mit Sandwiches, um zu zeigen, daß sie keine Feindseligkeit gegenüber Alice empfand.
Es war zehn Minuten vor vier, als sie die White City-U-Bahn erreichte. Mal wieder würde sie Jason zu spät abholen. Sie überlegte, ob sie Homer anrufen sollte, um ihn zu bitten, es zu erledigen, doch sie würde damit keine Zeit gewinnen. Sie überlegte, ob sie ein Taxi nehmen sollte, doch es war ja bereits Stoßzeit und die U-Bahn würde sie schneller befördern. Der Zug lief ein. Sie stieg ein. In Tottenham Court Road mußte sie in die nördliche Linie einsteigen, um nach Camden Town zu gelangen. Sie überlegte, ob sie wohl verfolgt würde, fand es aber unwürdig, sich umzudrehen. Dennoch konnte sie nicht widerstehen, einmal nach hinten zu blicken, entdeckte nichts Bemerkenswertes, nur die übliche graue Menge von Pendlern, Schwarz und Weiß gemischt, in allen Farben, wie auf der Farbpalette eines Kindes, bis zu neutraler Schlammfarbe. Die Anonymität erschreckte sie: es gab keinen Schutz auf der Welt. Das Ganze setzte sich aus so vielen Teilen zusammen, daß der Verlust eines dieser Teile kaum bemerkt würde. Sie sah sich nicht mehr um.

Ihre Arme und Beine bewegten sich ganz automatisch. Das Ungewöhnliche der letzten Ereignisse hatte sie unwirklich werden lassen. Sie hatte sich immer vorgestellt, daß sie, wenn sie sich in physischer Gefahr befände, eine sehr gute Reaktion und scharfe Wahrnehmung entwickeln würde. Statt dessen schien sie wie gelähmt, wie eine Fliege, bevor sie von der Spinne gefressen wird. Sie fühlte sich benommen, stumpf, lethargisch: kein gutes Publikum für ihr eigenes Leben. Sie war unsicher, wann sie applaudieren mußte und wann nicht, wann sie lachen und wann sie weinen mußte. Sie sehnte sich nur noch danach heimzukommen.

Sie sprach laut und lauschte dem, was sie sagte.

»Wie jemand, der auf einer einsamen Straße
in Angst und Furcht dahinschreitet,
Und weitergeht, nachdem er sich einmal umgedreht hat,
Und seinen Kopf nicht mehr dreht;
denn er weiß, ein schrecklicher Dämon
geht dicht hinter ihm her.«

»Coleridge«, sagte sie. »The Ancient Mariner.«

Um sie herum wurde es etwas lichter, als ob die Menschen sich vor der Ansteckung durch den Verrückten fürchteten. Sie fühlte sich dadurch sicherer.

Sie stand auf Bahnsteig vier, wo sich die Wartenden drängten. Sie stellte sich so weit wie möglich nach hinten, doch immer mehr Leute drängten von den Seiten heran und schoben sie an den Rand des Bahnsteigs. Sie fragte sich zum wiederholten Mal, warum so wenig Leute auf die Gleise fielen, unabsichtlich hinunterstürzten oder absichtlich gestoßen wurden.

Noch als sie überlegte, fühlte sie starke Hände auf ihrem Rücken, gut plaziert und entschlossen. Sie drückten sie nach vorn, und als sich ihr Oberkörper bereits nach vorne beugte, krallte sich ein Fuß, wahrscheinlich der einer anderen Person, um ihre Knöchel und riß sie zurück. Sie fing an zu taumeln. Ein Zug brauste heran, sie konnte ihn hören: er donnerte und dröhnte, mußte bereits über ihr sein. »Was geschieht mit Jason«, überlegte sie entrüstet, als ob es den Müttern von Kleinkindern ganz einfach nicht erlaubt wäre zu sterben, und dann bewegte sie sich nach hinten, nach oben. Eine außerordentlich starke Hand ergriff zuerst ihre Schulter, dann den Arm und da stand sie wieder aufrecht auf dem Bahnsteig. Der Zug brauste an ihr vorbei, und der Druck der Hand ließ nach.
Es war eine knochige, verwelkte Hand mit braunen Pigmentflecken. Eine ältere Frau, mit einer scharfen Nase starrte sie an. Sie schien erstaunt und erschreckt und stolz, alles in einem. »Ich habe Sie einfach zurückgestoßen«, sagte die Frau. »Irgend jemand stieß sie nach vorne – Sie fielen – und ich fing Sie auf. Ich war noch nie stark.«
»Das ist das Adrenalin«, erklärte Isabel. »Ich sah einmal eine Frau, die einen Wagen hochhob, der ein Kind darunter begraben hatte. Sie hob ihn einfach hoch und schob ihn zur Seite. Ich danke Ihnen sehr«, fügte sie hinzu und hatte Angst, sie könnte undankbar klingen. Doch die Frau fand das Ereignis zu bemerkenswert und zu verwirrend, um weiter darüber zu diskutieren und verschwand in der Menge. Und wer auch immer sie gestoßen hatte, würde jetzt über alle Berge sein.

Isabels Ruhe schien die paar Leute, die den Vorfall beobachtet hatten, zu verwirren. Ich glaube, ich sollte schreien oder schluchzen, dachte sie, aber das einzige, was ich möchte, ist, daß alles wieder normal läuft, so zu tun, als ob nichts Ungewöhnliches geschehen wäre. Die Zugtüren öffneten sich. Alle stiegen ein. Der Vorfall war vergessen.

Isabel, die heute morgen in dem Glauben erwacht war, das Leben dehne sich endlos dahin, erkannte jetzt, daß diese Ansicht hoffnungslos optimistisch war. Man mußte für jede Minute dankbar sein.

Ich sollte es der Polizei sagen, sprach sie zu sich. Das tun die Leute normalerweise. Die Polizei wird mir glauben. Sie wissen, daß solche Dinge ständig passieren. Homer wird es nicht gefallen, doch ich muß es tun. Wenn ich Jason abgeholt habe, gehe ich zur Polizei. Ich lasse ihn bei Jennifer. Sie wird ihn mit ihrem Leben beschützen. Wieso wissen die Leute soviel über mich? Wer sagt es ihnen? Vielleicht Mrs. Pelotti?

Doch das war Unsinn. Nur weil Gefahr aus einer Richtung drohte, durfte man sie nicht überall sehen. Sie sah Dr. Gregorys schielendes Auge auf sich gerichtet, und ihre Angst schwand dahin. Sie sehnte sich nach ihrer Mutter, nach dem staubigen Stumpfsinn der gelben Horizonte, der flachen, heißen Landschaft.

Sie kam fünfzehn Minuten zu spät zur Schule. Das Gebäude lag ruhig da und hallte wider – als ob es schliefe. Sie fühlte sich wie ein Eindringling. Sie ging direkt zu Mrs. Pelottis Zimmer, wo Licht brannte und wo sie bestimmt Jason finden würde. Etwas anderes wagte sie sich nicht vorzustellen.

Mrs. Pelotti arbeitete unter einer Neon-Schreibtischlampe. Sie schrieb.
»Sie sind's, Mrs. Rust«, sagte sie ohne Überraschung. »Sie suchen immer noch die verlorene Seele Ihres Kindes. Diese Woche mache ich noch Aufnahmeprüfungen, sonst wäre ich nicht hier und Sie eine Art Geist.«
»Wo ist Jason?«
»Jason? Ihr Mann hat ihn abgeholt. Das war gut so, da Sie ja so spät dran sind. Sherry? Sie sehen so blaß aus.«
»Nein, danke. Hat Homer Jason abgeholt?«
»Ja.«
»Aber es ist Donnerstag.«
»Wahrscheinlich hat er vermutet, daß Sie sich verspäten würden.«
»Ja«, erwiderte Isabel und versuchte, sich alles zusammenzureimen. »Wahrscheinlich hat er das gedacht.«
Das Gefühl, daß sie Zuschauer ihres eigenen Lebens wäre, verstärkte sich.
Homer. Ein Spion, der nur dafür lebte, zu beobachten. Ereignisse zu melden und zu formen, wenn und wann er konnte. Sollte das heißen, daß er sie nicht liebte, nie geliebt hatte? Natürlich, Homer spielte Theater, seine Worte und Küsse und Verhaltensweisen. Es war nicht schwierig. Konnte man sechs Jahre lang mit jemandem zusammenleben und nicht wissen, mit wem man verheiratet war?
Natürlich. Es passierte täglich. Frauen verheiraten sich mit Frauenschändern, Bigamisten, Hochstaplern und Ehebrechern und sind völlig überrascht, wenn

diese überführt werden. Nein, Euer Ehren, ich hatte keine Ahnung. Er hatte Blut an den Händen, doch er sagte, er habe ein Kaninchen getötet; Lidschatten auf dem Unterhemd, doch er behauptete, es sei Tinte aus einem Füller. Ich glaubte ihm. Die Ehe war eine Brutstätte der Enttäuschung. Keiner erwartete es. Man könnte annehmen, im Bett – nun, natürlich, im nachhinein. Homers Tüchtigkeit, die sie erst in letzter Zeit als Kälte gedeutet hatte: das Gefühl keiner Neuentdeckung. Nun, er wußte es bereits.
Homer war von Joe und Pete beauftragt worden, sie zu beobachten. Sie war nie entkommen. Einmal mit Dandy, für immer mit Dandy, wenn auch nur durch einen Stellvertreter. Natürlich lernte man, wenn man dem einen Leben entfloh, um ein anderes zu beginnen, keine Männer kennen. Das alte Leben ging weiter. Prinz Charming war ein Fantasiegebilde.
Ihre Flucht von Dandy weg war keine Handlung, sondern eine Reaktion. Pete und Joe wußten genau, wie sie sie erschrecken, wie sie ihre Abreise bewerkstelligen konnten. Zweifellos hatten sie Dandys Brieftasche mit Dollars vollgestopft, damit sie nach Heathrow flog. Homer wartete dort auf sie. Sie glaubte eigentlich nicht, daß Dandy die Hände mit im Spiel hatte, denn er besaß Würde, hätte sie einfach gebeten, zu gehen.
Sie sollte dankbar sein, daß sie sie nicht einfach getötet hatten, sondern soviel Energie und Zeit und Geld an sie verschwendet hatten, in dem höflichen Versuch, sie am Leben zu erhalten.
Hätte sie nicht Jason geboren, der Dandys Gene in

sich trug, wäre sie nicht die Mutter des Kindes des zukünftigen Präsidenten, hätten sie sich wohl nicht so lange mit ihr abgegeben. Oder vielleicht spielte Dandy mit, empfand noch genügend Zuneigung für sie, um sie zu schützen.

Homer huldigte Jason als Dandys Sohn, nicht als seinem eigenen. Seine Sorge hatte ihr nur immer in ihrer Funktion als Jasons Mutter gegolten. Das war nachträglich eindeutig.

»Kann ich Sie irgendwohin mitnehmen?« fragte Mrs. Pelotti. Sie war aufgestanden und hielt Isabel am Arm. Isabel fühlte sich dadurch getröstet.

»Hören Sie«, sagte sie. »Vielleicht kommt Jason einige Zeit nicht zur Schule. Ich muß ein paar Dinge ordnen.«

»Nun gut«, erwiderte Mrs. Pelotti, »vielleicht bis die Wahl vorbei ist. Ich habe darüber reden hören; alle taten es als Unsinn ab, bis die Cosmopolitan erschien. Vater und Sohn. Jason besitzt eine starke Persönlichkeit. Wie Sie ja wissen, ist er nicht einfach, doch wir tun unser Bestes. Ich freue mich auf den Zustrom von Mittelstand-Eltern im nächsten Schuljahr. Machen Sie sich keine Sorgen um Jason, wenn er bei Ihrem Mann ist. Er wird sich um ihn kümmern. Er mag ihn wirklich sehr gern. Das kann ich Ihnen ja nun sagen.«

»Das glaube ich gern«, erwiderte Isabel. Es bedeutete eine Art Trost: ein kleiner Schimmer der Sicherheit in stürmischem Schwarz: ein Wink der Versöhnlichkeit und Beruhigung bei Aktschluß.

Sie würde zu Dr. Gregory gehen, sich auf seine Couch legen und sich alles von der Seele reden. Sie war fassungslos, schockiert und erschreckt. Sie hatte auch recht. Sie wollte ihm das sagen. Sie würde sagen: »Ich erzählte es meinem Mann deshalb nicht, weil er nicht liebesfähig war. Ich empfand ihn als Fremden, denn das war er wirklich. Sie hatten unrecht und ich hatte recht.«

Sie nahm ein Taxi zur Harley Street. Niemand stieß sie oder kollidierte mit ihr. Der Fahrgast wurde ordentlich gefahren. Der Taxifahrer war verdrießlich. Wenn ihr Leben in der Krise steckte, wenn sie nur mit Ach und Krach lebte, wenn sich das, woran sie geglaubt und wonach sie gelebt hatte – ihre Ehe mit Homer – innerhalb einer Stunde in Nichts aufgelöst hatte, was bedeutete es dann für ihn? Sie war ein Fahrgast, keine Person. Wie er ihr gegenüber ein Fahrer war, kein menschliches Wesen. Darin lag eine gewisse Gerechtigkeit. Denn sie wußte, daß er gerade im Krankenhaus erfahren hatte, daß er unheilbar an Krebs erkrankt war.

»Sind Sie in Ordnung, Madame?« fragte er, als er das Fahrgeld entgegennahm, und zeigte sich besorgt.

»Sehe ich nicht gut aus?«

»Nein.«

»Ich hatte gerade schlechte Nachrichten.«

»An der Ehefront?«

»Genau.«

»Die Antwort lautet«, sagte er, »nie zu heiraten«, und während sie dies in ihrer neuen, langsamen Art erwog, fuhr er in die Dunkelheit, ohne ihr das Wechselgeld zurückzugeben.

Die Aufzüge in Dr. Gregorys Büroblock waren überfüllt, wenn sie nach unten fuhren, und fast leer, wenn sie hochfuhren. Sie fragte sich, warum es ihr so wichtig schien, daß Dr. Gregory erfuhr, daß sie in bezug auf Homer recht gehabt und er sich geirrt hatte. Sie vermutete, deshalb, weil die Bereiche, in denen sie erfolgreich, ja sogar vernünftig gewesen war, so plötzlich enger geworden waren. Sie benötigte zumindest diesen einen Bereich des Selbstbewußtseins, wenn sie die nächsten Tage, ja die nächsten Wochen, überleben wollte. Und bestimmt würde er dieses Mal sein Prinzip der Nichteinmischung aufgeben und ihr sagen, was sie tun sollte. Marionetten hatten Fäden, um sie bewegen zu können, sonst waren sie leblos.

Sie war froh, daß sie so benommen war. Zweifellos würde es bald anfangen, weh zu tun.

Dr. Gregorys Sprechstundenhilfe war nach Hause gegangen. Der Garderobenständer war leer, die Schreibmaschine abgedeckt. Dr. Gregorys Tür war nur angelehnt. In seinem Zimmer brannte Licht, sanfte Nachmittagsmusik erklang. Sie fühlte sich sicher – als ob sie ein Kind wäre und hier den Vater hätte, den sie nie gehabt hatte: die Quelle der Weisheit, Macht und Freundlichkeit. Was würde Dr. Gregory dazu sagen? Sie lachte laut. Ein klarer, eindeutiger Fall positiver Übertragung. Nun, er würde sie sicherlich entwöhnen, doch ganz allmählich und freundlich.

Sie liebte Homer nicht. Das war die große, wunderbare Entdeckung. Sie wollte nicht, daß er sie auf die übliche Art verlasse, denn für ihn war das Aussteigen aus seiner derzeitigen Existenz keineswegs ein schmerzliches Unterfangen. Sie war beleidigt, entsetzt und gedemütigt über seinen Verrat, sie war erschüttert, nicht nur wegen sich selbst, sondern wegen all ihrer Freunde, Kollegen, Fans und Sympathisanten, daß diese seltene und wunderbare Ehe zwischen ihr und Homer, diese Verbindung von Gleichberechtigten, sich als Heuchelei erweisen sollte, schlimmer noch: als ausgemachter Spott. »Dr. Gregory«, würde sie sagen, »als ich ungefähr zehn war, hatte ich einen schrecklichen Traum. Ich stand auf einem öffentlichen Platz und plötzlich rutschte mir die Hose runter, und alle meine Freundinnen drehten sich um und lachten. Ich erinnere mich an das, was Sie den Gefühlston des Traumes nennen – genauso ergeht es mir jetzt. Meine Demütigung ist so stark, daß ich lieber sterben möchte als weiterzuleben.«

Sie mußte leicht gestöhnt haben. Sie hörte Dr. Gregorys Stimme aus seinem Zimmer.

»Isabel, sind Sie's, die da draußen in der Dunkelheit lacht und stöhnt? Ich glaube, Sie sollten hereinkommen und mir alles erzählen und es nicht für sich behalten.«

Isabel ging in sein Zimmer, aus der Dunkelheit in das warme Licht. Sie überlegte, daß er wahrscheinlich rosa Glühlampen statt der üblichen milchweißen in seinem Sprechzimmer hatte. Er saß an seinem Schreibtisch und schrieb.

»Legen Sie sich auf die Couch«, sagte er. »Gleich stehe ich Ihnen zur Verfügung.«

Isabel tat wie geheißen. Dann hörte sie, wie er seinen Füller auf den Tisch legte.

»Erzählen Sie«, forderte er sie auf.

»Heute versuchten zwei Menschen, mich zu ermorden«, sagte Isabel, »mich aus dem Weg zu schaffen. Irgendwo in meinem Leben gibt es einen Spion. Ich bin ziemlich sicher, daß es Homer ist. Er wußte, daß ich Jason nicht abholen würde, denn er dachte ja, ich sei tot.«

Dr. Gregory schwieg.

»Schlimmes passiert am Meer«, sagte Isabel heiter. Diesen Ausspruch gebrauchte ihre Mutter oft, als sie noch klein war. Das Kind Isabel, das erst mit siebzehn das Meer sah, war bereit, ihr zu glauben. Schlimmes passiert am Meer. Pferde trampelten einen nieder, Haifische jedoch konnten einen ganz auffressen, oder zumindest einzelne Körperteile. Natürlich konnte man darauf achten, daß man nicht ins Meer hineinging, sondern nur paddelte. Schwierig ist es, einem Pferd aus dem Weg zu gehen, wenn man, um zu seinem Haus zu gelangen, an der Koppel vorbei mußte und Mutter sagte, man sollte sie, wenn man an ihnen vorbeikäme, am Hals tätscheln, um zu zeigen, daß man keine Angst hatte. Sie überlegte, daß sie wegen Jason ein ungutes Gefühl hatte.

»Es geht um Jason«, sagte sie. »Wo ist Jason? Was soll ich tun?« Sie stellte fest, daß sie heulte. Dr. Gregory schwieg immer noch. Sie hörte hinter sich ein schlurfendes Geräusch.

»Jason geht's gut, Isabel«, sagte Homer. »Man kümmert sich um ihn. Wir beide müssen uns unterhalten.«

Sie setzte sich auf. Homer und Dr. Gregory standen einträchtig am Fenster.

»Fenstersturz«, sagte sie. »Tod durch Sturz aus dem Fenster.«

»Nein, nein«, sagte Homer. »Zu unordentlich und zu verdächtig. Und Isabel, ich habe zuviel Respekt vor dir, um den Versuch zu unternehmen, dich zu deinem Tod zu zwingen. Ich bin sicher, Dr. Gregory geht es genauso. Pete und Joe, deine amerikanischen Freunde von früher, sind tolpatschig, zum Äußersten entschlossen und außerordentlich dumm, und ich habe versucht, mich zwischen sie und dich zu stellen.«

»Danke, Homer«, sagte Isabel.

»Noch schlimmer ist«, fuhr er fort, »daß sie unfähig waren, und die Zeit läuft ab.«

»Dr. Gregory, machen Sie das für Geld?« fragte Isabel. Sie ging zum Schreibtisch, setzte sich darauf, ließ ihre Beine baumeln und bewunderte ihre Sorglosigkeit.

»Alle arbeiten für Geld«, sagte Dr. Gregory. »Sogar Psychoanalytiker. Doch zuerst kommt das Prinzip.«

»Homer, hast du dir das ausgedacht?« fragte Isabel. »Hast du dir das ausgedacht mit Jason, das Beißen und Bettnässen? Wenn ich es mir überlege, komme ich zu dem Schluß, daß ich weder das eine noch das andere gesehen habe. Nur das eine Mal, als Jason Bobby gebissen hat. Die Kratzer an deiner Hand konntest du dir ja selber zugefügt haben. Ich hab' einfach geglaubt, was du gesagt hast.«

»Ich wollte, daß du zu Dr. Gregory gehst«, sagte Homer.

»Homer, du hast mich enttäuscht«, sagte Isabel traurig.

Eine kleine Stimme angesichts vieler Dinge, die schiefgelaufen waren. Der Besetzungsdirektor hat es falsch verstanden. Das war keine Rolle, die Sorglosigkeit verlangte. Sie würde es auf andere Art versuchen.

»Isabel«, sagte Homer geduldig, »wenn du es dir richtig überlegst, warst du es, die mich enttäuscht hat. Du gabst vor, Jason sei von mir und heiratetest mich unter falschen Voraussetzungen. In einer besseren Zeit, die wir hoffentlich zuwege bringen, hätte das natürlich die Ehe vor dem Gesetz ungültig gemacht. Wie es ist und immer gewesen ist, ist diese Ehe moralisch ungültig.«

Isabel öffnete den Mund und schloß ihn wieder. Sie überlegte, daß, wenn der Ausnahmezustand vorbei war und sie wieder in ihren Körper geschlüpft war, sie heftige Kopfschmerzen haben würde. Die rechte Seite ihres Gesichts fühlte sich klebrig an. Sie wischte sich Überreste des Make-ups vom Auge. Es bestand wenig Hoffnung, daß sie auf der Bühne war, daß plötzlich Applaus aufbrandete, der ihr galt. Sie erinnerte sich an die Lebendigkeit eines Traums, den sie einst hatte und in dem ihr alle Zähne ausgefallen waren. Als sie beim Aufwachen feststellte, daß es nicht stimmte, heulte sie vor Freude. Doch jetzt gab es kein Erwachen. Vielleicht war die einzige Flucht ein tieferer Schlaf.

»Wo ist Jason?« fragte sie. »Was habt ihr mit Jason gemacht?« Sie fühlte sich elend und scheußlich. Wellen der unterschiedlichsten Gefühle erfaßten sie, heiß und kalt und ungesund wie Fieber. Sie mochte die Niederträchtigkeit, die Reizung; das gab Hoffnung. Wenn sie Homer schlecht und verächtlich behandelte, dann würde er vielleicht wieder so sein, wie er war. Der verachtete Homer. Oh, ja, dachte sie, verachtet. Immer so leicht verachtet. Homo washing-upticus.

»Jason trinkt da unten einen Milchshake«, sagte Homer. »Du kannst ihn von hier aus sehen.«

Isabel ging zum Fenster und sah hinunter und dort auf der anderen Seite saß unter einer Einkaufsarkade Jason, ihr Sohn, am Fenstertisch einer Milchbar im amerikanischen Stil. Links und rechts von ihm saßen zwei Männer. Alle tranken Milchshakes mit Strohhalmen.

»Pete und Joe«, sagte Isabel. Sie spürte wieder das Gefühl, das wie der Schmerz in einen Zahn zurückkehrt, sobald die Spritze des Zahnarztes nachgelassen hat. Wirkliches Leben, wirklicher Schmerz.

»Überbezahlt, überbewaffnet und hier«, sagte Homer. »Ich hatte gehofft, ich könne es vermeiden. Sie kümmern sich um Jason. Er ist ja der Sohn des Präsidenten.«

»Vielleicht wird Dandy gar nicht Präsident«, bemerkte Isabel scharf, »und wenn es in meiner Macht liegt, wird er es nicht.« Wenn man getötet werden konnte, war man real genug, um getötet zu werden. Wenn sie einen töten wollten, mußte man gefährlich sein. Das war das Geheimnis, auf das sie gewartet hatte.

Ihr australischer Dialekt machte sich wieder bemerkbar. Sie merkte es selber. Sie war zum Ursprung ihres Seins hinabgetaucht. Die Schalen guten Benehmens blätterten ab, wie die Schichten einer alten Schokolade, die nur noch durch die Verpackung zusammengehalten wurde.

»Homer«, bemerkte Dr. Gregory, »hier haben wir die Wurzel des Übels. Sie wird sich nie ganz mit dem Zorn auf ihren Vater abfinden. Sie verwandelt ihn in Aggression gegen die Welt und das ganze männliche Geschlecht. Wenn ich mich hätte länger mit ihr beschäftigen können, wäre dies wahrscheinlich vermieden worden. Doch sie hat ja ihre Termine nicht immer eingehalten. Patienten sind ihre eigenen, ärgsten Feinde.«

Homer schien nicht zuzuhören. Er lächelte Isabel freundlich an und wies auf die Couch. Sie setzte sich ganz zahm wieder hin, er sich neben sie.

»Isabel, ich appelliere an deine bessere Natur. Irgendwo ist sie vorhanden, unter deinem labberigen Liberalismus, deiner Hysterie und deiner weiblichen Unvernunft. Wenn du mit mir zusammenarbeitest, kann ich Jason retten. Ich kann ihn nach Hause bringen und ihn meinen Eltern überlassen, die ihn aufziehen werden. Er bekommt einen anständigen Haarschnitt, eine anständige Erziehung. Er wird in Sicherheit sein, wird Maßstäbe haben und zu einem guten Mann heranwachsen. Isabel, er braucht Disziplin. Jungen brauchen das. Er kann anonym bleiben, ich sorge dafür.«

»Was verstehst du unter ›zusammenarbeiten‹? Stillschweigen zu bewahren? Jason zu verlieren? Du beliebst zu scherzen.«

»Sie wird sich nicht daran halten«, warnte Dr. Gregory. »Früher oder später wird sie beschließen, daß es ihre Aufgabe ist, die Welt zu retten, im geheiligten Namen der Frauen. Hier spielt die Erbmasse eine erhebliche Rolle. Vielleicht ähnelt sie in ihrer psychologischen Struktur ihrem Vater. Er ließ aus politischen Gründen Frau und Kind im Stich. Das ist natürlich psychischer Mord, wenn man die Trümmer betrachtet, die zurückgeblieben sind. Ich sehe sie die ganze Zeit vor mir. Ich hoffe, es gelingt Ivel, das strenge Familiengesetz, das er verspricht, durchzubringen. Für diese Generation ist es schon zu spät, aber die nächste wird davon profitieren.«

Er redete gegen eine Wand. Homer war in den Anblick Isabels vertieft. Er legte seine Hand auf ihre. Sie fühlte, wie sie plötzlich von sexuellem Verlangen nach ihm erfüllt wurde, überraschender und intensiver als während ihrer ganzen Ehe. Er schüttelte den Kopf, schien zu wissen, was sie dachte und fühlte. Wahrscheinlich hatte er mehr darauf geachtet, was in ihrem Kopf vor sich ging, als sie darauf, was in seinem passierte. Schließlich war das sein Beruf.

»Homer«, sagte Isabel. »Hat dir irgend etwas gefallen? Die Möbel, das Haus, die Nachbarn, das Theater, die Bücher?«

»Nicht richtig«, erwiderte er. »Ich hab' versucht, Geschmack daran zu finden, doch es klappte nicht ganz.«

»Und das Jogging?«

»Oh, ja, das mochte ich.«

»Mochtest du mich?«

»Manchmal. Hie und da. Natürlich. Du warst oft charmant. Deine Ideen mochte ich nicht. Ich mochte auch nicht die Art und Weise, wie du Jason erzogen hast. Jason! Was für ein Name! Du warst sehr eigensinnig. Aber ja, ich mochte dich. Hie und da.«

»Unsere Freunde?«
»Die meisten fand ich blöd und ungebildet. Die Männer schwach und die Frauen häßlich. Sie machten sich von Tag zu Tag noch häßlicher durch jede moderne Meinung, die sie aufschnappten. Isabel, ich mache dir keinen Vorwurf. Du bist das Produkt einer kranken Gesellschaft: ein zerrüttetes Familienleben, eine wenig moralische Erziehung. Die Tragödie ist, daß du nicht so sein müßtest, wie du bist. Mit Gottes Hilfe tun Frauen wie du in Zukunft ihr möglichstes, um der Gesellschaft zu helfen und nicht, um sie zu zerstören.«
»Gott?« fragte Isabel. »Du hast wohl immer gebetet, nachdem ich eingeschlafen war.«
»Ja«, sagte Homer. »Ich bin nicht wie du. Ich vertraue nicht meinen Mitmenschen, sondern Gott.« Seine Hand lag immer noch auf ihrem Arm, war mehr eine moralische als eine physische Beschränkung.
»Es war interessant mit dir. Ich hab' viel gelernt. Du warst sehr klug, doch du hast Scheuklappen getragen. Wo ich Elend, Erniedrigung und Verwirrung sah, sahst du etwas, nach dem man streben, für das man arbeiten mußte. Du warst damit zufrieden, daß Jason in der Gosse aufwuchs. Es fiel mir schwer, mich damit abzufinden.«
»Du bezeichnest Mrs. Pelottis Schule als Gosse?«
»Mrs. Pelotti ist eine gute Frau, gibt sich alle Mühe. Doch die Erziehung wird zu sehr von den Ideologen beherrscht. Das ist unheilbar. Die Folge sind Straßenkrawalle; ein totaler Zusammenbruch der Disziplin. Genau das wollten sie und haben es auch erreicht. Ab-

gesehen davon, Isabel, ist Jason Dandys Sohn; er verdient Besseres. Er muß aus den Händen von Mrs. Pelotti und der Schäbigkeit der Stadtstraßen gerettet werden.«

»Und vor mir«, sagte Isabel.

»Genau«, erwiderte Homer.

»Ah«, sagte Isabel. Sie erkannte nun die Zusammenhänge. Man erlaubte ihr nicht, zu leben, da sie für ihren Sohn eine Quelle der moralischen und physischen Gefahr bedeutete. Vielleicht dachten alle Väter in ihrem Herzen so? Daß die Mutter dem männlichen Kind schadete, seine Stärke unterminierte und seine Sexualität verbog? Vielleicht hatten sie recht: vielleicht war die intensive Liebe, die sie für Jason empfand, tatsächlich ungesund. Doch das war Unsinn. Diese beiden Männer, die behaupteten, ihre Seele zu kennen, wußten nichts. Wenn die Welt sich selbst überlassen wurde, war sie ein einfacher, natürlicher Ort: Wenn sie ihre ganz normale Zuneigung für Jason aufgab, würde dadurch auch nichts verbessert werden. Er würde bestimmt unglücklich sein. Sie hatte eine Frau gekannt, die Selbstmord begangen und ihre fünfjährige Tochter mit in den Tod genommen hatte. Wie gottlos, sagten einige: die Gebildeteren. Wie tapfer, sagten die anderen: die weniger Kultivierten. Das Kind ist das Eigentum der Mutter: wenn sie geht, muß sie das Kind mitnehmen. Jason war sechs; er hatte sein eigenes Leben, seine eigene Identität. Die Nabelschnur war bis zum äußersten gespannt, konnte jeden Augenblick zerreißen. Noch vor einem Moment hätte sie das verneint. Nein, er kann ohne mich nicht weiter-

leben. Wenn ich gehe, geht er auch. Doch in so kurzer Zeit hatten sich die Dinge verändert. Jason benutzte sie wie eine Dienerin, er liebte sie, doch er kam ohne sie aus, wenn es sein müßte. Doch wenn er tot wäre, wollte sie nicht weiterleben: sie wäre zu tief getroffen, zu viel wäre ihr genommen, als daß sie weiterleben wollte. Wenn es soweit wäre, gäbe es keine Wahl. Ihre beiden Beobachter, die ihren Geist, doch nicht ihre Seele bewachten, glaubten, sie schikanierten und verwirrten sie, doch sie durchschaute ihre Tricks und kam trotzdem zur gleichen Schlußfolgerung: Sie mußte sterben und Jason würde leben. »Ich vermute«, sagte Isabel, »ihr erwartet von mir, daß ich auf die Straße runtergehe und mich töten lasse?«
»Ja«, erwiderte Homer.
»Vor Jason?«
»Das wäre nicht sehr klug«, meinte Dr Gregory. »Wir wollen nicht, daß der Junge einen seelischen Schock erleidet.«
»Ich bin ja kein Dummkopf«, bemerkte Homer mißmutig. »Das Wohl des Kindes liegt auch mir am Herzen.«
»Dazu gehört wohl auch, daß er ohne Mutter aufwächst?«
Homer schien verwirrt.
»Das ist immerhin besser«, sagte er, »als wenn er gar nicht aufwachsen würde.«
»Ist das die Alternative?« fragte Isabel.
»Du mußt einsehen, daß es so ist«, erwiderte Homer. »Wir können uns nicht darauf verlassen, daß du anonym weiterlebst. Wir können nicht zusammen wei-

termachen. Auch wenn ich es noch so gern täte, bin ich nicht in der Lage, Pete und Joe und ihre Freunde zu kontrollieren. Das einzige, was ich tun kann, ist, Jason zu retten, und auch nur dann, wenn du zur Zusammenarbeit bereit bist. Das heißt, wenn uns noch Zeit bleibt. Wenn herauskommt, daß die Gerüchte, die bereits über Jason im Umlauf sind, die Ursache deines Todes waren, dann kann ich Jason nicht mehr helfen. Wir leben in einer schrecklichen Zeit und wenn es um die Macht geht, spielen das Leben einer Frau und eines Kindes keine große Rolle. Ich erwarte nicht, daß du mich verstehst: du bist eine Frau und reagierst emotional. Die Frauen besitzen nicht die gleiche Fähigkeit zur Selbstaufopferung wie die Männer; oder nur in bezug auf ihre Kinder und das ist dann eine Sache des Instinkts.«

»Ganz richtig«, stimmte ihm Isabel zu, »bei der Leichten Brigade waren nicht viele Frauen. Es ist nicht ihre Aufgabe, darüber nachzudenken, warum, sondern zu gehorchen und zu sterben. Habe ich Zeit, darüber nachzudenken?«

»Nein, es gibt nichts nachzudenken. Im übrigen bist du immer für spontane Entscheidungen gewesen und alle haben das an dir bewundert.«

Isabel entzog ihren Arm dem unwirschen, mordgierigen und neidischen Fremden, der neben ihr saß.

»Warst du neidisch?« fragte sie. »Ist es das? Weil ich in der Öffentlichkeit stand und eine Frau war?«

»Nein«, erwiderte er und lachte, und dieses Lachen war ihr vertraut: ein kurzes, spöttisches Lachen. »Isabel, der Geschlechterkampf war nie ein Problem. Er

ist wie eine Attrappe, ein Schwamm für radikale Energie. Wie kannst du überhaupt annehmen, ich wäre begierig auf den Applaus von Dummköpfen oder auf die wichtigtuerische Diskussion mit Idioten? Durch Einigkeit erreicht man gar nichts. Doch wirkliche Macht, echter Einfluß, das sind Geheimwaffen. Isabel, du hattest nie Macht. Wie solltest du auch? Du hast einfach den Mund aufgemacht und gesagt, was du dachtest und das war das, was du fühltest.«
»Wie Dandy.«
»Allzu sehr wie Dandy. Doch es ist auch zu spät, dorthin zurückzukehren.«
»Und du glaubst im Enrst, ich gehe da hinunter, um zu sterben? Willst du mich erschießen oder überfahren oder?«
»Ich verlange nur von dir, daß du weder nach links noch nach rechts siehst, wenn du auf die Straße gehst. Es geht sehr schnell.«
»Ich glaube nicht, daß ich das könnte, selbst wenn ich mich dazu durchringen würde.«
»Du hast dich dazu durchgerungen«, sagte Homer, »und du wirst es tun.«
Seine Stimme war ruhig, fast freundlich, wirkte nicht exaltiert oder verrückt.
»Könnte mir Dandy nicht irgendwie helfen?«
»Nein«, erwiderte Homer, und Isabel glaubte ihm.
»Die Geschichte mit dir und Dandy ist sehr interessant«, sagte Homer, »doch du hast dir dabei eine tödliche Krankheit geholt.«
»Liebe«, sagte Isabel.
»Vielleicht«, gab er zu und Dr. Gregory, der gerade

den Mund öffnete, um sich über neurotische Bedürfnisse auszulassen, schloß ihn wieder. Hier war es besser, zu schweigen.
»Das ist bei weitem besser, et cetera, et cetera«, sagte Isabel zu Homer. »Ich hoffe, du gestattest mir eine gewisse Seelengröße.«
Sie bemühte sich, in seinen Augen gut dazustehen, so wie Frauen sich darum bemühen, die aus einer schrecklichen Ehe ausbrechen und ihren Mann noch nachträglich um die Erlaubnis bitten, ihn verlassen zu dürfen.
»Natürlich«, erwiderte Homer, »und ich hoffe, Jason erbt sie.« Isabel ging zum Fenster und blickte kurz zu Jason hinunter. Nichts, überlegte sie, wird je für das Kind das einzig richtige sein, denn es hatte ja keinen Vater. Vielleicht würde Jason alles etwas geschickter anfangen als sie und seinen Kindern mehr Sicherheit bieten. Sie fand, das war das einzige, was die eine Generation für die nächste erhoffen konnte. Früher oder später starben alle Mütter. Das war natürlich. Doch der Tod eines Kindes bedeutete einen schweren Schock, war schrecklich. Und doch konnte sie nicht das Kind des Präsidenten aufziehen, wenn dieser es nicht wünschte. Die Verantwortung war zu groß für sie. Sie konnte nicht leben, indem sie gequält und ständig beobachtet wurde. Es gab für sie keinen Ort, an dem sie sich verstecken konnte, angesichts solch wilder männlicher Mißbilligung keine Möglichkeit, ihren Lebensunterhalt zu verdienen oder in der Anonymität zu leben. Die Macht der Presse, das Verteidigungsmittel des kleinen Mannes gegen die Gewalt von Fürsten

und dergleichen, arbeitete gegen sie. Sie würden sie ausfindig machen, wie sie in ihrer sorglosen Vergangenheit die unschuldigen Opfer von zufälligen Ereignissen aufgespürt und sie widerstrebend und geblendet ins Scheinwerferlicht gestoßen hatte. Sie konnte nicht einmal schreien: »Ich wußte es nicht, ich verstand es nicht«, denn das stimmte nicht. Als sie Jason zur Welt gebracht hatte, sprach sie zu sich selbst: »Das wird schwierig, gefährlich sein« – auch wenn sie nicht allen Ernstes daran glaubte, daß das stimmte – daß keine Zauberkraft sie als einzige unter den Frauen vor den Folgen ihrer Taten retten würde. Es war ein Geben und Nehmen, Gewinnen und Verlieren. Jason würde weiterleben und Isabel sterben. Ohne Jasons Vater, den Präsidenten, lohnte es sich nicht, weiterzumachen.

Sie sah in die Zukunft, stellte sich vor, wie sie hätte sein können, und sah all die Dinge, die ihr erspart bleiben würden. Sie mußte nicht alt werden, bemitleidet und verachtet. Sie brauchte nicht den Verfall ihres Körpers mitzuerleben, den Tod ihrer Freunde, erlebte nicht die Nichtigkeit jeglicher menschlichen Anstrengung, die Sinnlosigkeit weltlicher Errungenschaften. Sie brauchte nicht mehr von anderen Homers Enttäuschungen und Demütigungen ertragen, würde nicht mehr von Männern wie Dandy betrogen werden. Noch wichtiger war: sie mußte nicht miterleben, wie Jason aus seiner derzeitigen Vollkommenheit, die verheißungsvoll und hoffnungsvoll war, in die Gewöhnlichkeit des Erwachsenseins hineinwuchs.

Sie betrachtete die Welt mit dem Blick einer Selbstmörderin – es blieb ihr auch nichts anderes übrig.

»Ich möchte nicht, daß Jason es miterlebt«, wiederholte sie. »Ich möchte, daß sich mein Tod theoretisch abspielt, ein Vorgang, bei dem ich nicht dabei bin. Das gleiche gilt für ihn. Eine Party, die man nicht besuchen durfte.«

Isabel überlegte: Wenn man bereit war, seinen Tod zu akzeptieren, akzeptierte man schließlich auch die Existenz der anderen Menschen, erkannte, daß sie genau so real waren wie man selber und man sie nicht erfunden hatte. Bei der Party, die man versäumt hatte, verliebten sich die Menschen und verloren die Liebe wieder, änderte sich manches Leben und Schicksal – es war alles genauso, als wenn man dabei gewesen wäre.

Homer zog sie zum Fenster. Seine Berührung erregte sie, jetzt, da er den Todesengel darstellte und nicht den Sklaven des Lebens. »Schau dort hinunter«, forderte er sie auf.

Unten im Café saß jetzt Jason mit dem Rücken zum Fenster, und Joe und Pete blickten zur Straße.

»Sehr gut«, sagte Isabel, »doch ich möchte nicht, daß er meine Leiche sieht. Kinder macht man behutsam mit dem Tod bekannt und nicht schockartig.«

Dr. Gregory stellte das Radio an.

»Sollen dadurch meine Schreie erstickt werden?« fragte Isabel und hätte diese Bemerkung am liebsten wieder zurückgenommen, da sie nicht gerade guten Geschmack verriet.

»Wir wollen die Nachrichten hören«, sagte Homer ziemlich steif. »Bestimmt kommt etwas über die Wahl.«

Er öffnete Isabel die Tür.

»Fahr nicht mit dem Aufzug, geh die Treppen runter.« Er lächelte Isabel freundlich an. Ich stellte nur einen kleinen Teil seines Lebens dar, dachte sie, und er hat in meinem eine so große Rolle gespielt. Er vertrat den Verstand, ich das Gefühl. Bis zur Halle waren es 30 Stufen. Isabel zählte sie, eine für jedes Lebensjahr. Sie überlegte, daß sie eigentlich Furcht empfinden müßte. Sie fühlte ihren Puls: er schlug regelmäßig, kaum schneller als sonst.

Zwölf Stufen. Ihr Leben in Europa war beendet: ein Leben, das ungefähr ein Dutzend Liebhaber mit einschloß, ein uneheliches Kind, einen Ehemann, den sie nicht durchschaut hatte. Ein falsches Leben!

Sie zögerte, lehnte sich auf. Warum akzeptiert man, warum akzeptiere ich, daß das Leben des Kindes über dem der Mutter steht? Daß der frische Schößling wertvoller sein soll als der knorrige alte Ast? Ich könnte ja noch sechs Kinder haben. Wenn dem so wäre, wäre ich nicht so ohne weiteres bereit, mich mit meinem Tod abzufinden. Meine Verantwortung ihnen gegenüber wäre größer als meine Pflicht Jason gegenüber.

Noch weitere acht Stufen und sie war fünfzehn und wollte alles andere als sterben.

Sie setzte sich auf die Treppe, dachte an Jason, seinen kleinen Körper, seine funkelnden Augen, sein verhaltenes Lächeln: die ersten Zeichen seiner Männlichkeit.

Wenn er ein Mädchen wäre, überlegte sie, würde ich es nicht tun. Ich wäre praktischer, weniger ehrfürchtig. In einer Tochter würde ich ein Abbild von mir sehen, wäre weniger bereit, mich zu opfern.

Noch fünf Stufen. Die letzten Stufen, die letzten Atemzüge. Was war überhaupt das Leben? Ein Sich-Bewußtsein?
Jemand rief laut: »Mummy« und sie wußte, das war sie selbst. Andere Kinder nannten ihre Mutter Mum oder Ma, doch die Kinder zarter englischer Abstammung sagten Mummy.
Führten all die Opfer, die Hingabe, hierher?
Noch ein paar Stufen und sie war in der Halle. Sie war verwirrt, denn sie hatte nicht erwartet, so weit zu gehen.
Und jetzt?
Würden sie einen Lastwagen bereitstellen oder mußte sie einen wählen? Wie konnte sie wissen, daß alles schnell gehen würde, wie konnte sie ihnen vertrauen? Anscheinend konnten sie sie ja ohne ihre Hilfe nicht töten. Sie nahm an, sie hatten ihre Methoden. Wenn sie nicht auf der Straße starb, dann im Krankenwagen oder in der Klinik.
Der Portier lächelte. Sie lächelte auch und nickte ihm zu. Zusammenarbeiten. Sie wollte, daß man sie glücklich sterben sah. Jason kehrte ihr den Rücken zu. Sie hatten seinen Stuhl so gerückt, daß er nicht sehen konnte, was draußen vor sich ging. Sie war froh darüber.
Sie stand an der Bordkante und blickte achtsam nach links, während von rechts der Verkehr an ihr vorbeiströmte.
Sie sah, wie Jason ihr von der anderen Seite winkte. Sein Gesicht war tränenüberströmt. Er rief ihr etwas zu. Sie konnte nicht hören, was er schrie: sie hatte

Angst, er würde auf sie zurennen, ohne auf den Verkehr zu achten. So viele Kinder wurden auf der Straße getötet, weil sie einem Ball hinterher jagten oder einen Freund entdeckten und jegliche Vorsicht außer acht ließen. Doch Jason war gut trainiert. Er hüpfte auf der Kante auf und ab.
»Meine Dame, geben Sie acht«, sagte der Portier und hielt sie am Arm fest, bis der Verkehr nachgelassen hatte. »Jetzt können Sie über die Straße gehen«, forderte er sie auf. Sie gelangte ohne Zwischenfall auf die andere Seite. Jason rannte auf sie zu, vergrub sein Gesicht in ihrem Kleid und weinte.
»Ich kann nicht zahlen. Sie sind weggegangen, ohne zu zahlen. Ich habe kein Geld.«
Sie ging mit ihm ins Café. Pete und Joe waren gegangen. Sie bestellte ihm noch einen Milchshake.
»Das sind jetzt drei«, sagte die Kellnerin vorwurfsvoll. Sie hatte schwarze Haare mit grünen Streifen und ein blasses Gesicht. »Ich wollte gerade die Polizei holen, denn ich wußte nicht, was diese Männer mit dem netten kleinen Jungen vorhatten. Dann kamen Sie.«
»Das sind Freunde seines Vaters«, sagte Isabel.
Die Kellnerin runzelte die Stirn, als ob sie sagen wollte: »Sauberer Vater.«
»Warum sind sie gegangen?« fragte Isabel Jason.
»Sie sind einfach aufgestanden und rausgegangen«, sagte Jason. »Sie schienen sich über irgend etwas zu ärgern. Ich glaube nicht, daß sie sich über mich geärgert haben.«
»Ist das nicht schrecklich mit Dandy Ivel?« sagte die Kellnerin und brachte Isabel ihren Kaffee.

»Was ist mit ihm?«
»Er ist tot«, erwiderte die Kellnerin. »Herzschlag. Er war immer ziemlich rot, fand ich, dachte aber, es läge vielleicht an meinem Fernseher. Er war ja noch jung. Armer Mann. Vielleicht nahm er Drogen. Die dort machen das alle. Denken Sie nur an Elvis Presley.«
»Glauben Sie, daß die Männer deshalb gegangen sind?« fragte Isabel. »Wegen der Nachrichten?«
»Könnte sein«, meinte die Kellnerin. »Ich dachte es mir auch. Sie sahen sich an, standen auf und gingen und ließen den Kleinen in einer schrecklichen Verfassung zurück. Ich finde, Sie sollten den Kleinen nicht mehr den beiden überlassen, aber mich geht das ja nichts an.«
»So, jetzt muß ich aber meinen Kaffee trinken«, sagte Isabel. Sie schauderte, sie war am Leben. Ihr Nagellack war abgesplittert, das mußte sie bald in Ordnung bringen. Sie, die um ein Haar niemand mehr gewesen wäre, war jetzt wieder jemand. Homer und Dr. Gregory verließen auf der anderen Seite das Gebäude und entfernten sich seelenruhig. Joe und Pete eilten ihnen hinterher. Sie bogen um die Ecke und verschwanden aus ihrem Leben. Sie glaubte nicht, daß sie einen von ihnen wiedersehen würde. Diese Männer hatten andere Dinge zu erledigen, mußten neue Könige machen, wollten die alte Welt auf andere Art retten. Dandy würde nie an die Macht kommen: Jason war gerettet. Ein vaterloses Kind wie so viele.
Armer Dandy. Tot. Erinnerungen flackerten in ihr auf, zerfielen aber sofort wieder zu Asche. Nur Jason war je wirklich gewesen. Sie ging mit Jason ins Kino,

um Buck Rogers zu sehen. Jason bezeichnete das Kino als den »großen Fernseher«. In Isabels Erinnerung war das Fernsehen das kleine Kino. So ändern sich die Dinge, dachte sie. Den größten Teil des Films verschlief sie; einen tiefen, notwendigen und erholsamen Schlaf. Als sie in die Wincaster-Straße zurückkehrte, war Homer schon ausgezogen, hatte seine Kleider und seine Joggingschuhe mitgenommen.

Als er im Haus seine Sachen zusammenräumte, brachte der Postbote ein Päckchen. Homer legte es auf den Tisch in der Diele. Es kam von Isabels Mutter und war an Jason adressiert. Sie hatte es per Eilboten geschickt. Es war ein kleiner Koalabär aus echtem Fell. Für Isabel hatte sie einen Zettel beigelegt: »Es wird Zeit, daß sich der kleine Junge an seine Herkunft erinnert«, schrieb ihre Mutter. »Warum kommst du nicht mit ihm auf Urlaub? Ich kann dir die Flugtickets bezahlen, denn ich habe das Haus zu einem guten Preis verkauft. Es hieß, das Haus sei historisch interessant. Ich lebe jetzt in Sydney, mit Blick auf den Hafen.«

Isabel ging zu Maia nebenan.

»Ich verkaufe das Haus«, sagte sie, »fahre heim zu meiner Mutter. Doch zuerst möchte ich dir eine Geschichte erzählen und du kannst sie dann weitererzählen.«

35

Isabel und Jason sind in Sicherheit. Sie leben und kämpfen sich durch. Dandy starb, wurde durch die Pillen, die ihn hätten retten sollen, getötet. Jason lebt weiter, geht nach wie vor wie sein Vater auf und ab, grübelt über das Dasein nach, kommandiert seine Mutter unter dem strahlenden australischen Himmel herum. Seine kleinen Füße wirbeln den heißen gelben Sand auf, schlurfen nicht mehr über die Teppiche der Wincaster-Straße. Vielleicht gehört er einer neuen Männergeneration an, die in sich selbst genügend Kraft finden kann, sie nicht in der Ausbeutung und Ausplünderung der Frauen und der Welt suchen muß; die ihr Königreich im inneren und nicht im äußeren Raum findet.

Was die anderen angeht, wende ich mein Gesicht himmelwärts, zum strahlenden Berggipfel der Wahrheit, doch sogar dieses Strahlen kann kaum in meine Dunkelheit dringen. Hie und da erhasche ich einen Lichtschein. Pete und Joe arbeiten für eine organisierte Verbrechergang und fühlen sich in einem einfacheren Rahmen von Loyalität und Glaubenssätzen wohler. Der Reichste ist am besten und was vorteilhaft ist, ist gut für Amerika und umgekehrt. Petes Frau brannte mit Homer durch, den sie von früher gekannt hatte. Beide hatten sich verändert. Die Gewohnheiten der Kultur und der Freundlichkeit sind beeindruckend – das ist eine der wenigen Hoffnungen, die wir haben. Neue Ideen tropfen wie Zitronensaft auf Puderzuk-

ker, und danach hat sich alles verändert und ist besser geworden.
Natürlich ist Vera tot und vor ihrer Zeit gegangen. Sie liegt in einem unbekannten Grab an einem unbekannten Ort. Ihre kleine Schwester Marielle, der Veras plötzliches und unerklärliches Verschwinden Angst einjagte, verließ Smoky Al und kehrte nach Hause zurück und heiratete dann einen Geschäftsmann aus Amsterdam, von dem sie Zwillinge bekam, zwei Mädchen, als ob sie so schnell wie möglich Ersatz für ihre Schwester suchte. Letzten Endes, denke ich, wenn ich von der Wincaster-Straße auf die grünen Wiesen blicke, wo einst Geröll aufgeschichtet war und wo jetzt die Kinder im Freien spielen, denn der Sonntagregen hat aufgehört und der Tag vermittelt Kraft für die kommende Woche, siegt nur die Tugend. Das Schicksal sorgt dafür. Sonnenlicht dringt durch die Fuchsienhecke und hinterläßt kleine, flackernde Muster auf dem gemähten Rasen. Jennifer, Hope, Hilary und Oliver haben wieder ihr normales Leben aufgenommen – wenn man überhaupt ein Leben als normal bezeichnen kann.
Dann denke ich, nein, der Kampf ist ewig und schrecklich. Nie wird es Frieden geben. Es gibt keinen reinen und vollkommenen Sieg des Guten. Genug Elend, Verzweiflung, Alpträume und Grausamkeit haben für alle Ewigkeit, rückblickend und voraussehend, das ruhige, unbewegliche Gesicht Gottes verschandelt.
Solche Dinge sollten, wenn sie einmal vorhanden waren, aus unserer Erinnerung gelöscht werden, denn

sonst können sie nicht vergeben werden. Dieser Ort, an dem wir leben, ist die Hölle: mehr noch: ein endloses Spiel. Es ist das Feuer, die dauernde Qual, wie die Bibel es versprochen hat. Mir fehlt die Stärke dafür, auch glaube ich nicht, daß es mir ganz einfach erlaubt sein wird, zu sterben, auszusteigen – soviel Glück habe ich nicht.

Sonnenlicht flutet durch die Fuchsienhecke, das Summen der Bienen verstummt. Ich habe das Gefühl, mit meinem Gehör stimmt etwas nicht. Dann stelle ich fest: Ich kann wieder sehen und dafür schlechter hören. Ich bin geheilt. Ich war so verzweifelt, daß ich mich selbst heilte. Ich hatte alle Hoffnung verloren und meine Sehkraft gewonnen. Schließlich hatten die Ärzte immer gesagt, ich könnte sehen, wenn ich nur wollte. Doch sie hatten mir nicht gesagt, wie ich es anstellen sollte, denn sie wußten es selbst nicht. Wie konnten sie auch?

Ich renne die Treppe rauf und runter, lache, weine. Die Farben erscheinen mir seltsam fremd, irrwitzig und schillernd. Buchstaben tanzen noch auf und ab, ergeben keinen Sinn – noch nicht. Ich rufe nach Laurence: er ist bestürzt, erfreut, enttäuscht, alles auf einmal. Hilary ist hagerer, als ich sie in Erinnerung hatte, Hope hübscher, Jennifer aufgedunsener und blasser. In meiner Vorstellung waren sie alle verschmolzen, waren eins geworden: eine Frau. Doch es ist nicht so. Sie sind alle Einzelwesen. Ich rufe Helen im Delikatessengeschäft an, die mit den Schuldgefühlen, dem Hummer und dem Kartoffelsalat in kleinen Schalen. Sie ist sprachlos, bringt keinen Laut hervor. Ich spreche mit meiner Mutter: »Mama, ich bin wieder ganz, ich, dein Kind, das beschädigt war, bin wieder intakt.« Ich rufe die Klinik an, die Ärzte, Spezialisten. Hupen ertönen, Bremsen quietschen. Laurence ermittelt den Fahrer, der mich angefahren hat, ruft ihn an und nimmt ihm seine Schuldgefühle, die er nie hätte haben müssen. Er weint. Alle scheinen wegen mir froh und dankbar zu sein. Alle lächeln. Ich hatte ganz vergessen, wie ein Lächeln ist, denn es ist so geräuschlos. Wodurch kam das? fragen sie. Was hat es verursacht? Ein Stoß, ein Schock, ein Scherz? Wie kann ich ihnen die Wahrheit sagen? Gott lacht mich aus, schubst mich in seinem Universum herum. Das ist sein persönliches Vergnügen.

Frauen & Literatur

Tweedie, Jill
Briefe einer unbeherzten Feministin
Martha, verheiratet, drei Kinder, steht in regem Briefwechsel mit ihrer jüngeren, ungebundenen »emanzipierten« Schwester Mary. Dieses Buch ist eine ironische Erinnerung daran, daß auch der feministische Geist oft williger ist als das schwache Fleisch.
Mit Cartoons von Merrily Harpur. 224 S. [8021]

Aus der Stille vor dem Sturm
Neue Briefe einer unbeherzten Feministin.
Martha greift erneut zur Feder. Leicht lädiert, kämpft sie sich durch die 80er Jahre und versucht, ihrer Rolle als Hausfrau, Mutter und Ehefrau gerecht zu werden. Die Briefe an ihre emanzipierte Seelenschwester Mary zeichnen sich aus durch die grimmige Komik ihrer Schilderungen. 224 S. [8022]

Tweedie, Jill
Verraten und verkauft
Offen, witzig und sexy beschreibt Jill Tweedie in diesem Roman das Schicksal einer Frau, das für viele steht: im Machtspiel der Männer wird sie beides: zum Opfer und zur Komplizin. 608 S. [8034]

Worgitzky, Charlotte
Meine ungeborenen Kinder
Das Autoren-Theater in Berlin/Ost probt ein Stück über die Abtreibung aus den Zwanziger Jahren. Während das Ensemble die »aktuelle« Inszenierung erarbeitet, erlebt die Schauspielerin Martha ihre eigenen sechs Abtreibungen und die damit verbundenen Ängste, Gefahren und Demütigungen gedanklich noch einmal. 320 S. [8016]

Vieräugig oder blind
Nehmen Sie sich in acht als Frau, wenn Ihnen ein Mann begegnet, der Ihren Wunschvorstellungen zu entsprechen scheint: Sie könnten den Verführungen eines Teufels erliegen! Denn eines steht fest: Die Liebe ist, wenn schon keine Teufels-, so doch eine Erdenmacht, die uns nicht blind, sondern sehend machen sollte. Charlotte Worgitzky widmet sich auf humorvolle Weise einem uralten Thema der Menschheit: der Liebe.
240 S. [8046]

Groult, Benoîte
Ödipus' Schwester
Mit der Empörung einer Frau, der bewußt geworden ist, welchen Einschränkungen und Vorurteilen die eine Hälfte der Menschheit (immer noch) ausgesetzt ist, nimmt Benoîte Groult das Frauenbild unseres Jahrhunderts auseinander.
272 S. [8020]

Miller, Jill
Danke, mir reicht's
Sie ist 37 und hat fünf Kinder, ein Kaninchen, eine Katze, einen Goldfisch – und einen Ehemann. Ihre Probleme nimmt sie scheinbar gelassen, bis sie genug hat vom Hausfrauendasein und sich auf den Weg macht in die Selbständigkeit.
160 S. [8019]